私と陛下の後宮生存戦略

ー不幸な妃は巻き戻れないー

かざなみ

富士見L文庫

CONTENTS

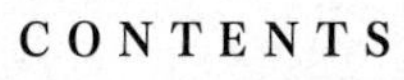

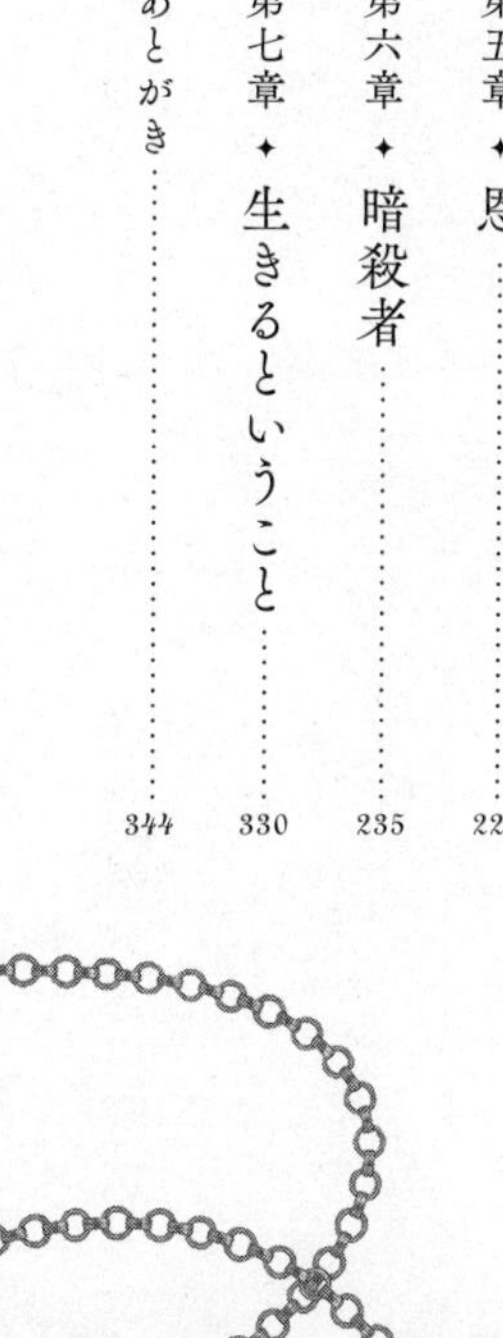

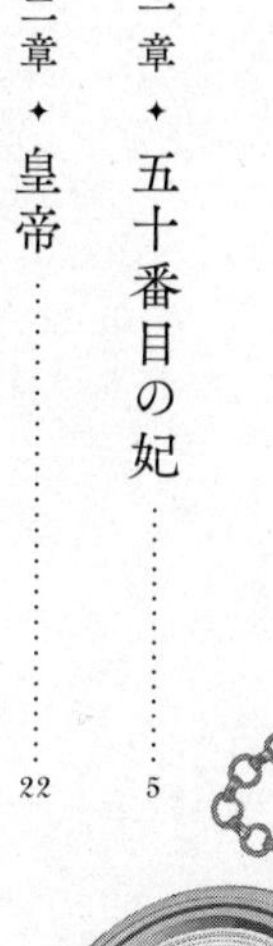

第一章　五十番目の妃

　私、ソーニャ・フォグランはひどく億劫な気持ちになっていた。

　場所は皇城内にある紅蓮妃宮。紅色の蓮の花が咲き乱れるようなイメージをもとにデザインされた後宮なのだと聞いていたけれど、一ヶ月ほど暮らしたところで、残念ながら私では「とても綺麗で凄い場所」程度の感想を持つことしか出来なかった。

　私は小さく溜息を吐く。

　自分の感性が貧弱で何だか悲しくなったというのもあるが、それ以上に目の前の相手三人に呆れたというものが大半だった。――「ああ、またなんだ」と。

「まあ！　まあ、なんてこと！　これは皇帝陛下が大事になさっていた壺なのに……」

「あらあらこの小娘、どう責任を取るつもりかしら」

　数人の妃たちが、私に愉快そうな視線や意地の悪い目を向けてそう囁く。

　対して、私は無言で彼女たちをまるで他人事のように見つめ返すしかない。――私は、どうやらまた嵌められたらしい。

　理由は単純。おそらく私が男爵家の娘でありながら、後宮入りしているからだろう。平民以上、貴族未満。私の生まれた家の位は、この国に暮らす者にとって、おおむねそのような認識だった。

だから、最も位の低い五十番目の妃として順当に後宮入りした私は、このように他の妃たちから疎まれてしまうのだ。

私は、今濡れ衣を着せられた。その内容は貴重な壺を割ったというものだ。

……はあ、全く。私はそれに一度たりとも触ってないというのに。

しかも面倒なことに、それはそう簡単には払拭出来るものではない。私に在らぬ罪を被せたのは、私よりもはるかに位の高い貴族の家の出身で、私よりもはるかに位の高い妃たちであるからだ。

髪につけた髪飾りの形状と色を見るに、皆三十番目より確実に少ない数——おそらく伯爵家以上の出身の妃たちだろう。つまり木っ端貴族である男爵家の私とは雲泥の差があった。

よって、おそらく他者の多くは私の言葉より彼女たちの言葉を信じることになるのだろう。

けれど、慌てない。このようなことは、私にとってもう慣れたものだったからだ。

「——皆様、それではお詫びとして、一つ余興を行わせて頂きますね」

「？　小娘、何を言って——」

「今からこの責任を私の方で取らせていただくというだけの話です。ああ、無論、種も仕掛けもございません。今から、この小刀で――」

私は、懐から愛刀を取り出す。今まで何度も使ってきたそれを自身の首にしっかりとあてがう。

――そう、いつものように。

「命の花を散らせて見せましょう」

私は、「よし、今度こそ上手(うま)くやるぞ」と思いながら、自分の首に添えた小刀を勢いよく滑らせる。

その後、当然ながら周囲から甲高い悲鳴が聞こえたのだった。

◇

――二つの力というものがある。

『祝福』と『呪い』。それは、この国の者たちが有する特殊な力だ。その力がはっきりと発現するのは五歳となった時からであり、不思議なことに他国では誰一人として保有者が確認されていないらしい。

私の『祝福』は、【病死や老衰以外の死因で死亡した場合、その一日前まで時間が巻き戻る】というものだ。その効果はかなり強力なものだった。単純に考えてこの世界のすべてに影響を及ぼすことが出来るのだから、私以上に強い『祝福』を持つ者はそういないだろう。

そしてその半面、『呪い』も強力だった。

——【死に繋がる不幸を招き寄せる】というもの。

そのため私は昔からよく死んで、よく生き返っていたのだ。

そしてそんな私が何の因果か（おそらく『呪い』のせいだと思う）後宮入りを果たすことになったのだから、その分死ぬ回数も増えるというもの。そう、後宮に来た日から、私は毎日のように死んでいた。

基本的に自死が多い。後宮では社会的に抹殺されることが多いからだ。流石に権力には逆らえない。

大半の妃は、自分こそが皇帝の『最愛』に相応しいと躍起になっている。

何せ現在の若き皇帝は、『賢帝』として名高い。この国の歴史を繙いても、これほどまでの人物が存在するのかと言われているほどの傑物なのだ。

——他人の言葉を一言聞いただけで、その相手の悩みを言い当て、即座に解決する。そんな嘘か本当か分からない逸話があったり、それ以外にも皇帝となる前からこの国に多大な貢献をもたらしたり、未来を見通す目を持つと言われた大変優れた人物が彼であった。

ちなみに国内だけでなく他国からの評価もすこぶる高い。隣国である西の平原大国の王族たちは、皇帝陛下をよくライバル視していると聞くし、友好関係を築いている南の諸島国家群では、彼が題材になったとされる小説がなぜか大人気であるらしい。また北の大地で暮らす少数民族たちや、東の山林諸国連合とも確かな親交があり、もはやこの大陸で最も知名度が高い人物といっても過言ではないのだとか。

もしもそのような相手の『最愛』になれたのなら、将来のすべてが約束されたも同然。ゆえに妃たちは自分以外の妃に対して手段を選ばず、手心を加えるようなこともなかった。

そして、そんな大勢いるライバルの中で最も排除しやすく、最も気に食わない妃が私というわけである。よって、自死以外にも他の妃の策略にかかって物理的に殺されることもそれなりに経験していた。

体感としては大窓から突き落とされたり、ナイフでぶすりと刺されたりいうような直接的な手段が半分、巧妙な手作りの罠（※即死系）を仕掛けてくるような間接的な手段が半分といった感じか。

とにもかくにも後宮という場所は女の園であり、そして権謀術数渦巻く魔境であったのだ。

正直なところ、私のような特に取り柄のない人間に、後宮入りの話が来るとは思っていなかった。しかもなぜかこの国の宰相様が直接我が家に訪問したのである。……かなり変わった人だった覚えがある。

家族は、宰相様から話を聞いた後、私の後宮入りを快諾したのだった。おそらく家族としては、我が家の一人娘に貴重な人生経験を積ませてやりたいと考えたのだろう。何せ後宮入りは貴族の娘にとってこれ以上ないほどに名誉なことであるらしい。故にその話を蹴るなんて普通はしないし、したとしてもよっぽどの理由があったときくらいなものである。

いやまあ、私にはそのよっぽどの理由があったのだけれど……。

こうしてのこのこ後宮入りしてしまった私は当分、この場所で生きていかなければならない。

ここが予想以上の魔境であることを何度も身をもって経験してしまった今、正直すぐにでも家に帰りたいが、残念ながら皇帝陛下が自らの生涯の伴侶となる『最愛』を決めるまで無理なのだ。それが決まれば、私は晴れてお役御免となり、国から下賜された褒賞金と共に大手を振って我が家に帰ることができるのだが……果たしてそれがいつになるか全くわからなかった。実に気が滅入るばかりである。

――ああ、早く『最愛』を決めてくれないかな、皇帝陛下。それが、木っ端貴族の娘である私では無いのは確かなのだ。なので、さっさと決めてもらいたい。そして、さっさと我が家に帰りたい。

私の家は貴族とはいえそこまで裕福ではない。場所は完全な田舎だし、誇れることといえば一年を通して長閑なことくらいだろう。だから、かなりの額であるらしい褒賞金を持って帰れば、皆喜んでくれるだろうし、それにここよりは死ぬ回数が減るはずでもあるのだ。

時折ふと、家族の顔を思い浮かべてしまう。

……お父様、お兄様、それにお母様。皆、元気にしているだろうか。本当は手紙を書いて送りたいけれど、正直に書いてしまうと「今日は××という方に殺されました」、「今日は×十回、時間を巻き戻しました」というような内容ばかりになってしまうため、なかなか筆が進んでくれないのが現状だった。

……ああ、実家が恋しいなあ。実家でもまあまあな頻度で死んでいたけれど、いつも家族がいてくれた。今はひとりだ。でも実のところ、この二つの力に関して家族には……。

と、そんなことを考えながら、私は——現在、宙を舞っていた。

つい先ほど階段から突き落とされたからだ。他の妃の手によって。しかも時を巻き戻してから、大して時間も経っていないにもかかわらずである。

落下した私は強く頭を打つことになり、「ああ、今回も駄目だなあ」と悟ることになる。

「あははは っ!!　ざまあないわね！」

そんな醜い笑い声が、頭上から聞こえてくる。

……はあ、本当に何が気に食わなかったのだろう。私を突き落とした彼女に対して無礼な態度を取ったことは一度も無かったはずだ。なのに、こうして直接的な手段に訴えたということは、もう相当腹に据えかねていたということになるのだが……思い返してみても全く見当がつかない。

それと、私を始末したなら、さっさとこの場を去ればいいのに。誰かに見つかったら一目で犯人だと分かってしまうだろうに。

何故、後のことまで考えないのだろう。そう思ったけれど、見たところ、かなり位の高い妃のようだし、誰かが目撃しても容易に隠蔽出来るのだろうと納得する。

……まあ、仕方ないか。次はもっと上手くやろう。

そう思いながら、意識が闇の中に沈んでいく最中……。

「――おい、娘。生きているのか？」

すぐ近くから、声をかけられた。どうやら、ちょうど犯行現場を誰かが通りかかったらしい。しかし、誰だろう。後宮なのに、若い男の人の声……？　確か男子禁制のはずだったけれど――

「こ、皇帝陛下……!?」

私を突き落とした妃の仰天する声が聞こえてきて、初めて気付く。ああ、なるほど皇帝陛下か……。

ぼやける視界に、藍色を基調とした豪華な衣装を身につけたやや長髪の若い男性が映る。彼のその黒い髪と黒い瞳は、この国で生まれ育ったならば、実に慣れ親しんだ外見的特徴だが、特筆すべきはそこではない。切れ長の瞳に、眉を寄せ少し気難しそうな表情。身にまとうのは落ち着いた雰囲気というよりどこか達観した様子のその彼の姿は、確かに目にしたことがある。間違いない。

そう。倒れた私を覗き込んでいたのは、紛れもなく皇帝陛下その人だったのだ。そのため妃に同情することになる。

皇帝陛下が相手ならば、これはもう隠蔽は無理な話だろう。

立場は明らかに皇帝陛下の方が上。残念ながら、ごまかしようがない。ご愁傷様である。

……いや、そういえば私もご愁傷様だった。

「──おい！　娘、聞こえているのか！　おい‼」

皇帝陛下に呼ばれながら、私の命の灯火はゆっくりと消えていった。

◇

……しかし、久しぶりに皇帝陛下の姿を見たと思う。私が後宮入りした時以来であるから、一ヶ月ぶりくらいか。あの時は母から譲ってもらったドレスを着て、一度、いや正確には二度対面したはずだ。

私は、五十番目の妃。最も格が低いゆえに皇帝陛下は私の部屋に訪れることは基本的に無いはず。

――ああいや、そういえば一応毎日一人ずつ各妃の部屋に訪れているという話を聞いたことがあった。なら、あと二十日後くらいには私の元に訪れる可能性があるのか。……まあ、また皇帝陛下と出会っても、私のことは何一つ覚えてはいないだろうけれど。

私の『祝福』によって、私の時間は巻き戻った。だから、現在の私は、階段から突き落とされてはいないし、皇帝陛下とは出会わなかったということになっている。

もちろん、また同じ状況を再現するのは簡単だ。明日、同じ時間に同じ場所に行けばいい。そうすれば、私はまた殺されることになる。絶対やらないけれど。

流石に死ぬことに慣れたとはいえ、何度も好き好んで死にたいとは思わない。死ぬことも時間をやり直すのも正直面倒であるからだ。……しかし、それにしても少し困った状況になった。

巻き戻った先――自室にて私は頭を悩ませることになる。侍女たちが毎日綺麗にしていく皺ひとつないベッドの上に腰かけて、目の前の花瓶に生けられている美しい花々をぼんやりと眺めながら、思考を働かせる。

状況を簡潔に言うと、壺を割ったという濡れ衣を回避するためにループ――時間の巻き戻りを繰り返す行為――をして、前回とは違う行動を取ってみたら、今度は違う妃の手によって物理的に殺されてしまったということである。

――これ、どう回避しようかなあ……難しいなあ……。

長年培ってきた経験則から予想するに、最低でもあと三、四回はループすることになりそうだ。

面倒だなあ、死ぬの……。でも、死なないと生きられないしなあ……。

そう若干憂鬱になっていると、唐突に私の部屋の扉がノックされた。

――え、誰だろう。他の妃たちかな。なら、また殺されるのだろうか。

ああ、嫌だなあ面倒だなあ、と思いながら私はおずおずと扉に向かう。与えられた部屋は一人で使うには少しばかり広すぎるので、こういうときは少し手間だと思ってしまうのだった。

私は深呼吸した後、扉をゆっくりと開ける。しかし、そこには妃はいなかった。代わりに目の前にいたのは、先ほどの若い男性。――そう、皇帝陛下だ。

え、ええ……何で？　訳が分からない。そう、困惑する私を他所に、皇帝陛下は「邪魔するぞ」と一言告げて、ずかずかと私の部屋に入ってくる。そして、扉をバタンと閉めた。

その後、何故か私を睨みつけてくる。

「こ、皇帝陛下。申し訳ありませんが、わ、私に一体何の御用でしょうか……？」

恐る恐ると言った様子で私が尋ねると、皇帝陛下は怒鳴った。

「何の用だと！　貴様!!　あのように私の前で死んでおいて、何の用だと!?　馬鹿も休み休み言え!!」

そのように怒られた。ゆえに私は激しく困惑することになる。

……一体これはどういうことなのだろうか。何しろ、私の『祝福』は私の死後、時間を巻き戻すものだ。今までの全てが無かったことになる。

なのに、何故。皇帝陛下はどうして記憶を――

「私の『祝福』はッ！【どのような他者からの祝福や呪いであっても、その影響を受けにくくなる】というものだ!!」

私の顔に思っていたことが出ていたのだろう。そのため、皇帝陛下は怒鳴るようにして、答えるのだった。彼は息を荒らげながら再度私を睨みつけてくる。

「……貴様か。貴様だったのか。毎度毎度毎度毎度毎度毎度毎度毎度毎度毎度毎度毎度毎度毎度毎度!!　時間を巻き戻してばかりいた奴は……！　何度巻き戻せば気が済む!?　こちらは、頭がおかしくなりそうだったぞ!!」

それはまるで悲鳴に近いものだった。心の底からの訴えであった。

どうやらその言動から、驚くべきことに皇帝陛下は、自らの『祝福』により、ずっと私のループに巻き込まれていたらしい。

愕然とする。そもそも私が初めてループしたのは、二つの力が発現した時。五歳となった直後だった。つまり、その時から――

「なあ、貴様には分かるか？　やっと手間のかかる仕事を終わらせたと思った瞬間、振り出しに戻された時の気持ちが。しかも、それが場合によっては何度も連続して起こるのだぞ？　こうして自分が今、正気を失っていないのが奇跡だと思えてくる……。なあ、娘よ、分かるかッ⁉」

皇帝陛下は、見るからに怒り心頭に発していた。当然、私が彼の立場だったら、同じように怒るだろう。いや、誰であっても、こうなるに決まっている。

私は、慌ててすぐさま平伏するように頭を下げて、「大変申し訳ございませんでした……！」と謝罪する。

「謝罪の言葉など要らん。顔を上げろ。……貴様、一月ほど前の顔見せの際に、嘘を吐いていたな。皇帝であるこの私に対して。――言え。貴様の本当の『祝福』と『呪い』はなんだ」

「は、はいっ、【病死や老衰以外の死因で死亡した場合、その一日前まで時間が巻き戻る】と【死に繋がる不幸を招き寄せる】でございます……！」

「……は？」

頭上から戸惑いの声が聞こえてきた。なので、私はそのまま自分の事情について――二つの力について包み隠さず話す。

「……ですので、皇帝陛下。こればかりは自分の意思ではどうすることも出来ないのでございます……」

「なるほど、『呪い』によって、どうあっても死ぬと言うのだな、貴様は……」

「大変申し訳ございません……」

皇帝陛下が絶句するような表情を私に向ける。ゆえに私は再度頭を深く下げて、謝ることしか出来なかった。

私の『祝福』と『呪い』は、他者と比べて非常に強力なものだ。未然に防ぐことはあまりにも困難であり、だからこそ私は後宮入りした後、毎日のように死んでいたのだった。

皇帝陛下の言葉を思い返す。私は今までずっと皇帝陛下を自分のループに巻き込んでいた。それに私は後宮入りする直前の顔見せの際に、皇帝陛下から一つ質問をされて、思わず嘘を吐いてしまったことがある。

――『自身の二つの力を答えろ。嘘は万死に値するぞ？』と言う問いに対して。それらの責任を今この場で取らなければならない。

決心した私はゆっくり懐へと手を伸ばす。

「……その小刀はなんだ？　まさか自分の秘密を知られたから、私を亡き者にしようという腹づもりか？　自らの『祝福』と『呪い』を秘匿している者は数多い。明確な弱みだからな」

皇帝陛下は、「ふん、侮られたものだな」と言って視線をこちらに向けてくるが、私は首を横に振って言った。

「いえ、自刃用です」

「早まるな！」

皇帝陛下が、素早く私の手を叩(たた)く。それにより、私は小刀を落としてしまう。

ああ、私の愛刀が……。くるくると床を転がりながら遠ざかっていく小刀を未練がましく見つめていると、皇帝陛下が溜息(ためいき)を吐いた。

「……そうか。貴様はそういう奴なのだな。今、理解した」

そして目を細め、私を見下ろすのだった。

「ならば、決めた」

「……ええと、何をでしょうか……？」

ふと、嫌な予感がした。そして、それは次の瞬間に的中してしまう。

「貴様を私の『最愛』にする」

「えっ、ちょっ、皇帝陛下⁉」

私はその衝撃的な発言に、思わず取り乱すことになる。なぜそうなるのか。わけが分からなかった。

だが、皇帝陛下は私の言葉を遮るようにして大声で言った。

「黙れ！　要は不幸だから死ぬのだろう!!　つまり貴様を幸せにすれば良いということ!!なら、いくらでも幸せにしてやるわ!!」

私は絶望する。

どう見ても、皇帝陛下は自棄を起こしている。彼の言葉は確かに理屈としては間違ってはいない。間違ってはいないけれど、この国の正式な皇妃をこんな形で決めていいはずがない。

私は、皇帝陛下に負けじと大声で本音を叫んだ。

「ご、ご容赦を……！　私は、我が家に帰りたいのです!!　どうか！　どうか、私以外の妃をお選びください!!　皇帝陛下、お慈悲をっ!!」

「駄目だ。貴様を家に帰したところで、結局死ぬことに変わりない」

「少なくとも、頻度は減ります!!」

「駄目だと言っている！　私の見えぬところで死ぬのは許さんぞ！」

皇帝陛下は、一度大きく深呼吸をした。おそらく、感情を抑制するためだろう。

そして次に、宣言をするようにして、落ち着いた声音で私に言った。

「言っておくが、逃げるなよ。死ぬことも禁止だ。仮に自死して時が巻き戻ったとしても、私はお前を絶対に忘れないということを覚えておくがいい」

皇帝陛下は、平伏している私の前に立ち、ゆっくりと片膝をつく。

そして、私の目を間近で覗(のぞ)き込んだ。

「──貴様は今日から私のものだ。故に命令する。死ぬな、私のために生きろ」

血走った目で、彼は囁(ささや)くようにして私にそう想(おも)いを告げてくるのだった。う、嬉(うれ)しくない……。

──こうして予期せぬ形で、皇帝陛下の『最愛』が決まり、私に更なる災難が降りかかることが決定したのだった……。

第二章　皇帝

エルクウェッドは、リィーリム皇国の次期皇帝としての肩書きを有して、この世に生まれた。

そのため彼は、幼少期から様々な教育を受けることになる。そしてそのすべてに彼は、人並み以上の優れた成績を挙げたのだった。

彼は物覚えが良く、勤勉であった。ゆえに比類ないほどの天才ではないが、何事もそれなりにそつなくこなせる秀才だと謳われることとなる。

――きっと彼が皇帝となった暁には、安定した政治が行われるだろう。この国は、前皇帝の時と変わらぬ豊かさを維持するに違いない。

それが、当時の彼に対する人々の評価であった。

しかし、ある日、エルクウェッドに転機が訪れる。――それは、彼が十二歳の時だ。

突然彼は、今までとは比べ物にならないほどの劇的な成長を果たしたのである。

今までもエルクウェッド・リィーリムは、すべてにおいて人並み以上の才を有していた。

だが、ある時期を境に、すべてにおいて卓越した才を周囲に見せつけることとなったのだ。

同年代で彼に敵う者などいなかった。いや、同年代どころか大人さえも彼の前では形無しとなる。

彼は、何の予兆もなく化けたのだった。

そのことで、わずかな間で、いくつもの功績を挙げ始めたエルクウェッドに対して、当然よからぬ噂をする者も現れる。

――はて、一体どんな姑息な手を使ったのやら、と。

しかし、もしも彼が偶然にもそのような話を直接耳にすることとなっていたのなら、きっとこのように言葉を漏らしていただろう。

『は？　いつの間にか生き地獄に突き落とされていただけなんだが⁇　ああ、もしや私と代わりたいのか？　私と代わってくれるのなら、いくらでも代わってやるぞ⁇　というか、命令だ。私と代われ。なあ……代われよ。なあ！！』

――と、ブチ切れながらも、切実な声音で。

正直に言うと、彼の『祝福』と『呪い』は、決して彼の成長を劇的に促すような代物ではなかった。だが、奇しくも彼自身が有するその『祝福』と『呪い』によって、彼は後に『賢帝』と称されるほどの傑物に上り詰めることになる――

◇

五歳の誕生日。その瞬間、エルクウェッドは皇城内にある宮殿――白菊帝宮内の自室にて首を大きく傾げることになった。

この国の人間は全て、『祝福』と『呪い』の二つの力を有して生まれてくる。そして、その二つは対になっていることが大抵であった。

たとえば、【落とし物を見つけやすくなる】という『祝福』を持つ者は【落とし物をしやすくなる】という『呪い』を持っていることがほとんどであるし、【料理が上達しやすくなる】という『祝福』を有する者たちは【料理で大失敗を起こしやすい】という『呪い』を基本的に有している。

そのほかだと、【平日はわずかな睡眠時間で活動できる】という『祝福』と【休日は一日中ほとんど目を開けていられない】という『呪い』を持つ者がいたり、【仕事帰りはお肌が通常よりもツヤツヤになる】が【仕事中は常にお肌がしわくちゃ】というような『祝福』と『呪い』を持つ者もいる。

変わり種だと【初対面の異性に対しておもしれー女と言うと、異性に好感を持たれやすくなる】が、その代わり【初対面の異性に対しておもしれー女と言わないとハゲる】というようなよくわからない『祝福』と『呪い』を持つ者の事例も存在していた。

なぜ、そのように『祝福』と『呪い』が対になっているのかは、いまだに分かっていない。研究者の中では、『神が自らの「祝福」と「呪い」を与えた者を見物して、面白がっているのではないか』という説を唱える者もいるが、結局のところ何の根拠もなく、どの学説も憶測の域を出なかった。

分かっていることはただ一つ。この国の人間はすべて『祝福』と『呪い』の両方を持って生まれ、そして明確にその力が発現するのは、その者が五歳になった時からだということだけ。

エルクウェッドは、五歳となった日、自身の中で二つの力がはっきりとした形となって現れたのを直感的に理解した。そして、結果的に大きく首を傾げることになるのであった。

まず彼に与えられた『祝福』は【どのような他者からの祝福や呪いであっても、その影響を受けにくくなる】というものであった。率直に言って、かなり有用な力である。

何故(なぜ)なら、他者に対して影響を与える『祝福』と『呪い』がこの世に数多く存在するからだ。無意識な者もいれば、中には自らの『祝福』や『呪い』を能動的に用いて他者に影響を与えて利用しようとする者も少なからず存在している。

といっても、基本的にそのような他者に対して効果を発揮する『祝福』や『呪い』はそこまで強力なものは存在しない。

だが、エルクウェッドの立場においては、少しの油断が命取りになる以上、この『祝福』の力は非常に頼り甲斐のあるものだった。

事前に調べた限りだと、どうやらこの『祝福』を得た者は過去にもいないらしい。非常に珍しい代物のようだ。

今後、この『祝福』のことについては、信頼出来る者以外に話さないようにすれば、必ず自分の命綱となってくれるだろう。

そして、次に『呪い』についてなのだが――

「【探し人を見つけにくくなる】……？」

故に、彼は首を傾げたのであった。何故なら、『祝福』と『呪い』がまるで対になっていないからだ。

【どのような他者からの祝福や呪いであっても、その影響を受けにくくなる】に対して、【探し人を見つけにくくなる】。

果たしてその二つが、一体どう繋がるというのか。

しばらく考えてもエルクウェッドには分からなかった。なので、思考を切り替えることにする。

二つの力が対にならないことは珍しいことではある。しかし、絶対に有り得ないということでも無かったからだ。

彼は、自らの『祝福』と『呪い』の二つが判明した後、安堵する。かなり有用な『祝福』に対して、『呪い』が割とありふれたものだったからだ。

有用な『祝福』を持つ場合、割と困る『呪い』を持つことが基本的に多いのだが、どうやら自分はそうでは無かったようだ。そう、エルクウェッドは、「ああ、良かった」と思いながら、その後そのまま次期皇帝として忙しくも充実した日々を過ごし――十二歳となったある日、唐突に思いもよらぬ地獄に突き落とされることになるのだった。

――そう、それは何の前触れもなく、十二歳となったエルクウェッドの身に起きた。

「何だ、これは……」

彼は激しく混乱することになる。なぜなら、気がついた時には、自身の時間が前日に巻き戻っていたからである。

最初に明確な違和感を覚えたのは教師役の役人たちと共に勉学に励んでいる時だった。ふとした拍子に窓に目を向けるとなぜか急に雨が止んでおり、昨日と同じ雲一つない晴天に変わっていたのである。その時は気のせいだと思っていた。しかし、すぐにそうではないと気付く。

そもそも周囲の人間の言動のすべてが既視感の塊であったし、昨日経験した出来事もすべて今しがた同じように起きたのだから、最早疑いようもない。

すぐさまエルクウェッドは、その原因を予測する。このような非現実的なことが可能なのは、自国のすべての人間が持つ二つの力──『祝福』と『呪い』の能力にほかならない、と。

おそらく、いや間違いなく『祝福』だろう。時間をやり直せるというのは、明確なメリットだ。デメリットになることはほぼない。

それと、自分への危険性もないと考えていいだろう。時間を巻き戻したところで、自分をどう攻撃するというのか。

……だが、それにしても、これほどまで強力な力など聞いたことがない。世界中のすべてに影響を及ぼせるものなど……。

たとえ『祝福』と『呪い』に関する研究を行っている国立の研究機関に所属する研究者たちに問うたとしても、同じ答えが返ってくるだろう。──今までに発現したことのない新種の『祝福』である、と。

そして、なぜそんなきわめて強力な『祝福』の影響をエルクウェッドが受けていないのか。

単純な話だ。彼の『祝福』は、【どのような他者からの祝福や呪いであっても、その影響を受けにくくなる】というもの。ゆえにその身に受ける影響が大きく軽減されていた。

彼は、自らの『祝福』の力により記憶を保つことが出来ていたのだ。……だが、それが幸運であるとは到底言えない。

時間の巻き戻りを経験した翌日。エルクウェッドは、二度目の巻き戻りを経験することとなる。

「……馬鹿な、またなのか？」

思わず、愕然とする。そう、二度目の巻き戻り。

つまり、同じ時を過ごすのは、これで三回目であるということ。

さすがに二度目は許容出来ても三度目になると辟易してくる。彼は若干苛立ちながらも、その日にしなければならない仕事と義務を素早くこなした。

それにより周囲から「凄い、完璧だ！」と称賛の声が上がるが、二度もその仕事を行っているのだから彼自身として出来て当然のことであった。

何しろすでに正解を知っているのだ。どこをどう間違えればいいというのか。

それよりも、彼にはまず何においても優先すべきことが存在していた。現在、この時間のループを引き起こしている人物の特定だ。

彼自身としては、同じ時間を何度も経験したいとは思わない。少なくとも一度で十分だと考えていた。

おそらくこの事象を引き起こしている者は、間違いなく自分のような巻き込まれてしまっている人間がいることに気づいていない。現状このループがいつまで続くのかが分からないし、仮にループを終えたとしても今後、このようなループが定期的に続くというのなら正直勘弁してほしいところである。

ゆえに探し出して、『祝福』を使うのを自重するように伝えねばならなかった。

当然、自国の人間であることは分かっている。あとは何者であるかということであるが、もう少しこの『祝福』についての情報が欲しい。

そしてその後、国立の研究機関に協力してもらいながら、今回集めた情報を用いて国内を探していけば――

そのように思考を回転させていた時、ふと気づく。自身の『呪い』の効果が一体何であったかを。

「しまった……！」

――【探し人を見つけにくくなる】。

今までほとんどデメリットに感じていなかった自らの『呪い』の効果が、ここで初めてエルクウェッドに牙を剝く。そして彼は呆然と宮殿内の自室で立ち尽くしたまま――三回目のループを迎えることになるのだった。

……結果的に言うとエルクウェッドが、そのループから抜け出したのは、時間の巻き戻りを経験して実に十回目の時である。その時の彼の表情は完全に死んでいた。

大半の十二歳の少年が有しているであろう潑剌さは微塵もなく、ひたすらにどんよりとした雰囲気を漂わせていたのだった。

無論、皇太子としての務めは完璧に果たしているため周囲からは手放しに称賛されることになる。彼は、それに応えるため笑みを浮かべた。……どこからどう見ても、憔悴しきった力のない笑みでしかなかったが。

彼は思う。時を戻せるということは実に素晴らしいことだ。誰だって一度はやり直したいことがあるだろう。

しかし自分の望まぬタイミングで同じ時を繰り返すのは、もはや苦痛でしかない。しかも、それがいつ終わるかも分からないのだから、最悪だ。

おそらく、いやきっと、このループは今後も定期的に続いていくことになる。そのような予感がひしひしとエルクウェッドにはしていた。

この先、自身の精神が持つのだろうか……。

そのような心配を胸中に抱くが――ループを脱して三日後。再びエルクウェッドはループに巻き込まれることとなったのだった。

その時は、五回で解放された。最初の時よりは回数が少なかった。だが、エルクウェッドは、ひとり小さく呟くことになる。

「なあ、もうブチ切れそうなんだが……」

――と。

◇

自らが予想した通り、エルクウェッドは、何度もループに巻き込まれることになった。

その頻度は、大体三日に一度。ループは基本的に最低でも二回は必ず行われる。

エルクウェッドは、思った。——こいつぅ……！　さすがに何度も時間を巻き戻しすぎだろうがァ……と。

時間を巻き戻しているのは、おそらく何かしらの目的を達成するためであるということが予想できる。

が、しかしさすがに何度もループしすぎだ。限度というものを知らないのか、限度というものを。

巻き込まれているこちらの身にもなって欲しい。皇太子権限で牢屋にぶち込んでやろうか……。

そのように彼は、毎回内心で毒突くことになるのだった。そして毎回巻き込まれ続けたことにより、ある程度この『祝福』の力がどのようなものなのかも理解し始める。

力の効果として、一度に巻き戻される時間は一日——二十四時間であるということが分かった。それ以上の時間は巻き戻すことが出来ない。

――だが、ひとつそこには抜け穴が存在していた。

何を隠そう、この『祝福』。実は、いつでも好きな時に発動させることができるようなのだ。

つまり一日経たずに『祝福』を発動させることで、さらに過去の時間に戻ることができる。

――時間を戻した直後に、間髪を容れずに時間を巻き戻せば合計二日分の時を巻き戻せるという、裏技のような使い方が出来るのだった。

『祝福』の保有者が、この裏技に気づいたのは、エルクウェッドが十三歳の時。これには、さすがのエルクウェッドも黙ってはいられなかった。

「おい、ふざけるなよ貴様ァ！　小賢しい真似をするんじゃあない!!……くそっ、余計な知恵を身につけおってェ……！」

思わず、そう人目のない場所で叫んでしまう。彼はちょうど巻き戻る直前に、「ようやく面倒な仕事を終わらせた……はあ、長かった……一週間よくがんばったなぁ……」と余韻に浸っていたのである。ブチ切れないほうが無理というものだ。

どうやら、この巻き戻りの『祝福』の保有者は、一日だけでは物足りなかったらしい。

一気に一週間もの時間を巻き戻したのであった。

よって、エルクウェッドが苦労して終わらせた仕事――『宮殿に訪問した敵国である西の平原大国の王族の接待』が、また初日から始まることとなる。

かなりの切れ者であったため、常に神経をすり減らして冷や汗と脂汗を流しながら接待を行い、最終的に「もう二度と会いたくない……」と思っていた相手がまた「やあ、初めまして」とさわやかな笑みで挨拶を行ってきたのだから、彼は『チクショウめェッ!!』と内心思いながら、歯をぎりぎりと噛み締めることとなるのだった。

ちなみに一週間も時を巻き戻したこのループは、四回目で脱することが出来た。そして、それに伴いエルクウェッドもまた、訪問してきた敵国の王族を終始手玉に取れるほどの手腕を発揮させる。

接待中、こちらの失言を狙ってきた発言を逆手に取って相手を失言させたり、相手を惑わす言葉をかけてこちらに有利な約束を取り付けたり、とやりたい放題を尽くしたのだった。

そのため家臣たちから「あの詐欺師みたいな王族を手玉に取れるほどの話術を有していたとは……なんと頼もしい。さすがは、我らの皇太子殿下だ！」と評価をさらに上げることとなるのだが、彼としては相手が次に何を言ってどんな反応を示すのかすべて知っているのだから、ほぼ流れ作業のようなものでしかない。

いつものように乾き切った笑みでその称賛に応じ、その内心はいつものように「もう巻き戻るのは懲り懲りだ……くそォ！」というものであったが、悲しいことに当然のごとく、今後もこのような長期的なループが何度も起きることとなる。

ゆえに彼は自身の仕事を白紙に戻される度に「チクショウめェ!!」とブチ切れることとなったのだった。

◇

——エルクウェッドは、ループに巻き込まれたことによって図らずも自国に多大な貢献をもたらした。

それが、彼が成した人々から偉業と呼ばれる数々の功績である。

例えば、彼が十五歳の時、彼の父——前皇帝が大陸中の腕利きを集めて剣術大会を開いたことがあった。

大会自体は丸一日かけて盛大に行われ、国内は大きな賑わいを見せた。

最終的にリィーリム皇国の人間に優勝者は決まった。

そしてそれこそが、何を隠そう当時のリィーリム皇国皇太子——エルクウェッド本人であった。

皇帝の意向で飛び入り参加を果たした彼は、瞬く間に勝負相手を次々と瞬殺したのである。

これには、国内外問わず、大勢の者が驚愕することになる。国外の人間は、ただの皇太子である彼が血の滲むような研鑽を積んだ大の大人を容易く打ち負かせるとは思っていなかったし、国内の人間も彼の武芸の腕前は宮廷剣術を嗜んだ程度だと考えていたため「えっ、殿下強すぎない!? えっ、どういうこと!? えっ、えっ」と、全員して目を白黒させる結果となったのだった。

そしてその事実に最も驚いたのは、彼を飛び入り参加させた前皇帝であった。

彼としては、「別に負けてもいいから、とりあえず周囲に次期皇帝の存在をアピールしておきたい。相手は皆大人で、こちらは十五歳の子供。一方的に負けても言い訳の弁は立つ」と思っていたところに、優勝。そう、優勝である。

『ええぇ……なんか、わしの息子、知らん間にめちゃくちゃ強くなっているんだが……こっわ』

実の息子の優勝に対して得意気な顔でたくわえたひげを弄びながらも、しかし内心ではドン引きしていたのだった。そして、肝心の当人だが――

「……五十、回。なあ、五十回だぞ……。最多記録だ……分かるか、五十回だぞ。五十回。ああ、五十回……。五十回だ。なあ、おい」

彼は、右手に木剣を左手に優勝トロフィーを握り、帰還した控え室にて『五十回』を連呼する絡繰り人形になり果てていた。

彼は、椅子に座り、完全に燃え尽きていたのだった。正直言って、当初の彼の剣の腕前は周囲の評判通りであった。

当然ベストを尽くしても、なすすべなく勝負相手に惨敗する。最初に戦うこととなった一回戦の相手にはそれはもう、見物客が泣けてくるほどの完膚なきまでの敗北っぷりを見せつけたのであった。

しかし、彼は運良く（運悪く？）ループに巻き込まれたことにより、同じ相手に最多で五十一回も挑むことが出来たのだった。

彼は同じ時を過ごすうちに、相手の戦い方をすべて把握してしまっていた。それに加え、格上の相手との真剣勝負。剣の腕前も瞬く間に、めきめきと上達することとなる。

彼は、椅子に座り、うなだれたまま決意する。――ああ、いつか、絶対にこいつをブン殴ろう。それか、合法的な手段で牢屋にブチ込むことにしよう……と。

ちなみに、彼が成したこの偉業は『殿下、剣の腕前ばり強かったやんけ伝説』と呼ばれてしばらく国中の話題となる。それと当然、国外からのリィーリム皇国及び彼に対する評価もうなぎのぼりであった。

そのほかにも、『殿下、エスニック謎ダンス無双事件』や『殿下、知能指数一億説』、『殿下、黒光りする害虫とチーズを齧（かじ）る小動物絶対駆除するマン』、『ネオハイパーヤブドクター・殿下』といったような一つ一つ挙げていけばキリがないほどに、彼は十二歳の時から数多くの偉業を打ち立てていた。

そして、その全てがループに巻き込まれたことによって得ることとなった功績である。名も顔も知らぬ他者が有する『祝福』。それが無ければ、現在のエルクウェッドという存在は形作られていなかったと言えるだろう。

が、しかし。それはそれ、これはこれである。

「――おい、貴様ァ！　今回は流石(さすが)に許さんからなァ‼……このッ、ド畜生めェェェえぇ！！！」

後日またいつものように終了したばかりの仕事を白紙に戻され、エルクウェッドは、相も変わらずブチ切れたのであった。

◇

ある日、十七歳になったエルクウェッドは、執務室で自身の仕事に精を出していた。今行っているのは、大したことのない書類処理の事務作業。

ゆえに、これがすべて終わった後に時間を巻き戻されても、彼としてはダメージが少ないと考えており、そのため「さあ、いつでも来い。相手になってやるぞ」と内心で、五年の付き合いとなる巻き戻りの力の『祝福』保持者に喧嘩(けんか)を売っている最中でもあった。

ふと、彼はあることを思いペンを置く。

「そうか、もう五年になるのか……」

それは、先ほど考えたことだ。十二歳の時から彼は、今日までずっとループに巻き込まれていた。

その頻度は当初から特に変わらず。今も、大体、三日に一回は巻き戻されてブチ切れる毎日を送っていた。

それに加えて、彼が十三歳の時から、相手が裏技を習得してしまったため、まあまあな頻度で長期的な期間のループにも巻き込まれ、そのたびに超絶ブチ切れていた。

ちなみに今のところ、ループが続いた最大回数は五十回。その時は真っ白に燃え尽きた。

また、裏技を用いて行われた長期ループの最長期間は二週間であった。

その時は、ブチ切れすぎたせいで一周回って以前ループで無理やり習得させられた、頭部を地面につけた状態で独楽（こま）のようにくるくる回るアクロバティックな謎の民族ダンスを衝動的に踊ってしまっていたし、仮にもしも目の前に長めの棒が立っていたら、棒の周りを華麗にくるくる回る謎ダンスもこれまた本職顔負けなレベルで披露していたかもしれない。まあ、とにもかくにも、

「……意外と何とかなるものだな」

彼は、感慨深い気持ちでそう呟（つぶや）いたのだった。

最初は、精神が持たないと思っていた。けれど、何だかんだブチ切れながらも、こうして正気を保てている。

我ながら大したものだ。そう、彼は自分を褒めたくなるのだった。

エルクウェッドは、壁に掛けられた暦に目を向ける。ここ五年で彼は、常に日時を確認する癖を身に付けていた。自分が、いつまで巻き戻ったかを確認するためだ。

基本的にループは何の前触れもなく起きる。そして、厄介なことにそのことについて割と気づきにくいのである。

ゆえに自分がループに巻き込まれたという事実をすぐさま認識するための分かりやすい指標を身近に用意しておく必要があった。

彼は、暦を確認して「よし、大丈夫だな」と安堵する。ペース的にそろそろだと思ったためだ。

何もないことはいいことだ。素晴らしい。それに、もうかれこれ五年になるのだから、さすがに少しは巻き戻る頻度を減らすべきだ。

「なあ、貴様もそう思うだろう？」

彼はひとり呟く。決して、自分の声が届かない相手に。

――自分は相手の存在に気づいているというのに、その相手はこちらをまるで認識していない。

何度考えても思う。なんと理不尽極まりないのだろう、かと。

……しかし、本当にどうにかして、こちらのことを相手に認識させる方法はないだろうか。そのように頭を悩ませ始めると、つい別のことも考えてしまう。

――そういえば、この『祝福』を持つ者は、一体どのような『呪い』を所持しているだろうか、と。何せこれほど強力な『祝福』を有しているのだ。ならば、当然『呪い』も強力なものになるはずである。二つの力は、基本的に対になっているのだから。

この時が巻き戻る力の対の力とは、一体どのようなものになるのだろう。――もしや、その『呪い』がこのループを引き起こしているのではないか。

そのように思考が至った時だった。

「……ああ、やはり駄目だったか」

いつの間にか、暦が前日のものになっている。時間が巻き戻ったのだ。

昨日も同じ時間に執務室にいたため、場所の移動はなかった。エルクウェッドは、すぐさま前日に起きた出来事と行った仕事の内容を思い出す。その後、内心で余裕の笑みを浮かべた。

まだ一日。傷は浅い。箪笥（たんす）の角に足の小指をぶつけたようなものだ。――この勝負、勝ったな。

一体、何の勝負かは分からないが、エルクウェッドは、そのようなことを思いながら、鼻を鳴らした。しかし、ちょうどその時だった。暦の日付がさらに一日少なくなっていたのだ。

——裏技の使用。間違いない。今回、この『祝福』の保持者は長期ループに入ろうとしていた。

エルクウェッドは、それを見て、「ま、まあ、いいだろう」とまだ少し余裕を残していた。実は、彼としては三日までならば許容範囲であったのだ。

ちなみに四日目からはちょっと厳しくなる。五日目からは致命傷だ。一週間巻き戻されたら、例の頭でくるくる回る謎ダンスを踊ることになる。間違いなく。そして、もしも二週間巻き戻されたなら、同じく棒でくるくる回る謎ダンスも追加で踊ってしまうだろう。

エルクウェッドは、巻き戻りが落ち着くまで暦を見つめながら、固唾を呑んで見守った。

結果は——

「は？　一ヶ月……？」

時間の巻き戻りが、三十回一気に連続して起きたのだった。つまり、長期ループの最長記録を更新したのだ。

「は？　は？　は？……は？」

彼は、暦を見ながら、しばらくその事実を呑み込むことが出来なかった。彼は、完敗したのである。

――そして、彼は我に返った後、「ああああ!! ふざけるなよ貴様ァァア！！」と超絶ブチ切れながら、心の底から止め処無く沸き上がるパッションに身を任せて本職顔負けの謎ダンス二つを気が済むまでひとりでくるくる踊ったのであった。

……ちなみに今回のループは二回で終了した。彼の眼はしばらく死んでいたのだった。

◇

エルクウェッドが今もこの生き地獄のような体験を味わっているのは、何も相手及び自らの『祝福』のせいだけではない。

彼の『呪い』——【探し人を見つけにくくなる】も大いに関係していた。この『呪い』があるからこそ、エルクウェッドは時を巻き戻す『祝福』の持ち主をどれだけ必死になって探しても見つけられずにいたのだった。

リィーリム皇国が有する土地面積は、大陸屈指である。それに比例するようにして人口も多い。その中から、ただでさえ顔も名前も知らない相手を探すのだ。自身の『呪い』の効果も合わさり、無茶を通り越して無謀もいいところであった。

しかし、諦めることはしない。何しろ、現状このループから解放される手段は、彼を巻き込んでくる『祝福』の持ち主を見つける以外にないのだから。

彼は、そのために積極的に行動した。

具体的に言うと、彼は大勢の他者と交流を持つようにしたのだ。当然、祝い事や祭り事にも参加した。茶会や夜会、舞踏会等、その他様々な催し物に出席した。また、劇場やサーカスといった娯楽場所にも顔を出した。

そして皇都以外にも、都合がつけば地方視察で、どのような場所にも訪れた。

とにかく彼は人の多い場所を選んで足を運び、目当ての相手をひたすらに探し続けたのだった。

……まあ、その最中にループに巻き込まれ、そのような時に限って、ダンス会場で様々なダンスを不本意ながら習得してしまい、その流れで出場した仮面異種舞踏会でひどく目立った結果「ダンスの神」と呼ばれてしまったり、またなぜか劇場で歌唱を単独披露することになったり、それ以外にも下半身に白鳥の頭をつけてダンスすることもあれば、黒光りする害虫やらネズミを下町のお母さんたちと共に殲滅したり、街中の謎かけ雑学大会で無双したり、よくわからないまま道端で木造彫刻やら壺を作らされたりすることもあった。他にも倒れている人を助けて腕の良い藪医者呼ばわりされたり、大型動物と取っ組み合いをしたり、皇太子なのに妃教育を受けさせられたり、女装したり侍女になったり——と、とにかく彼は結果的にその全てを真顔でこなすこととなったのだった。

人前に積極的に出ていくうちに彼は、多くの民衆から愛されることとなる。

彼は、とても優秀だ。何一つ、間違えない。なのに、驚くほど親しみやすい。

彼が皇帝となった暁には、きっと自分たちは彼をこう呼ぶだろう。

――『賢帝』と。

多くの人々はそのように未来を夢想することになるのだった。そして、そのように思われている本人は「今回は三十回巻き戻ったせいで、腕を組みながら腰を落として足をシュバシュバする謎の民族ダンスを習得してしまった……何かもう特技と趣味のレパートリーが凄いことになってきたぞ……どうするんだ、これ」と、困惑しながら疲弊しているのだが、それに関しては、民衆は知る由もない。

とにもかくにも、エルクウェッドは多くの人々と交流しながら、あの『祝福』の保持者を探していた。

正直言って、あてなどない。だが、見つけるのは絶対に不可能ではなかった。『祝福』と『呪い』には必ず発動条件があるからだ。

たとえば、エルクウェッドの『祝福』は、他者からの『祝福』と『呪い』の影響がなければ発動しない。

彼の『呪い』の場合もそうだ。人を探さなければ、発動しないのである。

つまり、裏を返せば、時が巻き戻る際には必ず何かしらの引き金となる要因が発生するはず。それをこの目で直接確認すればいい。――その条件を達成した者こそが、『祝福』

の保持者である。

補足するならば、基本的に、強力な力を使用するには、それ相応の条件を満たす必要がある。そしてそれは過去の事例から言って——必ず一目見て分かる条件であった。

そこに僅かにでも可能性があるのだから諦められるはずがない。

そして、彼は今日もまた「おい、ついに大型船の船長やら一人前の占い師を名乗ることを大勢から問題なく認められてしまったんだが、どうするんだこれ……皇族辞めても一人で生きていけそうなんだが……」と呟きながら、地道に人探しを行うのであった。

ある日、エルクウェッドは父——皇帝に話があると呼び出された。その内容とは、今後のことについてだ。

「エルクウェッドよ。わしとしては、お前が二十五歳となる前には、必ず皇位を譲るつもりでいる」

皇帝は貯えたひげをもてあそびながら言った。

現在のエルクウェッドは十九歳。つまりあと、最長でも六年以内に彼は皇帝の座に就くことになるのだった。

「エルクウェッドよ、お前はわしの自慢の息子だ。お前はよくやっている。正直なところ、今すぐにでも皇位を譲りたいと思っている。だがしかし、それはこちらのやり残した仕事をすべて片づけてからだ。悪いが、しばし待っておれ」

その言葉に「承知いたしました、父上」とエルクウェッドは返事をする。

自分が皇帝になる。その実感を、彼は改めて強く嚙み締めることになるのだった。

「――左様でございますか。ならば、殿下のために妃たちの後宮入りの準備を始めていかなければなりませぬな」

そう、声を上げたのはエルクウェッドと共に呼ばれていた宰相のジゼフだ。

かなりの老齢にもかかわらず、きちんと伸び切った背筋と豊かな頭髪を持つ紳士的な雰囲気の彼は、「大変喜ばしゅうございます」と嬉しそうに笑う。

「いやはや、引退するまでにまたこのような大仕事を行える日が来ようとは、この枯れ切った老骨であっても、心滾るというもの。精一杯、頑張らせていただきましょう」

そう、宰相は、楽しそうに張り切り出すのであった。

この国では、皇帝となった者は必ず自分の生涯の伴侶となる者を決めなければならない。

そして、その対象となる者たちが後宮入りしてきた女性たちであった。

後宮入りする女性は、基本的に五十人。その者は皆、一様に妃として扱われる。皇帝は、その中から自分の『最愛』を決めることになるのだった。

「──ああ、そういえば実はこの間、兵士たちから殿下の噂話を耳にいたしました。殿下は『七歳下ならば、どのような御相手であっても構わない』、というようなものなのですが、それは真なのでございましょうか？」

「何？　エルクウェッド、そうなのか？　わしは初耳だ」

そのように宰相が唐突に、最悪な話題を振ってきた。当然、皇帝も「え、マジで⁉」と驚いた表情を向けることになる。

「違います。根も葉もない噂でしかありません」

エルクウェッドは、「ゾゾッ‼」と思いながらも真顔で即答した。

実は近頃、彼は自分より七歳下の子供がいれば積極的に声をかけていたのだ。理由は一つ。彼は、時を巻き戻す『祝福』の保有者が自分より七歳下の人間であると考えていたからである。

彼が初めてループに巻き込まれたのは、十二歳の時。そして、それ以来ずっと彼は巻き込まれ続けている。──しかし、それまでは確実に何事もなく過ごしていたのだ。ならば、その時にあの『祝福』が発現したのだと。そう考えるのが自然ではないだろうか、と。

そのために、どうやら良からぬ噂が立っていたようだった。エルクウェッド自身も真剣に声掛けをしていたので、なおさら本物っぽさが出てしまったのだろう。

残念ながら彼には、現在それに反論する材料を持ち合わせていない。しかし、さすがに身近な者に犯罪者だと思われたくなかった。

故に必死になって「いいえ、絶対に有り得ません」と強く否定する。だが、皇帝は「なるほどなあ」というような顔をするのだった。

「とりあえずお前もきちんと血の通った人間なのだな。安心したぞ」

そのように実の息子に対して、酷(ひど)い言いぐさをするのだった。

エルクウェッドは「おい、父上ェッ!!」と内心思うが、ぐっと堪(こら)えて、涼しい表情で受け流す。数多(あまた)のループを経験してきたことにより、彼の忍耐力はとうの昔に天元突破を果たしていたのだ。今となっては、彼がブチ切れるのは、時を巻き戻された場合のみである。ちなみに最近巻き戻された際は人知れず謎の腕組足シュバシュバダンスを踊って怒りを何とか解消していたのであった。

エルクウェッドの言葉に対して宰相は「おや、そうでありましたか。これは大変失礼いたしました」と謝罪する。

「実は、殿下が二十三歳となった際、その七歳下のご令嬢方は十六歳となるため、ちょうど良いのではと考えておりました」

実は基本的に十六歳から後宮入りが可能だ。といっても、さすがに各貴族や有力者の声を無視して全員を十六歳の者にすることは無理という話。

しかし、そのような一部の枠を作ることは十分可能だった。宰相は、そのようなことを考えていたため、先ほどのような話をしたのである。

宰相自身にとっては、この国の未来を想っての至極真面目な話題であった。しかし、エルクウェッドにとっては割と高ダメージな精神攻撃を受けているようなもの。よって彼は、とりあえず「ははは」と笑って、何とか話題を変えようとする。

――あと、正直言って、もう自室に帰りたい。そう思っていた時だった。

「ご歓談の中大変失礼いたします。ただいまお茶をお持ちいたしました」

そこに、ちょうど侍女たちが給仕に現れたのである。

助かった。エルクウェッドは、安堵する。

三人のいる部屋に入室してきた侍女たちによって、会話が一時的に中断されたからだ。

よし、給仕が終わった後は、自分から新しい話題を振ろう。エルクウェッドがそう考えていたときだった。

「おや、もしや貴女は新入りでしょうか？　初めて見るお顔のようですね」

宰相が、一人の侍女に対してそう言葉をかける。

その侍女はやや緊張した様子で「はい」と頷いた。

「先日より、高位侍女となりました。皆様に失礼のないよう精一杯給仕を務めさせていただきますので、どうかよろしくお願いいたします」

「なるほど。いえいえ、こちらこそよろしくお願いいたしますね」

宰相は柔らかな笑みを浮かべたままじっと、その侍女を見つめる。

「あの……？」

「――今からわたくしは大変失礼な言葉をあなたにかけてしまう。どうか、ご容赦いただきたい」

「え、はい……？」

そして老齢の宰相はフサフサで白髪のない黒髪を撫(な)でた後、今までの柔らかな物腰から打って変わって、とんでもなく雑ながらもどこか艶のある口調で侍女にこう告げたのだった。

「おもしれー女」

そう、彼は【初対面の異性に対しておもしれー女と言わないとハゲる】という『呪い』を有していたのである。

そのため言葉をかけられた侍女は「え、面白い……？　面白いって私のこと!?……え、何が？　何で……？」と戸惑うことになる。

それを見たエルクウェッドは、呆(あき)れたように言った。

「宰相、貴様はそろそろ禿(は)げたほうがいいぞ。さすがに良い歳(とし)だ」

「わしも、そろそろ自国に威厳のある見た目の宰相が欲しい。――命令だ、今すぐ禿げろ」

皇帝も辛辣に言う。また、他の侍女たちも若干頷きながらそれに同意するのだった。しかし、宰相は真摯な表情で宣言する。

「わたくしの毛根は生涯現役でございます」

——そしてその後、すぐさま先程命令を下した皇帝に対して宰相は、「禿げとうありませぬ。決して禿げとうありませぬ」と必死な形相で毛根の助命嘆願を始めたのであった。

◇

エルクウェッドは、その後、皇帝の代理として仕事を行う機会が増えてきていた。

そして、そんな彼は今回、自国と友好関係を結ぶとある小国に皇帝の名代として訪問していたのだった。結果として、相手の国王とも重要な話し合いは恙無く終わり、現在は帰国を残すのみである。

「明日、この国を発つつもりだ。世話になった」

「とんでもございません。私も、皇太子殿下から多くの知識を学ばせていただきましたので、こちらこそ大変お世話になりました」

エルクウェッドの言葉に応えたのは、彼が訪れた南の諸島国家群の一つである小国の第一王女である。彼女は、今回の接待役に任命されていたため、言葉を交わす機会が多かったのだった。

今回を振り返ってみて、目の前に座る相手は実に勤勉な女性であったとエルクウェッドは感想を抱くことになる。彼女は自国のことをよく学んでおり、常に彼に対して詳細な説明を行ったのである。

そしてどうやら自国に止まらず他国の文化にも大きな関心を持っていたらしく、彼女は暇があればいつでもエルクウェッドに多くの問いかけを行ったのだった。ちなみに先日聞いたこの国の王の話によれば、この国の王族の中で最も優秀な者が彼女である、らしい。この国はその優秀さで毎回国王を決めているらしく、現在彼女が王位継承権一位の座を得ていたのであった。

それは喜ばしいことだ。目の前の彼女がこの国の女王となれば、より大きく栄えていくだろうな――と、考えながら、エルクウェッドは紅茶の入れられたカップを口に運ぶ。

最終日となった今日、エルクウェッドと王女は王宮にて、二人で雑談を行っていたのだった。

将来国のトップに立つ予定の者同士、友好を深めるためだ。

今後、場合によっては互いに手を取り合って、協力し合うことも出てくるかもしれない。この雑談は両者共にメリットしかない実に有用なものであった。

「ところで、皇太子殿下。実は、個人的にとても気になっていることがございまして、お聞かせ願ってもよろしいでしょうか？」

「なんだ、どのようなことだ？」

「皇国の方々が有する『祝福』と『呪い』の力のことでございます」

「ああ、なるほど。そういった話か」

エルクウェッドは、「まあ、確かに気になるだろうな」と、内心呟く。

何しろ、この二つの力を所有する者は、現在大陸内においてリィーリム皇国の人間にしか確認されていない。しかもその所有者は国民全員である。他国の者ならば、興味を持たない者などいないだろう。

彼は秘匿されていないものの中から比較的知名度の高い『祝福』と『呪い』の事例を彼女に話し聞かせることにしたのだった。

——自国には【初対面の異性に対しておもしれー女と言うと、異性に好感を持たれやすくなる】という『祝福』と【初対面の異性に対しておもしれー女と言わないとハゲる】という『呪い』を有しているもはや名物と化した高齢の宰相がおり、その毛根があまりにもしぶとすぎるということ。

——また自国には、【仕事帰りはお肌が通常よりもツヤツヤになる】が【仕事中は常にお肌がしわくちゃ】という、何だかよく分からない『祝福』と『呪い』を有している将軍がいて、仕事中に彼の素顔を見た者はほとんどおらず、本人いわく、仕事中は『たとえるなら、萎れたリンゴの妖精と干しブドウの妖精が同時に互いのしわくちゃな顔を殴り合った後、突然二体で融合合体を果たしたレベルの悪魔的なしわくちゃさ』であるという、全くわけの分からなさであるということ。なお、実際の素顔は二度見するほどの美中年男性である。

——他には、二つの力を研究する国立研究所の女性所長が【平日はわずかな睡眠時間で活動できる】という『祝福』と【休日は一日中ほとんど目を開けていられない】という『呪い』を有しており、ある日実験と称して一ヶ月の長期休暇を取った際に、生命の危機を感じた部下たちによって休日を無理やり取り消されたという逸話があるということ。

その三点の話をすると、王女は、真摯に耳を傾けたのだった。

「……なるほど。たくさんの興味深いお話、ありがとうございました、皇太子殿下」

王女は頭を下げる。しかし、よく見ると、彼女の瞳には未だ好奇の色が宿っていた。

「どうやら、まだ何か聞きたいことがあるようだな」

「……はい。それは、皇太子殿下ご本人の『祝福』と『呪い』についてでございます」

そう、言われてエルクウェッドは内心、困ることになる。なぜなら彼のその二つの力は、公開せずに秘匿しているからだ。

「悪いが、私については話せん」

「そう、でしたか……誠に申し訳ございません」

彼女は、エルクウェッドの一言で察する。そして謝罪するのであった。

「いや、謝る必要はない。——ああ、なら、こういった話は出来るだろうからしておくか」

彼は、言葉を紡ぐ。自分には会いたい人間がいるのだと。

「顔も名前も年齢も性別も何一つ知らん。無論どこで暮らして、今何をしているのかもな。今のところ確実に言えるのは、自国の人間だということだけだ。それで、子供だった時から其奴に会いたいと思って探しているのだが、困ったことに全く見つからん」

「？　お顔もお名前も分からないのに、どうしてそのような方が居るのだと、お分かりになったのでしょうか？」

「其奴の『祝福』だか『呪い』だかには、そのような効果がある。私も完全に把握できていない」

彼は言葉をごまかしながら、実体験を語った。相手の持つ力に影響されて、自分はその者を認識するようになったのだと。

当然、自分の『祝福』の力に関しては完全に伏せておく。それと、わざと話の内容も大雑把なものにしておけば完璧だろう。

「……まあ、という、大したことのない話だ」

彼は、そう締め括る。しかし、内心としてはめちゃくちゃ大したことであると思っていたし、常に自分がブチ切れる要因となっているため、かなり深刻な話でもあったが、そこはおくびにも出さない。

話し終えたエルクウェッドが、王女に視線を向ける。すると、何故か彼女はうっとりとした表情をしていた。

「？　第一王女殿下……？」

「……皇太子殿下、私個人としては、それは本当に素晴らしく素敵なことだと思います。――だって、まるでお二人が運命の赤い糸で結ばれているようではありませんか」

彼女は、そう言うのであった。

「……そうか？」

「そうですよ、とてもロマンティックです！　はいっ！」

彼女は語気を強めに肯定した。

そうか……。なら、そうなのかもしれない。

彼はそのような考えもあるのか……はあ、なるほどなあ、と思いながら帰国するも――

そこでいつものように時が巻き戻ってしまう。ゆえに、

「やはり無いな！　チックショウめェ!!」

残念ながら彼女とは解釈違いであるらしい。

自分にとって例の者は運命の相手ではない。敵だ。そう、ブチ切れながら強く実感することになるのだった。

——後日、エルクウェッドの話を題材にして出版された恋愛小説が、南の諸島国家群を中心として世界的なベストセラーを記録する。

実は小国の第一王女と話した最後に、「趣味で小説を書いており、先ほどの話を本にしてもいいか？」と尋ねられていたのだ。そして彼は「え？　まあ、いいけど……」と了承していたのである。

ちなみに内容は男性同士の恋愛ものであった。彼女は、ジャンルを言わなかったのだ。故に度肝を抜かれることになる。エルクウェッドは、そのことを抗議するため慌てて入手したその小説を熟読する。その後、目を瞬かせながら真顔で言った。

——「あれ？　内容はともかく話自体は普通に面白かったぞ……」と。

彼は激しく困惑しながらも彼女に対して、やんわりとした抗議文と共に正直な感想文を送ったのだった。

◇

そしてさらに月日が経ち、エルクウェッドが二十一歳にもなると、宮殿内は慌ただしくなっていた。

――来年、戴冠式を執り行う。

そう、彼の父である皇帝が内々に発表したからだ。ゆえにエルクウェッドもさらに気を引き締めることになった。

彼は仕事の合間の休憩を終えて、執務室に戻ろうと、足を進める。その時だった。

ちょうど侍女たちの仕事場の前を通った時、偶然にも彼女たちの話が耳に入ってきたのである。それは、今後後宮入りしてくる妃たちの話題であった。

『――ああ一体、どなたが皇太子殿下の「最愛」になるのかしら』

『歴代の皇帝陛下は、基本的に十番目までのお妃様の中からお選びになっているのでしょう？　なら、今回もそうなるのではないかしら』

『でも、過去には二十番目のお妃様や、三十番目のお妃様をお選びになったこともあったと聞いておりますよ？』

『最後まで全く分からないということね。何だかこちらまでそわそわしてきてしまうわ』

そして、『実はあの伯爵家のご令嬢が、後宮入りする予定らしいです』とか、『あら、もう内定しているのは、確か侯爵家のご令嬢のはずでは？』、『国への貢献度から言って、あの子爵家のご令嬢の後宮入りは決まりですね』、『宰相様、いつになったらおハゲあそばすのかしら』、『そういえば皇太子殿下と宰相様がお探しになっていた物、結局見つからなかったそうよ』、『後宮の地下通路の図面でしょう？　本当にそんな通路あるのかしらねぇ』といったような会話が続いていく。

彼女たちの言葉は全く途切れる気配はないが、同時にその手もまた止まることなくすばやく仕事をこなしていっているため、そこはさすがだと言わざるを得ない。

彼は、感心しながら、執務室に戻ったのだった。

そして、黙々と仕事にとりかかっている最中、彼はふと、先ほどの侍女たちの会話を思い出す。

「……自分が、どのような相手を選ぶか、か」

今、思えば考えたことがなかった。自分は、今後どのような相手を選ぶことになるのだろう。

常に皇太子として仕事やその役目に追われるせわしない毎日だった。恋愛などしたことがあっただろうか。

そう、考えエルクウェッドは、過去の記憶を思い返してみる。……しかし、思い出すのは、残念ながら、ループに巻き込まれて何度もブチ切れてきた経験ばかりであり、何一つとして恋愛染みたエピソードを思い出すことが出来なかったのだった。結局のところ彼は、完璧な仕事人間だったのである。

もしや、自分には人間味というものが欠落しているのかもしれない。

そう思ってしまった彼は、何だか無性に虚しくなり、その虚しさを仕事にぶつけようとするも、ちょうどループに巻き込まれてしまい、「アアーッ！　またか貴様!!　今日こそは許さんからなァー!!」とまたいつものようにブチ切れることになるのであった。

◇

二十二歳。それは栄えある年となった。

「——そうか、ついにこの日が来たか」

戴冠式当日、エルクウェッドは、感慨深げな気持ちで、ゆっくりと深呼吸を行っていた。

現在彼は、その身に歴代の皇帝が身に着けた優美な儀礼装束をまとっていたのだった。

もうすぐ、式典が始まる。

宮殿の最奥——皇位継承の間にて、彼は多くの家臣たちに見守られながら、父である前皇帝より皇冠を受け取ることで、晴れて正式な皇帝となるのである。

心を落ち着かせながら、その時を待つ。今まで、彼はさまざまな経験をしてきた。辛い ことがあった。苦しいことも多々あった。

しかし、それらのすべてを乗り越えて、彼は今日、皇帝となるのである。

「……殿下、本当に本当におめでとうございます」

傍に控えていた家臣の一人である中年の役人が、涙をこぼしながら、ぽつりとそう言った。

どうやら、彼は今から行われる戴冠式のことを考えているうちに感極まってしまったらしい。エルクウェッドは小さく笑う。

「おい、式典はまだ始まっていないぞ？　何を泣いている。そんな顔で戴冠式に出るつもりか？」

「……申し訳ございません……ですが、殿下がついにこの国の皇帝になられるのだと思うと、とてもとても嬉しく思いまして……」

「仕方のない奴だな、貴様は。私が即位したとしても、変わるのは肩書きだけだぞ？　私自身は、今までとは何も変わらない。そうだろう？」

「はい、確かに。ですが……」

家臣の彼は涙を拭い、言った。

「――私共は、この瞬間をずっと心よりお待ちしておりました」

エルクウェッドは「そうか」と応える。

「自分の家臣にそう思われている私は、間違いなく幸せ者だな」

彼はそう言って、目を閉じる。

家臣は「こちらこそ光栄の至りです、殿下……」と涙声で答えた。

「……我々は、殿下に幸せになっていただきたいと、常日頃思っておりました。もちろん、今もそうです。殿下は、いつもこの国のためにご尽力してくださいましたから……」

彼は言った。今までずっと、自分たちはその姿を間近で見てきたのだと。

「……殿下は、常に頑張っておられました。なのに、今まで一度も我々に対して我儘(わがまま)を言うこともなく、今日まで来られたのです。ならば、たまには、自分勝手なことを言っても罰は当たらないと、そう思う次第なのでございます」

「我が儘、か。私はもう子供では無いぞ？」

「ええ、もちろん。ですが、我々は殿下が子供であった頃からずっと見守って参りました」

「……ああ。ああ、そうだったな」

今、自分の傍にいる家臣たちは、エルクウェッドの幼少時から仕えてきた者たちばかり。

彼らにとっては、エルクウェッドは長年仕えてきた主であり、そして我が子同然のようなものでもあった。

彼は、しばし目を瞑ったまま考える。確かに、自分は今まで、我が儘のようなことを言ったことは一度もなかった。それは信頼している者に対しても、そう。

しかし、彼は決して他者に対して我が儘を言いたくなかったわけではない。実は彼にも、昔から心より望むことがあったのだ。

だが、それはさすがに叶わない夢であると、諦めていた。

どう考えても他人に多大な迷惑がかかるからだ。そのような自分勝手が過ぎる望みに、他者を巻き込むことなど到底出来ない。

そう考えていると、どうやらそのことが顔に出てしまっていたらしい。

中年の家臣は、「何卒、何なりとお申しつけください」と言うのだった。

「我々に出来ることならば、何でもいたしましょう。それが、今の我々の願いなのです……」

「お願いいたします、殿下。殿下は常に完璧でした。なら、一度くらい完璧でなくてもよいのではないかと、そう考えてしまうのです。そのことをお許し願えるのなら、どうか……」

「どうか、我々にお教えください。何卒……」

気がつけば、泣いていた中年の家臣以外の家臣たちも、エルクウェッドの側に寄って、懇願してくるのであった。

彼が皇太子の身分でいられるのは、あとわずか。故に彼らは、その最後の時間を用いてエルクウェッドのために何かを行いたいと思っていたのである。

そして、それは、彼の我が儘を聞くこと。

皇帝となった彼は、今まで以上に我が儘を言えなくなるだろう。国の頂点に立つ者に、身勝手な行為など絶対に許されないからだ。

エルクウェッドは、「貴様ら……」と家臣たちの真摯な言葉をすべて余すことなく受け止める。

「分かった」

目を開けて、彼は今まで密かに願っていたことを彼らに告げた。

それを聞いた家臣たちは、「え、今なんと……？」と我を疑うようにして目を瞬かせる。

何故なら彼の願いはなんと――「みかんジュース、たらふく飲みたい」であったからだ。

家臣たちは酷く困惑する。なぜ、みかんジュースなのだと。選択が謎すぎる、と。

……実のところ、エルクウェッドとしては「ねえ、たまには人目を気にせずにブチ切れてみてもいい？　いや、ちょっとだけなんだけどさぁ」ということを家臣たちに正直に告げるつもりであった。

今までエルクウェッドは自分がループに巻き込まれていることを誰にも告げてはいなかった。いや、試みたことはあるのだが、ループで全てなかったことになったので、実質誰も知らないというのが実情である。

まあ、とにもかくにも彼は、基本的に人目のつかない場所でブチ切れており、たまにはいいよね？　ね⁇　と思った次第であったのだが、しかしやはりこれはあまりにも迷惑すぎると直前で思い直したのだった。ゆえに仕方なく代案を告げることにしたのである。

……本当は彼らの気持ちに応えたかった。しかし、だからこそ親しき者たちに対して礼儀を欠いてはならない。

ブチ切れるのは、やはり人目のない場所ですべきだろう。自分としても心の底から思いっきりブチ切れたいし……。

「実は以前に、南の諸島国家群内の小国の姫に詫びの印……いや、友好の印として蜜柑を送ってもらったのだが、それがなかなか美味でな。楽しみにしている」

その後、彼は泰然とした様子で戴冠式に臨む。当然ながら彼の皇太子としての最後の言葉は「みかん超大好き」となったのだった。

ちなみにこの時、都市部地方部関係なく、リィーリム皇国はお祭り騒ぎの様相を呈していた。人々は心から待ち望んでいたからだ。

エルクウェッドが皇帝となることを。賢帝が君臨することを。

「――ああ、そうか。お祭り、かあ……なら、またみんなの前でうっかり死なないように気をつけないとなぁ」

　しかし田舎で暮らす一人の少女にとっては、そこまで喜ばしいものではなかったようだ。

彼女は、目の前で楽しそうにしている人々を眺めながら億劫そうにそう呟いた。

　そしてそんなひとりの彼女の元に後日、一人の紳士然とした老人が訪れることになる。

　驚くべきことに彼は少女に対して、次のような言葉を告げたのだった。

「おもしれー女」

　――晴れて皇帝となったエルクウェッドはまだ知らない。

己が仇敵と定めた例の人物との邂逅の日が着々と迫っていることを――

第三章　妃選び

リィーリム皇国の皇帝は、代々後宮入りした妃の中から生涯の伴侶を決めていた。

選ばれた妃は『最愛』と呼ばれ、正式に皇妃としての地位を得ることになる。

晴れて皇妃となれば、計り知れないほどの名誉と富が手に入ることになるだろう。

――『最愛』に選ばれるのは、完全なる皇帝の気分次第。しかし、そのチャンスを摑む機会は、後宮入りした妃全員が有しているのである。

ゆえに、妃たちは皇帝の『最愛』になるため、弛まぬ努力を行うのであった。

ちなみに、皇妃に選ばれなかったとしても、そこにデメリットが発生することは皆無と言っていい。後宮入りした、というだけで大きな箔がつくからである。

後宮入りするための条件には、様々なものがある。実家の皇国への貢献度や影響力といった権力的な観点からの選ばれ方はもちろん存在する。

しかし本人自身が極めて優秀であったり、特異な才能を有していたり、美しい容姿を持っていたり――と本人の資質を評価して選ぶことも多く、たとえ『最愛』となれなかったとしても、その後、就職や婚約など、本人に対して非常に有利に働くことが多くあった。

　また、国から高額な褒賞金も支払われるため、あまり裕福ではない貴族の者が妃に選出された際、それ目当てで後宮入りを決めるという事例も多々あるのは事実である。
　何にせよ晴れて皇帝となったエルクウェッドが二十三の歳に、五十人の妃たちが後宮入りを果たし、彼はその中から一人の『最愛』を決めることになるのであった。そして、彼の生き地獄の過酷さは唐突ながらも、さらに加速することになる――

　妃となった者たちは、皆、必ず後宮入りした際に皇帝に顔を見せにいかなければならないという決まりがある。
　後宮入りする順番は一番目の妃から。最後は五十番目の妃となる。
　全員が後宮入りした後になって、ようやく皇帝は本格的に自身の『最愛』を選ぶことになるのだ。

「――お久しゅうございます、皇帝陛下」
　場所は皇城内の白菊帝宮――玉座の間。多彩に彫刻された大理石で囲まれたその空間では、驚くほど絢爛で美しい意匠のドレスを身にまとい、妃として最上位を示す髪飾りを身に着けた長身の凛とした女性――一番目の妃であるラナスティアが、微笑を浮かべながら恭しく一礼をしていた。

エルクウェッドは、彼女とは子供の頃からの知己であった。

「ああ、久しいな。やはり、貴様も後宮入りしていたのか」

「はい。公爵家の者として生まれたのであるならば、こうして後宮入りを果たすのも当然のことでございます」

玉座に座るエルクウェッドが言葉を返すと、彼女は淀みなく返答する。彼女の表情には、不安の類は一切なく、そこにはただひたすらに余裕の微笑があった。

「相も変わらず、自信家だな。まあ良い。どれほどかかるかは分からんが、その間は後宮でのんびり過ごすといい。お前は、見るたびに生き急いでいるからな」

彼がそう言うと、鈴のような美しい声音で彼女は笑みを浮かべた。

「もちろん、そうさせて頂きたいとは思いますが……はてさて、一体どうなることでしょうね……？」

「……貴様と話していると、いつも無性に疲れてくるな。たまには、普通な気分で話をさせてくれ」

「それはそれは、大変申し訳ございません。ですが、性分ですので」

その後、いくらか言葉を交わした後、彼女は「それでは、また後日お会いしましょう」と言い残して玉座の間を退室する。

エルクウェッドは、彼女が完全に去った後、「これを、後四十九回もしなければならんのか……面倒な」と、内心愚痴を言うのであった。

しかし、さすがに後の全員、あのような常に腹に一物を抱えている者ばかりではないだろう。

一度気持ちを切り替え、彼は次の妃の顔見せに臨む。

――しかし結果的に言うと、大半の妃が腹に一物抱えていたのであった。ゆえに、エルクウェッドは、妃たちと顔を合わせて会話するたびに、その身に疲労が大きく蓄積されていくことになる。

どうやら大勢の妃たちは、皆揃ってエルクウェッドの『最愛』になろうと考えているらしい。露骨に表面に出す者はさすがにいなかったが、基本的に彼を見る妃たちの眼光は、まるで獲物を見定める猛禽類のような鋭さを発していたのであった。

しかし当然な話でもある。エルクウェッドは何せ子供の頃から多大な功績を挙げてきたのだ。それは皇位継承後も変わらない。気がつけば、いつの間にか歴史上最も偉大な皇帝と称するに相応しいと、大勢の者たちから評価される状況となっていた。

つまり言い換えれば、歴史上、類を見ないほどの好物件であるということなのである。入手できる機会があるのなら、是が非でも入手しておきたい代物であろう。何せ、そんな好物件が、たった五十分の一の確率で手に入るのだから。

これでは先が思いやられるな、とエルクウェッドは眉間を押さえながら、ため息を吐く。

——後宮内でもめ事や争い事が起きなければ、いいが……。

そのように心配になりながらも、彼は再度気を引き締めて「次、入れ」と最後の妃の顔見せに臨んだ。

「——お初にお目にかかります、皇帝陛下」

エルクウェッドより少しばかり離れた場所で一人の少女が平伏する。

彼女は、小綺麗な青い絹のドレスを身にまとっていたが、その質は他の妃たちに比べて幾分か劣っているように見えた。それに少しばかり年季が入っているようにも見える。母親から譲り受けた物なのかもしれない。彼は、少女を観察しながら「顔を上げろ」と告げる。

「それと今の貴様は、仮にも妃の身分だ。そこまでする必要はない。気楽にしていろ」

その言葉に、少女は「ご配慮いただき誠に感謝申し上げます、皇帝陛下」と、言って立ち上がるのだった。

まだ幼さが顔立ちに残る、真面目な雰囲気をした華奢な少女だった。

ほどけば腰まで届きそうな長さの髪は、頭の後ろで大きめの布の髪留めによって綺麗にまとめられている。やや下がった目尻によっておっとりとした様子にも見えるが、姿勢の良さにより身にまとう雰囲気としては真面目さが勝っているだろう。いや、おっとりとい

うよりもどこか達観しているように見えなくもない。それに、
——やや地味な顔立ちだが、上手く化粧をしてやれば、化けるか……？
そう、ふと思ってしまったため、エルクウェッドはとっさに自分の手の甲を抓ることになる。

実は彼は、過去のループに巻き込まれた際に、宮殿で働く化粧師に、化粧のありとあらゆる技術をなりゆきで習得させられていた。そのため、女性を見るたびに「もっと、こう上手いこと化粧できるはずだ。たとえば素材の味を活かして……」と反射的に思ってしまう、そんな使いどころのない特技を獲得してしまっていたのだった。

彼は、一度思考を切り替えた後、少女に言葉をかける。

「まあ、とにかくよく来た。それと、一応確認しておく。貴様の名は、ソーニャで相違ないな？」

「はい。間違いありません。ソーニャ・フォグランと申します」

少女は、丁寧に頭を下げるのであった。

エルクウェッドは頷く。さらに言葉を続けた。

「貴様は、確か男爵家の出であったな」

「はい、そうでございます」

「歳は十六。趣味は読書。特技は、明日の天気を当てることだったたか。これも間違いない

な?」

「はい、もちろんでございます」

それは、やや面談めいたやり取りであった。実のところ、本来ならば、そういった情報は、皇帝自身が妃と言葉を交わして聞き出すというのが、この顔見せの流れの一つであったのだが――途中から面倒になってきたため、エルクウェッドは担当の役人に命じて「妃全員の情報が記載された資料を寄越せ。暗記する」ということとなり、彼はそのすべてを頭に叩き込んでいたのである。

故に、このような事務的な会話になってしまうのだが――今まで妃側から激烈な自己アピールがなされてきたので、「まあ、これでもいいか」と役人たちも半ば納得していたのであった。

ある程度、少女の情報の確認を行った後、彼は「それで、私に言いたいことはあるか?」と尋ねると少女は、少し考える素振りをした後、言った。

「……大変申し訳ございませんが、今はまるで思いつきません」

そして「皇帝陛下を前にして、このような無礼を働いてしまったことをどうかお許しください」と、そう、真摯な表情で深々と頭を下げてくるのだった。それを、見てエルクウェッドは「ほう」と内心、息を吐く。

先ほどから彼は、ずっと少女の様子を観察していた。

彼女の発言や反応は、消極的なそれ。自己アピールを一切しようとしないにもかかわらず、皇帝である彼を前にして何一つ物怖じしていないのである。その顔色は常に平静そのもの。胆力がある。しかし、『最愛』の座には全く興味を示していない。

──最後の最後で、やっと何も仕出かしそうにない妃が現れた。何も企んでなさそうな感じが良い。素晴らしい。

エルクウェッドは内心安堵することになるのであった。

おそらく、この少女の目的は、国から支払われる高額な褒賞金であろう。

実家は、貴族の位を有しているが、そこまで裕福でもなかったはずだ。

この少女ならば、もしも、他の妃たちから敵視されても強かに立ち回って無事に妃としての生活を乗り切ってくれるに違いない。

彼は、半ばそう確信したのであった。

そして、少女はその後、丁寧に一礼して玉座の間を後にする。

エルクウェッドは彼女が去った後、「もしもここに宰相がいたら、本当の意味でおもしれー女と言っていただろうな」と考えながら、大きく脱力する。

とにもかくにも、これにてすべての妃の顔見せが終わった。そして明日からは、一番目の妃から順番に部屋を訪ねなければならない。

今後エルクウェッドは彼女たちと一人ずつ交流を行い、自分の『最愛』となる者を見極めなければならなかった。

基本的に、妃の部屋を訪ねた際は、妃本人の要望を聞くことになる。たとえば、茶の腕前を披露したいというのであれば、茶道具一式と茶室を用意したり、ダンスが得意であるというのならば、ダンスホールで共に踊ったり——と、妃たちが顔見せの際では出来なかった自己アピールの続きをその日行うことになるのである。

——皇帝は、基本的に仕事以外の時間は、妃と行動を共にすることになる。

——妃が皇帝と共に行動できるのは、一日だけであり、次の日は別の妃が皇帝と行動を共にする。

——そして、皇帝が『最愛』を決めるまでそのサイクルがずっと繰り返されることになる。

それが、この国での代々から続く仕組みであった。

「……しかし、明日は、あの一番目の妃からか。初っ端から気が滅入るな……」と彼は、そのようにやや辟易とした気分になりながらも、他のすべき仕事に取り掛かったのだった。

◇

翌日。いつものように、時は一日前に巻き戻ることになる。何者かが、『祝福』を発動させたのだ。

エルクウェッドは「またか……悪魔め。貴様のその面をいつか拝んでやりたいものだな、畜生めが……ッ」と内心ブチ切れながら、現状を冷静に把握する。

場所は、玉座の間。少し離れて自分の前にいたのは、

「——お初にお目にかかります、皇帝陛下」

五十番目の妃である少女であった。どうやら、ちょうど五十番目の妃の顔見せの時まで巻き戻ったらしい。

エルクウェッドは、先ほどまで一番目の妃の部屋に訪れ、その後当人の要望に従って行動を共にしている最中であった。

そのため、「また、あの者の相手を一から行わなければならんのか……」と思いながら、以前と同じように「顔を上げろ」と告げる。

そして、彼の前で平伏（へいふく）していた少女は「お気遣い痛み入ります、皇帝陛下」と言って、立ち上がるのであった。

その時、不意にエルクウェッドは、小さな違和感を覚えることになる。しかし、それが何なのかまでは把握出来ていない。

——嫌な感じだ。喉奥に何かが詰まったような息苦しい不快感を覚える。

仕方なく彼はそのままいつもループに巻き込まれた時と同じようにして、流れ作業のご

とく、言葉を続けた。

「まあ、よく来た。それと、一応確認しておく。貴様の名は、ソーニャで相違ないな？」

「はい。間違いありません。ソーニャ・フォグランと申します」

少女も前回の時と同じ言葉を一言一句返す。

その時にはもう、彼の中にあった違和感は消えていた。どうやら、自分の思い違いであったらしい。

そう彼は結論付けて、以前と同じように面談めいた問いかけを投げかけていくのであった。

「それで、私に言いたいことはあるか？」

この後、少女は「ない」と答える。それで、この顔見せは終了となるのが、前回の流れであった。だが――

「実はございます。不遜ながらも申しあげますと、皇帝陛下には、幼い頃からずっと憧れの心を抱いておりました――」

――真面目な雰囲気ながらも、笑みを浮かべて、そう言ったのだった。

それゆえにエルクウェッドは、「……は？」と、その瞬間、驚愕し、呆気にとられることになる。

「貴様……今、何と言った？」

思わず、そう言葉をこぼしてしまった。

その反応をとってしまったのは、彼にとっては到底無理からぬことであった。なぜならば、少女の言動が、前回と丸っきり違ったからである。

エルクウェッドは、今までに数えきれないほどループに巻き込まれてきた。そして、同じ期間のループ中、その際の他者の言動がすべて同じものであったかと言うと、実はそうではない。基本的にわずかなずれがあったのだ。

ひとつ口笛を吹けば、蛙が大合唱を始めて豊作となったり、小鳥の羽ばたきによって災害レベルの大雨が発生したりといった、小さな事柄が場合によっては予想もつかない事態を引き起こすという慣用句がこの世にはいくつもあるが、ループ中のずれはおそらくそういった類のものではないかと彼は内心考えていた。故に彼は、今までの経験を思い返してみて、驚愕したのだ。

――これほどの大きなずれは珍しい。初めてではないか、と。

何しろ、少女は前回と正反対の言動をとったのである。

前は、皇妃の座に興味がなかった。なのに、今は他の妃たちと同様のことを口にした。

エルクウェッドは、今になって先ほど覚えた違和感の正体が、そのずれの大きさによるものであったと気付く。

……何だ、何が起きている……？　彼は、そう戸惑いながら、「いかがいたしたのでしょうか、皇帝陛下……？」と、こちらを見上げてくる少女に「何でもない、気にするな」と言う。

そして、少女の自己アピールを聞く。その後、最後に質問をした。

「……娘、一つ聞く」

「何でございましょうか？」

「――貴様は一体どのような『祝福』を保有している？」

彼は、目の前の少女が、今十六歳であることを何度も頭の中で反芻しながら、そう問いただすのだった。

ちなみに、妃たちの後宮入りが、この年になったのは、結局宰相が「やはり、万が一陛下が七歳下を好みとしていた場合も考慮しよう」と考えて、妃たちの後宮入りを遅らせたからである。そのため実際としては、エルクウェッドが皇帝となった直後の時期からでも妃選びを開始するのは十分可能ではあったのだった。

彼は、目の前の少女をじっと見つめる。

――もしや、この少女こそが自分が今まで探して求めてきた相手ではないか？

と、そのような想いを秘めた眼差しで。

「私の『祝福』、でございますか……？」

「そうだ。不都合が無いのであれば、だが」

役人から渡された妃たちの個人情報には、『祝福』と『呪い』のことについて記載されている者といない者がおり、この少女は後者に属していた。

――その二つの力は、人によっては重大な弱みと成り得るため、秘匿する者が多い。ゆえに基本的に、その二つの力は本人の自己申告でしか他者が知る術はないのだが、半分以上の妃たちは少しでも皇帝からの信頼を勝ち取ろうと考えていたのか、惜しげもなく公表していたのだった。そして、

「無理に聞くつもりはない。だが、少しばかり気になった。それだけだ」

彼女に、何かしらの事情があった場合、当然彼女は拒否することになるだろう。

だが、しかし。彼女は次に「ええと、」と口を開く。

「私の『祝福』は、【他人より少しばかり運がよくなる】というものでございます」

そう、特に何事もなく言うのであった。

「……それは本当か？」

「はい」

「ちなみに、『呪い』は何だ？」

「【他人より少しばかり運が悪くなる】というものです」

少女は、そう答えた。しかし気が付けば、エルクウェッドは、思わず念を押すように、声を低くして言っていたのだった。

「──娘、言っておくが、この私を前にして嘘は吐くなよ。無論それが万死に値すると知っているな？」

少女は、それを聞いて「万死？」といったような、きょとんとした顔になる。

そして、すぐさまそれを見て「しまった」と、彼は顔を顰めることになるのであった。

「……いや、すまなかったな。今の言葉は忘れてくれ。熱くなってしまったようだ」

いつの間にか、肩に力が入ってしまっていたらしい。

ここまで高圧的な言葉を使うつもりはなかった。無意識に、長年の仇敵を見るような必死めいた目を向けてしまったのだ。

彼は、自分の発言を恥じて謝罪する。

「いえ、こちらこそ皇帝陛下のお気に障るような発言をしてしまったようですので……大変申し訳ございませんでした」

少女は、至極真面目な態度でそう謝った後、皇帝に告げる。

「ですが──もしも私の言葉が嘘偽りであったならば、この命を差し出す所存でございます」

彼女のそれは、「そうだった場合、間違いなくそうする」のだという、強い意志を込めた発言であった。

「……そうか」

その言葉を聞いて、エルクウェッドは、「すまなかった」と再度謝罪する。

「後宮入りしたばかりだというのに、気を悪くさせてしまったな。とにかく、今日は用意させた部屋でゆっくり休むといい」

少女も笑みを浮かべて「承知いたしました、皇帝陛下。それでは寛大なお言葉に甘えて、これにて失礼いたします」と言って、玉座の間を後にする。

彼女が完全に去った後、エルクウェッドは、玉座に深々と座った。そして、大きくため息を吐く。

どっと、疲れた。辛(つら)い。もう、自室に帰って寝たい……。

彼は、そう落ち込むのであった。

期待したのだ。これほど希望を抱いたのは、生まれて初めてだった。……それなのに。

――違った。

これほど辛い気分になったのは初めてである。

宰相が偶然にも選出して後宮入りさせたため、自分の『呪い』が発動しなかったのではないか。

おそらく、最初そのようなことを思ったのだが……しかし、そんなわけがなかった。

おそらく、先程の大きなずれも、少女の『祝福』か『呪い』が今回タイミング良く作用した結果であろう。自分の思い違いでしかなかった。

やはり、物事というのは自分の望むように上手(うま)く運んではくれないものだ。

エルクウェッドは、「はあ、ブチ切れそう……」と、悲し気な声音で呟いたのであった。

◇

妃たちが後宮入りを終えて、三日が経った。

故に彼はすでに、三人の妃たちと行動を共にしていたのだった。

一番目の妃は、エルクウェッドに対して、世間話を行ったり、共に食事を行ったり、といった程度のことしか一日の間で行わず、特に何も仕掛けてはこなかった。

「まだ先は長いと思いますので、陛下のお言葉に従い、のんびりと過ごさせていただこうと思っている次第なのですよ」

広げた扇で口元を隠し、そう彼女は言った。

そのため、結果としてエルクウェッドが彼女をひたすら警戒するだけの一日となったのだった。

なので、彼は「奴め、何を考えているのやら。もしや『最愛』の座に興味がないのか？」と思いながら、翌日、二番目の妃と共に行動する。

「それでは、皇帝陛下。実は、是非ご披露させていただきたいものがございまして」

二番目の妃であるおっとりした雰囲気の女性は、彼と会うなりそう言って、彼に後宮の敷地内に存在する薬草園に同行するよう促す。

彼女は、薬学の知識に精通していたのだった。どうやら、その長所をエルクウェッドに対して、アピールしようと思っていたようなのだが――

「……えっ、そんな……私よりも陛下の方が、はるかに詳しい……!?」

二番目の妃は、そう驚愕することになるのであった。

実は、エルクウェッドは以前、ループに巻き込まれた際、さすらいの旅人の薬師になりゆきのまま薬学の知識を叩き込まれていたのだった。

「ま、まさか、あの『ネオハイパーヤブドクター・殿下』の逸話が本当のものだったなんて……」

そう、彼女は戦慄することになる。

ちなみにエルクウェッドの偉業の一つであるそれは、外で具合が悪そうな人を見かけるたびに「ほら、これでも食っていろ」と、そこら辺で毟ってきた雑草を手渡してくるという到底信じられない行為を当時のエルクウェッドが行ってきたというものだ。それがただの雑草ではなく、れっきとした薬草であったため、体調を崩していた者たちは、嫌々食べながらも、そのまま全快を果たす。ゆえに、その藪医者も感心するような対応の雑さと、名医も驚くほどの診察眼を併せ持った皇太子殿下ということで前述したような異名で呼ばれることになったのだった。――『ネオハイパーヤブドクター・殿下』、と。

エルクウェッドの知識量に、二番目の妃は顔に悔しさをにじませながら負けを認める。

「……どうやら、このままでは、私を陛下がお選びになることはなさそうですね」

そして彼女は、次の機会までにエルクウェッドを超えるため、後宮内に設置された図書館で猛勉強をはじめることを決意したのであった。

対してエルクウェッドは、「……そうか。まあ、ここはそれなりに設備が整っているからな。頑張ってくれ」と、告げる。

何だか分からないが、勝ったらしい。相手が振ってきた話題について、ただ応えていただけなのに。

彼は「別に、勉強が出来るからといって、それだけでその者を『最愛』に選ぶということはないんだが……」と思いながら、次の日、三番目の妃と会う。

三番目の妃である凛々しい雰囲気の女性は、エルクウェッドと会った後、「どうか自分の踊る姿をご覧になっていただきたいのです」と告げた。

実は彼女は、舞台上舞踊のダンスに大きな自信があった。今まで他国に留学して、その才を磨いてきており、彼女のダンスはその国では高い評価を得ていたのだ。

ゆえに、その美しいダンスでエルクウェッドを魅了してみせようと、考えていたのだ。

後宮内にあるダンスホールにて彼女は、踊る。エルクウェッドの目の前で。

エルクウェッドには、様々なダンスを習得している『ダンスの神』とも呼べる存在であるという噂があった。

しかし、彼の性別は男性。たとえ男性役として踊ったことはあっても、女性役として踊ったことは流石にないだろう。

振り付けや用いる技術は男女で大きく差異がある。そこが自分にとっての突破口となるはずだ。

三番目の妃は、そう高を括っていた。故に、

「さあ、どうでしょうか陛下？」

彼女は、得意げにそう問いかける。しかし、その感想は——

「いや、悪くはないが、まだ各ステップが甘い気がするな」

そして「こうすればもっとよくなるはずだ、ほらな？」と彼女はエルクウェッドからまさかの詳細な駄目出しを受けることとなるのであった。

そう、残念ながら彼はかつて女性役としてそのダンスを踊った経験があったのだ。

ループに巻き込まれた際、彼は劇場にて観覧中、なりゆきで下半身に白鳥の頭部をつけて、真顔でくるくる踊ることとなったのである。ちなみに他者からの評価は拍手喝采であった。

その経緯は、かなりややこしいので今は省略するが、とにかく彼は本職顔負けのダンスを舞台上舞踊でも踊ることが出来たのである。

「――!!『ダンスの神』、本当に実在していたのですね……っ」

彼女は、そう呆気に取られることになる。

そして、彼女は自分が彼から受けたアドバイスを参考にして、彼と行動を共に出来る次の機会が訪れるまでに更なる高みを目指そうと決意する。

なので、当然「いや、だから、別に踊りが上手くてもそれだけで『最愛』に選ぶつもりは毛頭無いんだが……」とエルクウェッドはまたしても同じように思うことになるのであった。

◇

あれから、一週間が経過した。

つまりエルクウェッドは、これで十人もの妃と行動を共にしたことになる。

結果として、彼は上位十名の妃の中から『最愛』を選ぶことはなかった。

その事実を知った役人たちは「まあ、まだまだこれからだろう」と、口々に言う。

皇妃選びの期間は厳密には決まっていない。……まあ、長すぎるのは流石に困りものであるため、基本的に歴代の皇帝は必ず二、三年以内に『最愛』を決めてはいたが。

今現在、妃はあと四十人も残っている。それに加えて、全員と会った後、また一番目の妃から同じことを繰り返せばいいため、急ぐ必要は全くない。

とにもかくにも、この国の未来のためじっくり考えて選ぶべきだと、皆考えるのだった。

そして、一方、人々にそのように思われているエルクウェッドはというと――

「くそッ、どういうことだ……!? 一体何が起きている……? 何なんだ、これは……ッ!!」

自室で頭を抱えていたのであった。

彼の表情には大きな困惑があった。疲労があった。それに何より――

「なぜ、毎日毎日毎日毎日毎日毎日毎日毎日毎日毎日、当然のように時が巻き戻るッ!? おい、ふざけるなよォッ!! おい! オイィイイッ!!!」

怒りが大半を占めていたのであった。

◇

彼が、その異変について、とうとう堪え切れなくなったのは、四番目の妃と行動を共にしている時であった。

ゆえに彼は、四番目の妃と乗馬勝負を行いながら、その事実に憤ることになる。

「おい!! どういうことだ、貴様ァ!! もう、四日連続だぞ!! いい加減、巻き戻りすぎ彼は、馬に鞭を打ち、颯爽と後宮の敷地を駆け回りながら、叫んでいた。

「クソッ!! なんで今も馬で走ってるだけなのに時が巻き戻るんだ!! 畜生がッ!!」

基本的に、彼がループに巻き込まれる頻度は、三日に一回といったものであった。しかし、なぜか急に現在その頻度が上がったのだ。

彼は、ここ毎日ループに巻き込まれていたのである。そう、一番目の妃の時からずっとだ。

しかも、ループの最低回数も上がった。基本的にループを脱するために必要な回数は、今まで最低二回以上であった。なのに、今は必ず最低三回以上、時が巻き戻されるのである。

エルクウェッドは、ブチ切れながら四番目の妃との乗馬勝負に圧勝する。実のところ、彼は国内の乗馬競技において最速記録を叩き出したことのある強者でもあったため、そのことを知らなかった、馬の早駆けが得意であると豪語していた四番目の妃は、「そんな……」と落ち込むことになるのだった。

しかし、エルクウェッドもまた、その直後に「そんな……」と落ち込むことになる。何しろ、また無情にも時が巻き戻ったのだから――

◇

どうやら、妃たちが後宮入りした後から、この毎日ループが始まったらしい。

五番目の妃と共に行動している時、エルクウェッドはそう結論付けることになるのであった。

占いが趣味だといって、テーブルの上にカードを広げている彼女を他所に、「何なのだ、これは……どうすればいい……」と、心中で呟くことになる。

わけがわからない。なぜ、この皇妃選びを機として、ループに巻き込まれる頻度が上がったのか。その原因が、彼にはまるで見当がつかないのであった。

「陛下は、どうやら近頃お悩みのご様子ですね。それが一体どのようなものか私の方で当てさせていただいても、よろしいでしょうか？」

どうやら彼女は、裏返されたカードをめくることで、そこに描かれた動物の絵をもとに、占っている相手の本心を当てるという芸当が出来るらしい。

エルクウェッドは、巻き戻りのことについて考えながら、彼女に言った。

「今、めくろうとしたカード、それにはおそらく猫の絵が描かれているな」

「……え？」

彼女は、恐る恐る裏返しのカードをめくる。そこには、猫の絵がきちんと描かれていた。

それを認識して、彼女は「嘘でしょう……」と固まった。

「ついでに言っておくと、次に貴様がめくろうとしたカードは、犬。その次は、山猿。そして、最後は大蟻食になるはずだ」

そう言われ、彼女は、息を呑みながら次々にカードをめくっていく。そして、そのすべてが的中したのであった。

彼女の顔が驚愕の色に染まる。

五番目の妃は、めくられたカードとエルクウェッドの顔を何度も交互に見つめるのであった。そしてごくりと唾を飲み込んだ後、意を決して彼に尋ねた。

「あの、もしかして……陛下は『本物』の方、なのでしょうか……？　種も仕掛けも必要ないような感じの……？」

違う。今現在において、絶賛十七回目の今日を体験している最中なだけである。

彼は、内心ブチ切れながら、五番目の妃からカードを借りて、彼女の前でプロの奇術師顔負けの鮮やかな手品を次々に行ってみせるのであった。

◇

——六番目の妃は、読書家であった。

「あれ……？　陛下のお姿、その口調、御性格……まるで、あの——『とある小国の王女』先生の最高傑作に登場する主人公にそっくり……？　あっ、まさか——」

「おいやめろ。気のせいだ。頼むからやめろ」

エルクウェッドは、全力で否定する。

ちなみにこの時は、七回巻き戻ったため、七回とも全力で否定することになるのだった。

——七番目の妃は、料理が得意であった。

「いやあ、もうこれ、陛下、宮廷料理人レベルの腕前ですよね？　流石に勝てませんよ……」

彼女の表情は完全に、苦笑いのそれであった。

しかし、彼女の作った料理の味は、親しみを覚えるような庶民的な味であったため、「いや、これはこれでいいと思う」とエルクウェッドは、新鮮な気持ちで料理を味わう。

この日は、三回時が巻き戻った。

◇

——八番目と続いて九番目の妃は、定番の色仕掛けをエルクウェッドに対して行ってきたのだった。

彼が部屋を訪ねると、露出過多な寝巻きで現れたのだ。しかし、

「選べ。今すぐ自分で服を着るか、侍女に無理やり着させられるか」

彼の精神力は数々のループを経験したことにより、鋼の硬さを悠々と通り越してもはや特殊合金並みと化していた。

エルクウェッドは、真顔で告げる。それと、内心ループで二十四回も今日を経験させられているため、超絶ブチ切れている最中でもあった。

それを見た彼女たちは、「やっぱりちょうど七歳下じゃないと駄目なんだ……」と衝撃を受けながら普通のドレスに着替えることになるのであった。

◇

——十番目の妃は特にこれといった手段に訴えることをしなかった。

一番目の妃の時と同じである。

しかし、ちょうど一日が終わろうとしていた時、その別れ際に彼女は仰天するような声を上げたのであった。

「えっ、どうして私の『祝福』が効いていないのですか⁉　もうすでに、私に対してちょっとドキドキな気持ちになっているはずなのに……⁉」

どうやら、その言葉から推察するに、何かしらの行動をとることで任意の対象から好意を得られやすくなる『祝福』を有していたようだ。

そのためエルクウェッドは、「ああ、宰相と同じ類の『祝福』か。珍しいな」と思うのだった。

そして同時に「なら、『呪い』も自身にとって厄介極まりないものを抱えてそうだ。可哀そう……」と同情することになる。

「別に『祝福』に頼るのは構わんが、まあとにかく頑張ると良い。応援している」

彼は、そう言って困惑する十番目の妃の元から立ち去る。

――あれ？　自分の『祝福』がまともに役に立ったのってこれが初めてでは……？

と、同時に思いながら。

それと今回は、九回巻き戻ったのであった。

◇

……こうして彼は、ブチ切れながら自室にて今まで共に行動した妃たちのことを振り返る。

そして、「やはり、この調子で毎日何度も時が巻き戻るのはキツすぎる」と、弱音を吐くことになるのであった。

時間感覚がおかしくなりそうだった。何しろ、最低三回その日を経験しないと明日にならないのだから。

これで長期ループでも起きてしまえば、正直、正気を保つ自信がなくなってくる……。

そう思いながら、ちらりと自室で暦を確認する。——十日前に巻き戻っていたのであった。

そう、つまり一番目の妃からやり直し。

「…………」

彼は、思わず白目を剝いた。

◇

エルクウェッドは、今までに数えきれないほどのループに巻き込まれてきた。

それでも、彼が正気を保っていられたのは、怒りという名の感情があったからだ。

彼の強靱（きょうじん）なメンタルは言わば、ブチ切れの賜物（たまもの）であった。

しかし、そこには一つ大きな問題がある。怒るという行為は、割と疲れるのである。

そう、精神的にも、肉体的にも。

ここ最近、彼は毎日ブチ切れていた。ゆえに、激しく消耗していくことになる。だが、対抗策が皆無というわけではない。

「それでは、差し支えなければ陛下のご趣味をお聞きしてもよろしいでしょうか？」

「そうだな……読書もすれば料理もする。それに、ダンスもする。それ以外には、まあ創作活動も行っているな。執筆に木造彫刻や石造彫刻。あと、絵も描く。他には、カリグラフィーもするし、楽器の演奏に加えて作詞作曲とかも行っている。それに乗馬や剣や弓矢の鍛錬も趣味といえば趣味だな。それと、菓子作りや、刺繍（ししゅう）、盤上遊戯、他には——」

「……えっ。そ、その、陛下……？」

質問した十五番目の妃が困惑の表情を浮かべる。予想外なほどに、エルクウェッドの趣味が多彩であったからだ。

文字通り、彼は趣味として「何でも」行っていた。世間一般において、趣味と呼べる代物を尽く網羅していたのだった。

皇帝となった彼は常に多忙だ。なのに一体、どこにそれほどの趣味を行える時間があるというのか。

話題づくりのために簡単な質問をしたつもりであったのに、とんだ藪蛇である。驚愕する彼女を他所に、エルクウェッドはさらに言葉を続けた。

「実をいうと今は、一人演奏楽団というものに挑戦している。演奏に必要な楽器を自分一人ですべて演奏するというものだ」

彼は、「もちろん、指揮も自分で行う」と告げた。

彼の最近の流行りは、自分の周りに大量の楽器を並べて、それを楽譜に沿って順々に演奏していくというもはや大道芸染みた行為であった。

「コツは他の楽器の演奏の番になったら、素早く、しかし息を切らさずに移動することだな。息を切らしてしまうと、どんな楽器も手元が狂ってまともに演奏が出来ん。とにかく、常に体力をむやみに減らさないように管理していくのが実に難しいと感じている」

エルクウェッドは、淡々と語るのであった。

そして、そんな彼を見て——やだこの人、ガチ勢じゃん……エンジョイのガチ勢じゃん……。それか霞じゃなくて趣味を食べて生きる趣味仙人じゃん……と、そんな風な顔を十五番目の妃はすることになるのであった。

なぜ、エルクウェッドがここまで多趣味になったかというと、ループに巻き込まれた際に図らずも習得してしまった技術の数々をそのまま腐らせるのは勿体無いと思い、いっそ趣味にしてしまおうと考えたからである。

ついでに言うと最初、彼はループに巻き込まれた際にブチ切れながら、様々なダンスを踊っていた。

しかし、後から、多種多様なブチ切れ方を身に付けてしまい、ダンス以外のこともするようになったのだった。よってその多様な趣味は、その延長と言えなくもない。

悲しいことに、エルクウェッドの消費できる時間は他者よりも格段に多い。他人の一日は二十四時間だが、彼の一日は時に四十八時間以上に膨れ上がるのだから、趣味とはいえ、その技術は大きく向上することになってしまう。費やす時間が多ければ多いほど、人はより成長するのである。

何事にも本職顔負けの技術力を常に有していられたのは、そのような理由からであった。

このように彼は、怒りの感情を抱く以外にも、きちんと精神衛生を正常に保つ術を有していた。

が、それでも現在起きている毎日のループは、確実にメンタルを侵食してくる。ゆえに、

「なあ、私が言った以外で、何か他に趣味は思いつかないか？　正直何でもいい。もう、思いつく限りのことをしてしまった」

そう、彼女に真摯な表情で問いかけたのだった。

彼は、さらに自分の趣味を増やすことで毎日のループによるメンタル崩壊に対抗しようと考えたのである。

そうすることで、心も体も今よりリフレッシュ出来るはずだと。

エルクウェッド自身としては、現状死活問題であったため、至極真面目な問いかけであった。

しかし、十五番目の妃がそのことを知る由もない。彼女は、化け物を見るような視線を向けて、ただただドン引きしたのであった。

◇

「これで、ようやく二十人目か……」

ある日、エルクウェッドは自室にて、大きく息を吐きながら、そう呟いたのであった。

妃たちが後宮入りしてから、二十日が経過した。

しかし、当然彼の体感としては、それ以上の時間を経験している。

彼は、ため息を吐くのだった。

もう二十日。しかし、この毎日連続で続いているループは全く終息を見せる気配がない。

――ならおそらく、今後もずっと続いていくことになるのだろう。

そう、予想して思わず彼は身震いした。

さすがに、このままではまずい。非常にまずい。

彼は、焦燥感に駆られることになる。

この調子だと、いずれ限界が訪れてしまう。それが、いつになるかは分からないが、しかし決して遠くはないだろう。

エルクウェッドは決意する。早急に、この時間の巻き戻しを行っている者を見つけ出さなければならない、と。

「おそらく、その者は私の身近にいるはずだ」

ちょうど皇妃選びを開始してから、この毎日ループが始まった。ゆえに、それに関わることの出来る範囲に、その者がいると考えるのが妥当だろう。

……というかもう、そのように考えなければ、この先メンタルを維持する自信がエルクウェッドには残っていなかった。彼は、最後の賭けに出たのだ。

椅子に腰かけながら、エルクウェッドは必死になって思考する。

「一体、奴は何を企んでいる……？」

一般論から言えば、時を巻き戻すのは、何かしらの目的を達成するためであるはずだ。そうでなければ、巻き戻す意味がない。ならば、その目的とは何か？　それは、

「――私が特定の妃を選ぶこと。それしかない」

でなければ、こうも毎日時を巻き戻そうとはしないだろう。

毎日巻き戻ることにより、「彼がその日共に行動した妃を『最愛』として選ぶという可能性」を片っ端から潰していっているのだ。そう考えれば、辻褄（つじつま）も合ってくるはず。しかし、

「そんな素振りを見せた相手が、今までいたか……？」

現在のところ、残念なことに、いくら過去を振り返ってみても、自分の身の回りで怪しい言動を取っていた者がいなかった。加えて、

「どうすれば、妃の特定ができる……？」

相手が望む妃。それが誰なのか現時点では一切不明なのだ。

その妃が誰なのか分かれば、きっとその者の関係者もしくは妃本人が時を巻き戻す『祝福』持ちであるのだと、絞り込むことが出来るのだが……。

「巻き戻った回数が最も多い時の妃がそうなのか……？　いや、そうとも限らないか。くそっ、難しいな……。とにかく妃全員と会ってみなければ分からないのか……？」

エルクウェッドは、思考の回転をさらに潤滑にすべく、グラスに注がれたみかんジュー

スをゆっくりと口に運ぶ。実のところ彼は、蜜柑の木を宮殿の一角に植えて自家栽培を行っていたのだった。温室内で育てているため、安定してみかんジュースをつくることが出来ていたのだった。

「……だが、やりようは十分あるな」

彼は、しばらく思考した後、そう結論を下す。何しろ、今まで、相手は自分を一切認識していなかった。

しかし、意識的か無意識的かまでは分からないが、今はこちらをしっかりと認識しているのだ。――ならば、自分の言動によって相手を操ることもできるはずだ。

彼はそう考えるのであった。

「――待っていろ。いずれ、目に物見せてやるぞ」

そう、エルクウェッドは、宣戦布告を果たす。

今まで散々苦汁を飲まされてきた。しかし、ここからは自分が主導権を握る。

そう、戦意を滾らせながら、彼はその後、無意識に再度甘い汁であるみかんジュースを飲もうとしてグラスを持つ手を動かす。

――しかし、そこにグラスは存在していなかった。

時が巻き戻ったのだ。エルクウェッドは、そのことに気付いた瞬間、すぐさま椅子から立ち上がって、慌てて自室の暦を確認する。そこには、

「は、二十日前……!?」

そう、しっかり二十日前まで、時が巻き戻っていたのである。

つまり、また最初から。一番目の妃からやり直しである。

エルクウェッドは、愕然(がくぜん)としながら椅子に深々と座り直した。そして、

「貴様……っ！——その一手は流石(さすが)に反則技だろうがァァアア!! この、ド畜生めェエッッ!!!!」

悲鳴を上げながら、ブチ切れる。

彼は、目に物見せられたのであった。

◇

「……これで、二十五人目……」

妃と別れた後、彼は自室に戻ると、そう弱々しい声音で呟くことになる。今現在彼の身体(からだ)には、多大な疲労が蓄積されていた。

そのまま、ベッドに倒れ込む。実は、その原因は二十五番目の妃にあった。

二十五番目の妃は、リィーリム皇国の辺境の地で育ったらしく、貴族令嬢でありながら、なかなかの野性味がある少女だった。具体的に言うと、「鬼ごっこが得意」だということ

で、一日延々とエルクウェッドは鬼をやらされたのだ。

後宮の広大な敷地（しきち）を用いて行われたのは、『何でも有り』のガチルールの鬼ごっこ。加えて相手は、実家にいた際、草原やら山林を毎日のように駆け回っていたらしく、エルクウェッドも驚愕（きょうがく）するほどの無尽蔵とも呼べるスタミナを有していたのだ。

しかしそれでもエルクウェッドとしては、過去に成り行きで熟練した狩人（かりゅうど）に弟子入りして、獣の追跡術を習得していたため、当初はすぐに捕まえられるだろう、と、そう考えていたのだが――予想外なことに、相手もまた生粋のかくれんぼガチ勢であった。彼女は、逃走術を極めていたのだ。ゆえに、エルクウェッドは、珍しく苦戦することになる。

相手は、常に逃げる際につく痕跡をすべて抹消していた。終始その姿さえ見えない状況であったのだ。

後宮中を駆け回りながら彼は、内心舌打ちする。――まるで獣が人の知能を持ったようだ。厄介な。

そのため彼は、二十五番目の妃を確実に捕らえるため、今まで習得したありとあらゆる技術を駆使することに決めたのだった。

侍女たちの情報網の活用や、捕獲用及び誘導用の罠（わな）の作成、化粧による変装術や地形を無視した立体的な高速移動（フリーランニング）の使用といった様々な手段を講じて、最終的に彼女を捕らえることに成功する。

捕らえた後の彼女は、最初会った時と変わらず元気もりもり絶対遊ぶウーマンな状態だった。

なので、思わず「なあ、正直に言って妃ではなく、是非とも我が国の兵士になってもらいたい。私から将軍に推薦する。今すぐに」と彼は声をかけてしまうのであった。

「――しかし、また違ったな」

彼は、疲労困憊のまま、思考を続ける。

二十五番目の妃は、十六歳であった。だが、結局彼女は、エルクウェッドが探し求める相手ではなかった。彼女の有する『祝福』と『呪い』は、時を巻き戻すような能力ではなかったのだ。

彼女の周囲にいた関係者もまた違った。そのため、二十五番目の妃は、以前にエルクウェッドが推測した『皇帝に選ばれて欲しい妃』でもないということになる。

なので、彼は「今回も駄目だったか……」と、肩を落としながらとぼとぼ自室に戻ることになったのだった。

「……もう、半分か。どうにかして早めに見つけたいものだが……」

果たして残り二十五名の妃及びその関係者の中に、果たして件の人物はいるのだろうか。

いや、いてもらわなければエルクウェッド自身としては困るのだ。

もしも自分の身の回りに時を巻き戻す『祝福』の持ち主がいなかった場合、自分は――

そう思い浮かべた瞬間、すぐさま頭を振って、その考えを彼は振り払う。

とにかく、先のことを考えてはいけない。それは、後でも出来る。今は、今のことを考えねばなるまい。

彼は、そう思考を切り替えた後、少しばかりして独りで小さく笑みをこぼすことになる。

——自分は、今生涯の伴侶を探さなければならないのに。気がついたら、全く違う相手を探し求めているではないか、と。

エルクウェッドは今、自身の生涯の障害となっている者を必死に探しているのが現状であった。

「……もういっそ、両方の相手が同じだったら、楽で良かっただろうな」

まあ、そうなることは多分ないだろう、それに流石に感情的に難しいものがある、と彼は思いながら、いつものように自室の壁にかけられた暦を見る。

——すると、またいつものように時が巻き戻っていた。

「ははははは、此奴(こやつ)め〜」

彼は、いつもと趣向を変えて「貴様も仕方の無い奴だな〜、でも絶対に許さんぞォ〜？　はははは〜、ブン殴ってやるぞ〜、はははははははは〜」と、にこやかにブチ切れたのだった。

ちなみに、この後十回以上、彼は二十五番目の妃(きさき)と全力で鬼ごっこを行う羽目になり、毎度満身創痍(そうい)になりながら、自室にて妃の選出を行った宰相を恨むことになる。

彼は、しばらく考えた後、今度こそ宰相をハゲさせるため、今後一卵性の双子ないし、三つ子を侍女として積極的に採用するよう人事を担当する役人に命令を下すことに決める。

そしてその後、エルクウェッドは、二十六番目、二十七番目、二十八番目の妃と共に行動するのだが、残念ながら、結果的にその妃と周囲にいた関係者は、彼が探し求めている相手ではなかったのだった。

時が巻き戻ったことによって、彼は何度も念入りに確認作業を行うことになった。しかし、それでも相手の尻尾を摑(つか)むことは全く出来ない。

「おい、居るなら早く出てこいィ！　私はここだ！　逃げも隠れもせんぞ!!　おい！　頼むぞおいィッ！！！」

思わず衝動的に彼は人知れず叫んだが、その声は届かず、二十九番目の妃も何事もなく一回目の対面を終了することとなる。ちなみに二十六番目の妃の時は十八回、二十七番目の妃の時は、三十二回、二十八番目の時は二十七回巻き戻ったのだった。

彼は、自室に戻ると、眉間を指で押さえる。そして毒突く。——前々からいつも思っていたが、あまりにも自己主張が激しすぎるぞ、こいつゥ……と。

何せ彼が十二歳の時からずっと、自己主張してきたそれが、ここにきてさらに激しくなっていた。ある意味、他の妃たちよりも積極的に自己アピールしてきているのではないかと思ってしまうほどだ。

「ああ、つまり何だ、もしかして本当に貴様は私に選ばれることを望んでいるのか？　なるほどなあ、うふふ、甲斐甲斐しい奴だ。あははは。ふふふ。……はっ倒すぞ、畜生め」

彼は、にこにこと笑みを浮かべながら、小さくそう呟く。

けれど当然ながら、笑っているのは口もとだけであり、その目は一切笑っていなかった。むしろ怒りで目をかっ開き、完全にぎらぎらと血走った状態であった。

相手はもはや自己アピールの権化と言っても差し支えがない。何せ、病める時も健やかなる時も、己を全力プッシュしてくるのだ。どうしようもなかった。

エルクウェッドは「次巻き戻ったら牢屋にブチ込む。次巻き戻ったら絶対に牢屋にブチ込むぅ……」と、超絶ブチ切れながら明日の三十番目の妃に自身の希望を込め、翌日――

エルクウェッドは、三十番目の妃の部屋を訪ねる。

彼女は大人しそうな見た目の女性であった。だが、どういうわけかエルクウェッドを見るなり、彼女は目を輝かせて彼に詰め寄ったのだった。

そして、「皇帝陛下、とても感動いたしました！」と、興奮した様子で声を上げる。

「陛下の妃となれて、私、本当に幸せでございます」

「……そうなのか？」

「はい！」

恐ろしく上機嫌であった。ゆえに彼は、「何だ、どうした……？」と、少々戸惑いながらも、彼女の話に耳を傾ける。

どうやら、三十番目の妃は芸術作品について造詣が深いらしい。

彼女は、後宮内に飾られている芸術作品は、どれも素晴らしい物だったと、エルクウェッドに対して話すのだった。

「壺、絵画、書、彫刻――ここにある品はどれも、非常に貴重な品ばかりでございます。一体、どのようにして収集したのでしょうか……？」

数はそれほど多いわけではない。しかし、それでもその全てが驚くほどに貴重な作品なのだと、彼女は言うのだった。

「これらの作品を制作した高名な芸術家の方々は、皆揃って気難しい御仁ばかり。自分が気に入らなければ、たとえ誰であろうと作品を譲ることがないのだとお聞きしております。しかも、ここにある品は全て、公的には発表されてはいません。大陸で名だたる芸術家たちの完全なる未発表作品……。その価値は、必ずや計り知れないものとなるでしょう……！」

彼女は「それに加えて」と言葉を続ける。

「そのような作品と共に飾ってあったいくつかの作品もまた同じように貴重であるのです

が……しかしそれらの作品群については、大きな謎に包まれているのでございます」

後宮内には、大陸でも有数の天才芸術家によって制作された作品が飾られている。

そして同時に、いくつかその芸術家たちと共に飾られている作品があった。

それは、その芸術家の弟子と思われる者によって制作された作品だ。

使用されている技法や癖。それは、弟子として従事していなければ、決してそのような仕上がりにはならないだろうと思われるほどに、高名な芸術家たちの作品と似通っていた。

しかし、その高名な芸術家たちは、皆気難しい性格であったため、今までに弟子を取ったことがなかったはず。

なのに、どうしてここに弟子と思われる者たちの作品が――

三十番目の妃はそのような好奇の視線をエルクウェッドに向けてくるのであった。

ゆえに、彼は「ああ、それか」と彼女の問いかけに応えることになる。

「その作品を作ったのは、私だ」

三十番目の妃は固まった。

「へ、陛下……い、今、何と……？」

「成り行きでその者たちに弟子入りすることになって、技術を物にしたから、とりあえず試しに作ってみた」

それだけだと、彼は言うのだった。

そう、エルクウェッドはループに巻き込まれた時、なんやかんやあった末、成り行きで芸術家に弟子入りするという機会が何度かあったのだった。

しかも、後でその者たちが、割と著名な芸術家たちであったことが判明する。

彼としては「うーん、せっかく師匠になった人たちから作品もらったけど、多すぎて自室に飾るスペース無いな。あっ、そうだ、後宮にでも置いてもらうか」というような、割と軽い気持ちで設置していたのだが……気がついたら、後宮が世界でも有数の凄腕（すごうで）芸術家たちの展示会場と化してしまっていたのだった。

しかも、彼は「うーん、趣味の一環で、一応一通りの芸術作品を制作してみたけど、やっぱり自室に置くスペース無いな。これも後宮に飾ってもらおう」と、自身の師たちの肩書きが判明する前に、自分の作品を後宮に設置してしまっていたのである。……そして、今日までそのままになっていた。

理由としては、もちろん、「えぇ……そんな有名な人たちの隣に自分の作品置くのはちょっと……」と流石（さすが）に一度は気後れした彼だったのだが、後で数多くの侍女や女性兵士たちに「素晴らしい作品ですよ陛下！　このままにしましょう！　このままで!!」と手放しに称賛されて、自分の作品を動かすことが出来なかったのだ。

よって、最終的に彼は、「どうだ、私の作品は凄（すご）いだろう!?」と開き直ることになるのだった。

そして今回も彼は開き直って真顔で「自分が作った」と、三十番目の妃に告げたのである。

それを聞いた彼女は、目を輝かせながらも、「で、では、その、皇帝陛下……ぜひともお願いがあるのですがよろしいでしょうか……？」と恐る恐るといった様子で彼に尋ねてくる。

「何だ？」

「各作品の解説をお聞かせ願いたいのです、どうか何卒（なにとぞ）……！」

彼女は、真剣な様子でそうエルクウェッドに頼み込んでくるのであった。

どうやら、彼女は現状妃として自己アピールを行うよりも、作品鑑賞を優先するらしい。

筋金入りであった。

エルクウェッドは「あれ？　おかしいな……。確かに顔見せの時は、他の妃たちと変わらない様子だったはずなんだが……あれ？」と思いながら、「まあ、良かろう」と返事をする。

「本当でございますか!?　ありがとうございます陛下！　本当にありがとうございます!!」

そのように、今にも飛び跳ねそうな勢いで三十番目の妃は礼を述べるのだった。

そして、その後、二人は芸術作品の鑑賞のため、部屋を出る。

――この場所からだと、確か、自分の作った壺が一番近いはず。

そう思い、エルクウェッドは壺が展示してある場所に三十番目の妃と共に向かう。

二人は、後宮内の廊下を歩く。その途中――

『きゃあああああ!!』

突如、甲高い悲鳴がやや遠くから響いたのだった。

声の数は、四人ほど。距離は、おそらく聞こえた声の大きさや反響から推測するに、自分の壺が飾ってある付近だ。一体、何があったというのか。

「陛下、今の悲鳴は……?」

「――悪いが、作品解説はまたの機会にする。貴様は一旦、部屋に戻れ」

「え、あっ、陛下!?」

彼は三十番目の妃にそう告げた後、すぐさま近くにいた女性兵士に「ついてこい!」と命令して、全力で廊下の床を蹴って走りだすのであった。そして、

「……何だこれは。一体、何が起きた……?」

そこには、一つの惨状が広がっていた。

――顔面蒼白(そうはく)のまま呆然(ぼうぜん)と立ち尽くしている四人の妃たち。床で無惨にもパリンしている自分が作った壺。そして、

「陛下、あれはもしや妃のソーニャ様ではありませんか……?」

同伴した女性兵士が、そう呟く。

妃である一人の少女が床に倒れていた。エルクウェッドの位置からでは、倒れている彼女の背中しか見えない。

しかし、その髪につけた髪飾りから、彼女が五十番目の妃だということが判別出来る。

彼女は、何一つ身動ぎしなかった。彼女の首元辺りが赤色に染まっていた。

そして、その赤色が床に敷かれた絨毯の上を、少しずつ模様のように広がっていく。

エルクウェッドは、混乱する頭で、それを認識する。その数瞬後、彼の時間は突如、前日へと巻き戻ることになるのであった——

◇

気が付けば、エルクウェッドは前日に巻き戻っていた。

何者かの時を巻き戻す『祝福』が発動したのだ。ゆえに、先ほどの惨状は全てなかったことになったのだった。

自分の壺はパリンしていないし、五十番目の妃は床に倒れてはいない。当然だ。それらは、巻き戻った現在の時間においてまだ起きていない出来事なのだから。

だが、しかし。裏を返すならば、それは——何もしなければ明日、そっくりそのまま同じことが起きるということでもあった。

エルクウェッドは、思考を回転させることに全力で集中する。彼は、先ほど自身が遭遇した出来事を思い返すのだった。

先ほど、倒れていた少女。おそらくその首には、大きな傷を負っていたと思われる。

そして、絨毯の上に広がっていた彼女の血液。その量から察するに、間違いなく致命傷だったはずだ。

ならば、その傷を負わせた相手は一体誰なのか。あの顔を蒼白にしていた四人の妃だろうか？

彼女たちには、見覚えがあった。二十一番目の妃から二十四番目の妃の四人だ。

確か、互いに顔見知りであるらしく、後宮内ではよく揃って行動しているのだという報告を、彼は以前から侍女や女性兵士たちから聞いていた。しかし、まさか四人がかりで一人の少女を殺害するなど——

そう思ったが、彼は疑問を持つことになる。四人の妃たちは、誰も刃物の類を所持していなかったのだ。

じっと彼女たちのことを観察したわけではないが、確かにそうであったと彼は記憶していた。ならば、割れていた壺の破片を用いたのだろうか。いや、それも多分違うだろう。それならば、血まみれとなった破片がどこかにあったはず。見た限りでは、何もなかった。

つまり壺は、あくまでもパリンしていただけだ。凶器にはなっていない。

……いや、そもそもの話、先ほどの光景は一体どのような状況だったのだろうか。

自分の壺を割ったのは、一体誰なのか。

四人の妃か。それとも五十番目の妃の少女か。

一番可能性として有り得るのは、四人の妃の方が、壺を割った罪を少女になすりつけようとしていたということだ。しかし、その場合、なぜ少女が倒れていたのかが釈然としない。

……まさか、自殺？　なら、彼女はナイフのような鋭い刃物を常備していたことになるし、濡れ衣を着せられたとはいえ、自殺する意味もまるで分からない。精神的に追い詰められたから？　いや、いきなりすぎるだろう。そんな潔い人間が果たしているものだろうか。

――ああ、くそっ、立ち位置が悪かったな。情報が全然足りない。

現場を確認することができた時間がほんのわずかだったことに加え、エルクウェッドの視点から凶器を発見出来なかった以上、先ほどの光景を詳細に分析することもできないのであった。

彼は意識を一旦、目の前にいる二十九番目の妃に移す。

現在、彼女とは盤上遊戯を行っていた。そのため、彼は「……悪いが、こうしてはおれんな」と、即座に駒を進めて——圧勝する。

「はっ、えっ!? そんな……」

「急用が出来た。すまんが、少しばかり席を外す。ああ、それと今のは賭けの勝負だったな。要求は『何故(なぜ)負けたのか、次会う時までに考えておけ』。以上だ」

目を白黒させる二十九番目の妃に彼はそう言い残して席を立った。

ちなみに答えは、ループに巻き込まれたことで何度も対戦しており、相手の癖をほぼ把握していたからである。超絶怒涛(どとう)の難問であった。

◇

エルクウェッドは急ぎ足で後宮の廊下を進む。

彼が今向かっているのは、五十番目の妃の部屋だ。当然ながら彼女が今、どこにいるのか分かっていない。

この時間、どこに一番彼女がいる可能性が高いのか知らない以上、彼は直接少女の部屋に向かうしかなかったのだった。

エルクウェッドは廊下で他人とすれ違うたびに、「五十番目の妃を見たか?」と尋ねながら、進む。

彼の『呪い』は、このようなときには非常に厄介な代物であった。自力では、目的の相手をほとんど見つけることが出来ないのだ。ただし、他人を介せば、その効力はある程度弱まってくれる。

そのため、彼は積極的に他人に声をかけながら、彼女の自室に向かうのだった。

彼が、五十番目の妃である少女の元に足を運ぶ理由は、忠告を行うためである。

――明日、絶対にあの場所に行くな。そう、伝えるのだ。

そうすれば、少女はあの惨劇に巻き込まれることはなくなる。

なぜあのような惨状となったのかは未だ明確ではないが、とにかく、彼としてはあの少女が傷つくことを回避出来れば、今はそれで十分なのだと考えていた。

彼は廊下を進みながら、思考する。あの少女は運が良い。いや、あのようなことになったのは不幸であるとは思うが……けれど、こうして一度なかったことになっているのだ。とにもかくにも、彼女はちょうど何者かが発動させた『祝福』によって現状、一命を取り留めた。ゆえに幸運と言えるだろう。

そう思っている時だった。突然、彼の中に大きな違和感が生まれたのだ。

――今、自分は何か思い違いをしているのではないか、と。

突然、脳裏で警鐘が鳴る。心臓が、大きく跳ねる。呼吸が浅くなり、全身の血が引いていくような錯覚に陥る。

エルクウェッドは今、直感的な何かを強く感じて仕方がなかった。

自分は、今、何か大きな見落としをしているのではないか。無性にそう感じて止まないのだった。

だが、しかし、いくら考えようと、それが一体何なのか、今の自分には――

彼がそう思っていた瞬間――その違和感の正体は、あろうことか、突如向こうから、やってきたのだった。

彼の近くで、何かが、おそろしく鈍く大きな音を立てる。

彼がいたのは、階段より少し離れた場所。ちょうど、エルクウェッドは階段近くを通りかかったのだった。

そして、音の先、そこに一人の人間があおむけに倒れていた。否、背中を下にして上階から降ってきたのである。

その者は、強く床に後頭部をぶつけたのか、ぴくりとも動かない。

エルクウェッドは、その者の姿を見て、驚きに目を見開く。

――先ほどと同じ、五十番目の妃の少女であったのだ。

彼女は、またエルクウェッドの前で倒れている。ゆえに激しく困惑することになる。

時は巻き戻った。だから彼女は今安全だ。なのになぜ……。一体、これは何なのだ。何が起きている――

「あははははっ!!　ざまあないわね！」

エルクウェッドの頭上から、そのような笑い声が聞こえた。

彼は、そちらに視線を向けることになる。そこには、一人の妃がいた。十三番目の妃だ。

彼女と一度行動を共にした際、あまり素行が良くなかったことを覚えている。よってエルクウェッドは彼女に対してあまり良い印象を持っていなかった。そしてその彼女がなぜ、階段の上階でそのように笑う理由があるのか。

それは至極簡単な答えだった。たった今、少女を階段から突き落としたからである。

だが、そんなことは今、どうだっていい。今は――

呆然としていたのはほんのわずかな時間であった。彼は我に返った瞬間、すぐさま倒れている少女に駆け寄る。そして、大声で呼びかけた。

「――おい、娘！　生きているのか!?　おいっ!!　返事をしろ!!」

まずは意識の有無を確認する。そして、すぐさま彼女の状態に見合った応急処置を施さなければならない。

「こ、皇帝陛下……!?　嘘っ、さっきまで下の階には誰も……!?」

上から、そのように驚く声が聞こえてくる。

だが、彼は無視した。今は時間が惜しい。構ってなどいられるものか。

倒れている少女は、今まさに瞳の光が薄れかかっている。非常に危険な状態だ。このままでは……。

前回はおそらく間に合わなかった。けれど、今回こそは必ず――

「――おい!!　娘、聞こえているのか!!　おい！！！」

エルクウェッドは、必死になって彼女に呼びかけながら、処置を行おうとして――同時に、少女の瞳が完全に輝きを失う。

彼は間に合わなかった。そしてその瞬間、

――『祝福』が発動したのだった。

◇

気が付けば、エルクウェッドの時間は、前日に巻き戻っていた。

彼の前には、二十八番目の妃がいる。現在、二人は談話室にてテーブルを挟んで談笑中であった。

彼は、呟(つぶや)いた。

「……ああ、そうか」

そうか、そうだったのか。

「――貴様か……!!」

「えっ⁉　急に何ですか、陛下⁉　突然、大声を出してどうかなさったのですか……？」

エルクウェッドの言葉に、一緒にいた二十八番目の妃がびっくりする。

しかし、彼は彼女を気にかけている余裕などなかった。乱暴に椅子から立ち上がる。そして、声をかけた。

「……悪いが、席を外す。一時間経っても帰ってこなかったら、部屋に戻って構わない。無論、埋め合わせは後でする」

「？　はあ、承知いたしました……」

二十八番目の妃は、何かよく分からないけどよく分かったといった顔で頷くのだった。

「ちなみに、どのような御用事かお聞きしてもよろしいでしょうか？」

「そうだな――」

彼は、言う。

「復讐になるだろうな、一応は」

「えっ」

彼女は、突然、何言ってるんだこの人？？？といった顔で「そうですか……とにもかくにも、いってらっしゃいませ、陛下」と彼を送り出す。彼女は、もうすでに思考を手放していた。

そして、快く送り出されたエルクウェッドは廊下を疾走する。

「――アアーッ!! 今行くから首を洗って待っていろよ、貴様ァーッ!! アア! アアッ!? アアァァッ!!!!!」

奇声に近い声を上げながら、そのまま五十番目の妃の部屋目掛けて彼は理性が爆発したかのような勢いで全力ダッシュするのであった。

彼は、必死になって足を動かす。

前へ前へと。なりふりなど構ってはいられなかった。現在、幸運なことに後宮の廊下には誰もいない。

だが、たとえ廊下に誰がいようと彼は、今のように取り乱しながら全力疾走していたことだろう。

何しろ、自身の長年の宿敵がようやく判明したのだ。平静を装うことなど当然ながら出来るはずもない。

「――あの娘、何喰わぬ顔で嘘吐きおって、ふざけるなよォ!!」

走っている最中、エルクウェッドは怒りに任せてそう毒突いた。

顔見せの際に、彼女に対して「え、本当? 嘘は万死に値するぞ? いいの?」と、念押ししたのに。

なのに、その後、真面目な態度でしれっと、五十番目の妃の少女は偽りの告白をしたのである。

神経が図太すぎる。自国の皇帝相手に平然とハッタリかますとか、どんな猛者だ。一体何をどう経験してきたら、そこまでの胆力を得られるというのか。厳しい訓練を受けて鍛え上げられた精鋭の兵士以上の鋼のメンタルだぞ、それは。

もはや、彼としては、彼女が本当にただの貴族の娘なのかどうかさえ怪しく思えてきてしまうのだった。

彼は、「アァーァッ!!」と叫んでダッシュし続ける。

その叫びは、歓喜か。はたまた憤慨か。

もしかしたら、その両方なのかもしれない。

彼は叫びながら、「もう逃がさんからなァ!!　本当に本当に本当に本当に、チクショウめエエッ!!」と、ブチ切れるのだった。

◇

エルクウェッドは、ぴたりと足を止めた。

五十番目の妃の部屋に辿り着いたのだ。

しかし、彼はそのまま扉をノックしようとはしない。まずは、身だしなみを整えなければならなかった。

そのためエルクウェッドは、さっさと乱れた髪を直し、襟をきちんと正す。

服装の乱れは、心の乱れ。仇敵を前にして、そのような隙を晒すなど言語道断であった。

それに、ここは敵陣の本拠地でもある。万全を期す構えでなければならない。

彼は、何度も深呼吸を行う。

無論、おまじないに過ぎないが手のひらに文字を書いた後、それをごくんと呑み込むのも忘れない。

――よし、これで万全な状態だ。そして意を決して彼は扉をノックしたのだった。その後、少しして扉が開く。

そこには――自分の宿敵であるあの少女がいた。

彼女はエルクウェッドを驚いた様子で見上げていたのだ。

どうやら、この日はまだ自室にいたらしい。エルクウェッドは「本当は『呪い』のせいでもう少し捜し回ると思っていたが……まあいい」と思いながら、少女に「邪魔するぞ」と告げて、室内にやや強引に押し入る。

そして、自分でしっかりと扉を閉める。

これで、相手は逃げることが出来ない。同時に自分の退路を断ったも同義であったが、知ったことではなかった。今日は背水の陣で臨む覚悟だ。矢が降ろうが槍が降ろうが、退くつもりは毛頭無い。

エルクウェッドは、じっと相手の様子をうかがう。どのような一手を相手が打ってくるのか。それを見極めるためだ。

彼女は、恐る恐るといった様子で口を開いた。

「こ、皇帝陛下。申し訳ありませんが、わ、私に一体何の御用でしょうか……？」

彼女は、非常に困惑した様子でそう言葉にした。

……ああ、なるほど。やはり、そうきたか。

半ば、予想通りだ。彼女は別にしらを切っているわけではない。本当に、分かっていないのだ。自分が、なぜここに来たのかを。ゆえに、エルクウェッドは、怒鳴るようにして、彼女に言う。

――まさか自分が先ほど、何をしたのか忘れたわけではあるまいな、という意味を込めて。

「何の用だと！　貴様‼　あのように私の前で死んでおいて、何の用だと⁉　馬鹿も休み休み言え‼」

そして、驚く少女に対し、そのまま沸き上がる怒りに任せて、彼は告げたのだった。

……今まで彼女に告げたくて告げたくてたまらなくて、けれど決して叶わなかったことを。

「私の『祝福』はッ！　【どのような他者からの祝福や呪いであっても、その影響を受けにくくなる】というものだ!!」

――いい加減、こちらのことを認知して欲しい。気付いて無かったと思うけど、ぶっちゃけ、めちゃくちゃ巻き込んでいるからな、貴様ァ……！

彼は今まで、相手に全く認識されていなかった。自分は、相手をきちんと認識出来ているのに。

理不尽だった。けれど、この日この時この瞬間。

エルクウェッドは初めて、時を巻き戻す『祝福』の持ち主――五十番目の妃であるソーニャに、自身の存在を認識させることが出来たのだった。

彼はついに長年の願いを成し遂げたのである。

対して、彼女は驚愕するかのように大きく目を見開く。

エルクウェッドは内心ちょっと涙ぐみながらも、宿敵である少女を睨みつけ、間髪を容れずして恨み言をぶちまけるのであった。

「――何度巻き戻せば気が済む!?　こちらは、頭がおかしくなりそうだったぞ!!」

本当にそうだった。

本気でいつか自分の頭が何かこう、パーンとなってしまうかもしれないと彼は常に危惧していたのだ。それに加えて、

「なあ貴様には分かるか？　やっと手間のかかる仕事を終わらせたと思った瞬間、振り出しに戻された時の気持ちが。しかも、それが場合によっては何度も連続して起こるのだぞ!?」

地獄だった。悪夢だった。それこそ文字通りの意味で、だ。

たとえ、どれだけ頑張って仕事を終わらせても、いつの間にか、また最初から。

それが、何度も何度も何度も当たり前のように繰り返される。

いつ始まるのかも、いつ終わるのかも分からない。そしてそのループを止める術は、自分にはないのである。

これを、生き地獄と形容せずして何と言おうか。

エルクウェッドは、「いや、今思うと本当に何でここまで正気をきちんと保ってこられたんだ……？　冷静になって考えてみても、怒りとか趣味とかで耐えられるレベルではないだろう、これ……」と今更なことを思いながら、相手の出方を待つ。

――さあ、どう反応する？

自分を認識した上で、開き直るか。それとも、完全にしらばっくれるか。

おそらく、こちらに対して一歩も引かない態度を取るだろう。

彼は、彼女との顔見せの際のやり取りを思い出して、そう予想を立てるのだった。そして、相手の反応は――

「――大変申し訳ございませんでした……！」

少女は、すぐさま平伏するようにして、真摯な態度で深々と頭を下げる。そう、それは紛うことなき誠心誠意を込めた――平謝りであった。

「なっ……!?」

馬鹿な。相手は、おそらく自分に匹敵するほどの超合金メンタルを装備しているはず。

眼前の相手に詰め寄られたからといって、その程度で怖気付くわけがない。

一体どういうつもりだ。罠か。

エルクウェッドは激しく困惑しながら、警戒する。彼女はその後、慌てた様子で語り始めるのだった。自身の身の上話を。

――自分の有する『祝福』は【病死や老衰以外の死因で死亡した場合、その一日前まで時間が巻き戻る】という極めて強力なものであること。そして、『呪い』は【死に繋がる不幸を招き寄せる】という、『祝福』とほぼ同等の強力なものであるため、たとえ少女自身であったとしても、ループを止めることが出来ないということを。

それを聞いて、エルクウェッドは、ひどく仰天しながらも納得することになる。

なるほど。あれほど強力な力なのだ。当然それ相応の代償を支払っていると思っていた。

しかし、それがまさか自身の死だったとは……。

道理で、顔見せの際に、嘘を吐いたわけだ。そのような『祝福』と『呪い』なぞ、誰も信じるわけがないだろうし、そもそもの話、他者に証明する術がない。

何せ時が巻き戻っても、自身以外にその事実を認識できる者など、今まで一度として出会ったことがなかったのだろうから。

「……ですので、皇帝陛下。こればかりは自分の意思ではどうすることも出来ないのでございます……」

「なるほど、『呪い』によって、どうあっても死ぬと言うのだな、貴様は……」

「大変申し訳ございません……」

彼女は、そう謝罪してくるのだった。

しかし、一つここでエルクウェッドの中で大きな疑問が発生する。

確かに、少女の『呪い』は強力だろう。そう簡単には、未然に防ぐことは出来ないのかもしれない。けれど、

——あの裏技による長期ループは一体何だったんだ……？

自身の死を引き金に『祝福』が発動すると、先ほど彼女は言った。

ならば、そんなに連続してホイホイ死ぬようなことなど、起きるはずがない。

死ぬと一日前に時間が巻き戻るのだ。つまり、また死ぬような不幸に遭遇するのは、その一日後になる。

もしくは、仮にそんなことが起きたとしても、すぐに死ぬようなことはないはず。たと

えば今回のように、だ。そうでなければ、辻褄が合わない。

エルクウェッドが、そう思っていた時だった。

彼女は、ゆっくりと衣服の中から、小刀を取り出す。

それを見て、彼は「ほう」と、愉快そうな笑みをわずかに浮かべた。

——やはり、そうきたか。

このような場面で刃物を取り出す理由など、一つしかない。

何しろ自身の最大の弱みである『祝福』と『呪い』の両方を他者に知られたのだ。

ゆえに、エルクウェッドとしては、少女は今から、自分を亡き者にしようと考えているように見えるのだった。

よって彼は、「ふん、みっともなく足掻くか。やはり、そうでなくては」と思いながら、少女を見下す。しかし、
少女は、鞘から引き抜いたそれを、エルクウェッドに向けるのではなく——その切先を自分の喉へと、しっかりと向けたのだった。

——は？

彼は、呆気に取られる。そして、そんな彼に対して少女は首を横に振り、何事もないような口調で言った。

この刃物は、自刃用なのだと——

その瞬間、背筋が一気に怖気立った。

「早まるな！」

彼は即座に動いていた。全力の速度で自分の腕を振り上げ、少女の手から小刀を叩き落とす。

彼女の手から離れた小刀は、床を転がって彼女自身から遠ざかっていく。

彼は、今愕然とした表情を浮かべていた。

一瞬にして、激しい焦りを覚えたため、心臓の鼓動が恐ろしくうるさい。

無意識のうちに冷や汗を流す。彼は、ただただ困惑するしかなかった。

――は……？　は……？　こいつ、何をやっているんだ。本当に何をやっているんだ、と。

それはそうだろう。何しろ、彼女は巻き戻ろうとした。もう巻き戻るのは御免だ。ばりキツイし、シャレにならへんでホンマ。……いや違う。それも多分にあるが、今はそうではない。

――何しろ少女は、先ほど自分の手でためらいなく喉を掻き切ろうとしたのだから。

有り得ない。到底、信じられなかった。

そして、同時にエルクウェッドは理解する。いやでも理解してしまう。

今まで、何度も行われてきた長期ループの正体が。

長期ループの最長記録は、三十日。その数が意味するのは——

少女は、未練がましく遠ざかった小刀を見つめていた。

正直気づきたくはなかった。しかし、つまり、そういうことなのだ。

おそらく、いや、ほぼ確実にエルクウェッドが目撃した一度目の惨状は、彼女自身が引き起こしたものだった。

壺を割ったのは、顔を蒼白にしていた四人の妃のうちの誰かだ。

そして、その罪をこの少女に擦り付けた。それがきっかけとなり……彼女は——

……信じられないことに、目の前の彼女は、あまりにも時を巻き戻すことに慣れていた。

否、命を落とすことに慣れきってしまっていたのである。

だから、こうも躊躇なく自分の喉に刃物を向けることが可能なのだ。

彼女にとって、命を落とすということは、もはや日常的にこなす当然の行為の一つでしかない。

食事をし、湯浴みをし、就寝する。それらと、ほぼ同義なのだと。

——何せ彼女は、五歳からずっとそれを続けてきたのだから。

顔見せの際、彼女は嘘をついた。そしてその際、「嘘をついていたら命を差し出すつもりだ」と、平然とした様子で言っていた。しかし、それについてだけは、本当に嘘偽りではなかったのだ。

彼女は、実行する。間違いなく。――それこそ一万回だろうと、躊躇なく。

そして、エルクウェッドが止めなければ、今まさにそのようなことを行おうとしていた。

彼はその事実を知り、戦慄することになる。

そしてその後、額に手を当てて、大きく溜息を吐いたのだった。

「……そうか。貴様はそういう奴なのだな。今、理解した」

……自分はどうやら、今まで彼女に関して驚くほどに大きな思い違いをしていたらしい。

今までのあまりにも地獄めいた経験から、かなり喧嘩腰な思考をしてしまっていたようだ。自分の宿敵だから、相手も敵意を向けてくるだろう、と。

しかし、今考えてみれば、相手がこちらに敵意を抱く理由など何もなかった。

こちらは被害者であり相手は加害者。しかも無自覚というような関係にあるのだから。

そして、同時に彼はある一つの事実を強く強く、再認識することになる。

――ああ、やはり。この少女は依然として自分の宿敵なのだと。

彼女の『呪い』は非常に、厄介極まりないものだ。しかし、それ以上に、彼女自身こそが最も自分にとっての障害となるのだと、今この時、確信した。

ゆえに彼は、覚悟を決める。腹を括ったと言い換えてもいい。

次に彼は、少女にこう告げるのだった。

「貴様を私の『最愛』にする」

と。実はエルクウェッドは、ここまでの道中にて、「さあ、あの娘をどのような目に遭わせてやろうか……」と、血走った目で復讐方法を考えていた。

今までは、とりあえず一発ブン殴るか、合法的な手段で牢屋にブチ込むかの二択だと考えていたのだが……そのようなことをしたところで、結局ループは止まらないのだということを知ってしまった以上、彼は早急に少女の『呪い』についての対策を考えねばならなかった。率直に言ってしまうと、今は復讐どころではなかったのだ。

彼は、少女から『祝福』と『呪い』についての話を聞いた後、ひとつの最善策を思いつく。それは、つまり、

「要は不幸だから死ぬのだろう!!　つまり貴様を幸せにすれば良いということ!!　なら、いくらでも幸せにしてやるわ!!」

彼は、五十番目の妃である少女を自身の『最愛』に選ぶことに決めたのである。そして、その完全なる決め手となったのは、先程少女が躊躇のない自死を選択した時だった。

彼女の『呪い』は【死に繋がる不幸を招き寄せる】というもの。

不幸だから命を落とす。ならば、不幸になる隙を与えず、常に幸せであれば、死ぬようなことはないはずなのだ。それに、たとえ死ななくなったとしても、自身の命を軽んじていては意味が無い。

そう考えたエルクウェッドは、再び腹を括る。——この少女を、自分の生涯を賭して誰

よりも最高に幸せにしてやるのだと。

それは自分のためであり、結局のところ彼女のためにもなる。死ぬ暇など、与えてやるものか。病める時も健やかなる時も老いる時も、ずっとずっとずっと——この先決してこの意志を曲げるつもりはない。

けれど、それはもしかしたら、出来ないかもしれない。難しいかもしれない。——いいや、違う。やるのだ。絶対に。

それに、少女の話を聞いて、なぜ自分の『呪い』がきちんと発動していなかったのか理解した。

単純な話だ。彼女の『呪い』が強力すぎて、自分の『呪い』が打ち消されていただけの話であった。

今まであれほど探していたのに、少女が後宮入りを果たして、こうして自分との距離を物理的に縮めることとなったのは、彼女の『呪い』が、「後宮こそが現在、最も多く死に繋がる不幸を呼び寄せることが出来る場所である」と判断した結果であろう。

現に少女は後宮入りしてから毎日命を落としているのである。そう、何度も何度も——

「ご、ご容赦を……！　私は、我が家に帰りたいのです!!　どうか！　どうか、私以外の妃をお選びください!!　皇帝陛下、お慈悲をっ!!」

エルクウェッドの発言によって、少女は、慌てた様子で本音を吐露する。

けれど、彼の意志は変わらない。

「駄目だ。貴様を家に帰したところで、結局死ぬことに変わりない」

確かに、彼女の願望を聞くことは、彼女の幸せに繋がるだろう。

しかし、彼は知っている。少女が今まで三日に一度の頻度で死に戻っていたことを。

エルクウェッドの掲げる目標は、この先ずっと死亡回数ゼロだ。

実家に帰してしまっては、それは決して達成されない。また元の頻度に戻るだけなのである。

彼は、目の前の少女を完膚なきまでに、幸せにしなければならなかった。ゆえに、少女には気の毒だとは思えども、その望みを叶えさせるわけにはいかなかったのだった。

「少なくとも、頻度は減ります‼」

少女は、そのように抗議してくる。

その言葉にエルクウェッドは、震えた。

――いや、悪魔か？　三日に一度の頻度でも、普通にキツイ。ブチ切れながら衝動的に数々の謎民族ダンスを踊りたくなってしまう……。

正直言って何とか、今まで耐えてこられただけであり、結局地獄には変わりないのである。

それに、自分の知らないところで、延々と時を巻き戻されるのはさすがに困る。ブチ切れるのは、これでもう最後にしたい。

「駄目だと言っている！　私の見えぬところで死ぬのは許さんぞ！」

彼は、その申し出を却下する。

頼むから、やめてくれよ……と、心の中で必死に願いながら、そして深呼吸を行う。

冷静さを失ってはいけない。故に一旦気を落ち着かせることにした。

その後、目の前の少女に対して、彼は念を押すようにして言ったのだった。

「言っておくが、逃げるなよ。死ぬことも禁止だ。仮に自死して時が巻き戻ったとしても、私は、お前を絶対に忘れないということを覚えておくがいい」

死んだところで意味はないと、彼は強調する。

——これで少しは、自分を大切にする意識を持ってくれればいいが……。

そうすれば、少なくとも長期ループを防ぐことは出来るかもしれない。

そのようなことを思いながら、エルクウェッドは、片膝をついて平伏する彼女に目線を合わせる。

今から、自分がどれほど本気であるのかを彼女に伝えることにしたのである。

彼は声を低くして、しっかりとした声音で告げる。

「——貴様は今日から私のものだ。故に命令する。死ぬな、私のために生きろ」

さあ、これでその命は、自分だけのものではなくなった。気安く死ねると思うな。

──今この時、リィーリム皇国現皇帝エルクウェッド・リィーリムは、ソーニャ・フォグランを生涯の伴侶に選んだ。

故に自身の死は、その選択を愚弄するに等しいと知れ。

そして、そう思いながらも同時に、彼は内心渋面を作ることになる。

……ああ、くそっ。本当に何なんだこれは。ひどすぎる。史上最低最悪なプロポーズではないか。仕方がないとはいえ、まさか、自分がこのような人としてあるまじき言葉を口にすることになるとは思わなかった。

どうやら落ち着いていたつもりでも、実際は気が急いていたらしい。そのせいで乱暴な言葉になってしまった。もっと無難な言葉があったかもしれない。オブラートに包めたかもしれない。

しかし、すでに口に出してしまった以上、どうしようもなかった。

これでは、一目惚れした女性に対して「おもしれー女」と絶対に言いたく無いのに、最終的に歯を食いしばり号泣しながら言う羽目になったという悲しい過去を持つ宰相のことをもう笑えないな、と思いながら、エルクウェッドは「チクショウめぇ!」と心中でいつものように叫ぶことになるのであった──

第四章　死に繋がる不幸

昼下がりの温かな日光が差し込む自室を静寂が包み込む。季節はまだ春だというのに、私の頭は混乱のあまりゆだるように熱くなっていた。なぜなら、

『――貴様は今日から私のものだ。故に命令する。死ぬな、私のために生きろ』

先ほど皇帝陛下が、私――ソーニャ・フォグランにそう告げたからである。

よって、私は今日より彼の『最愛』となったのだった。

ゆえに大きく困惑することしか出来ない。どうして、こんなことに、と。

……いや、明確な理由はあった。このような事態となったのは、間違いなく『呪い』が原因である。

――私の『呪い』は、【死に繋がる不幸を招き寄せる】というもの。

だから、私は妃の一人として選ばれた。後宮で毎日のように『祝福』の力を行使することとなった。

そして、それだけでは飽き足らず、ついにこの『呪い』は、皇帝陛下の『最愛』という地位に目をつけたというわけだ。

この国の頂点に位置する人物の伴侶。どう立ち回ろうと、目立たないわけがない。

おそらく私は、今後、より多くの死に繋がる不幸に見舞われることとなるだろう。それこそ、今までとは、比べ物にならないほどに。

――ならば、逃げるべきかもしれない。

私の『祝福』を用いれば、それは十分可能なはずだ。

しかし、皇帝陛下は、私の『祝福』の影響を受けないようなのだ。現に、彼はこうして時を巻き戻した後でも、記憶を保持したまま、私の部屋を訪れた。

彼の様子から見て、どうやら今までずっと私のことを探していたらしい。

きっと、私が逃げれば、今後も必死になって諦めずに私のことを捜すだろう。……それはさすがに気の毒な話に思えて、罪悪感を覚えてしまう。

彼は、私が五歳の頃からずっと、私の『祝福』の力に巻き込まれていた。おそらく彼にとってそれは苦痛以外の何物でもなかったのだろう。

そもそもの話、私は、彼に嘘を吐いてしまった責任をまだ果たしていない。

――ならば、このまま皇帝陛下の『最愛』となるべきなのだろうか……？

けれど、それだと十中八九、私は毎日のように死ぬことになる。それは出来れば避けたい。

……正直言って逃げたい。しかし逃げてはいけないという気持ちもある。……けれどそもそもの話、現状私がいきなり皇妃になるのはかなり困難な話ではないだろうか。

私は貴族の娘とはいえ、平民に近い暮らしをしてきた。そんな私に皇妃という役目が果たして務まるのだろうか。

……いや、どう考えても無茶だ。無謀すぎる。皇帝陛下もそれはきっと理解しているはずだ。

やはり駄目だ。なので、「……大変申し訳ございません、皇帝陛下。私を『最愛』にお選びになる以外にも何か方法が——」と、そう断ろうと口を開きかけた時だった。

突然、皇帝陛下が「おい、娘」と私の言葉を遮り、立ち上がる。そして近くにあった椅子に座ったのだった。

「貴様が何を考えているのか大体顔を見れば分かる。だが、その話は後だ。悪いが、それよりも優先すべきことがある。とりあえず先ほどの一回目と二回目の状況をきちんと話せ。それと、そのまま平伏（ひれふ）していないで、貴様も椅子に座れ。話し辛（づら）いだろうが」

——え、一回目と二回目……？

「貴様が死んだ時だ。一回目は、私の作った壺（つぼ）を割った時。二回目は、階段から突き落とされた時」

彼は「ほら、さっさとしろ」と、促してくる。

なので、私は混乱しながらも慌てて皇帝陛下と同様に、椅子に座り、彼に促されるまま口を開くことになる。

といっても、私自身、そこまで詳しくは分からない。いずれも突発的なものであったからだ。

……というか、あの壺、皇帝陛下の自作だったんだ……知らなかった……。

私のたどたどしい説明を彼は、真剣な様子で聞いていた。

「……なるほどな。やはり計画性は、まあまあ薄そうではあるな……」

彼は、そう結論付ける。

「あの妃たちは、貴様に対して何かしらの負の感情を以前から抱いていた可能性がある。だが、その犯行は全く凝ったものではない。衝動的に実行しようと思えば、いくらでも出来るだろう」

彼は、「腹いせの線が濃厚か……？」と、腕を組み、独り言のように呟くのだった。

なので、私は「あの……」と、思わず、彼に声をかけてしまう。

「なぜ、このような話を……？」

「決まっている。貴様の死を完全に回避するためだ」

皇帝陛下は、そうきっぱりと言い切ったのだった。

「貴様が死ぬと、私も死ぬ。精神的にな」

単純明快な回答であった。

そして彼は「言っておくが」と、念を押すようにして私に言葉をかける。

「――私は、何と言おうと貴様をもう二度と死なせるつもりはないからな。いいか、覚悟しておけよ」

そう、真剣な様子で指を突き付けてくる。

「貴様は、今までに何度も時間をやり直してきて、それがもはや普通となっているのだろう。だが、私にとっては、ただ自分をブチ切れさせるだけのひどく煩わしいものでしかない」

「えっ、ブチ切れ……？」

「……過去を思い出して言葉が乱暴になってしまったが、とにかく私にとって、時間の巻き戻しとはそのようなものだ。分かったか？」

その後、彼は呟くようにして言葉を続けた。

「……まあ、過去を思い返せば、一度だけ貴様に借りを作ったことはあったがな――」

「皇帝陛下……？」

私の言葉に、「何でもない、独り言だ」と、彼は返す。

「とにかく、貴様には何としてでも生きてもらうぞ。私の心の平穏のためにもな」

そう、彼は覚悟を決めた眼差し（まなざ）しを私に向けて強く宣言する。

「そのためにも私が目撃した貴様の二つの死を防ぐ。貴様一人では、骨が折れる事態かもしれんが、私がいれば容易に片付くだろう。だから、協力しろ。こちらも全力を尽くす。当然、悪いようにせん。大船に乗ったつもりで……おい。そういえば、一つ目は自死だったな？　なら、絶対に自ら死ぬのは止めろよ。頼むからな？　信じているぞ……？」

そう、彼は言うのだった。

驚くべきことに、皇帝陛下は出会ったばかりの私を手助けしてくれるのだという。彼はもう、私を死なせないのだという。

それは何とも頼もしい上に嬉しい申し出であった。流石に私としても死ぬのに慣れてしまっているとはいえ好んで死にたいとは思わない。

私はもはや他者からすれば死ぬことが趣味か日々の日課だと思われるくらいに死んでしまっている。けれど、生きられるのなら生きるべきだとも思ってはいた。きっと私以外の他者もそう考えるだろう。

しかし、これは正直私としては初めてのことかもしれない。私は今まで他者に頼ったことなどなかったから……。

同時に果たして上手くいくのだろうか、とも思ってしまう。妃たちが、私に危害を加えているのは、おそらく妃として私が気に食わないか、邪魔だからだ。

妃の数は、五十人。その中から、皇帝陛下は『最愛』を選ぶ。それが、この後宮にて行われる妃選びの仕組みであり、つまり——

「貴様の言いたいことは分かる。妃たちの争いの中で、いきなり私という当事者が現れては余計に混乱を助長するだけではないか。そういうことだろう？」

彼も、それを理解していた。そうだ。そうなのだ。

争いの火種は、いまだ沢山ある。その中でも一番の火種は、皇帝陛下が、全ての妃と行動を共にせずして、突然一人の妃を——私を『最愛』にすると決めたことである。

しかも、その者は、あろうことか五十番目の妃なのだ。

順番をすっ飛ばし、そして最も格の低い妃を伴侶とした。これで、納得する妃など、きっと誰もいない。

「それについては、こちらで何とかする。とにもかくにも、貴様が気にすることではない。貴様は自分の死を防ぐことだけを考えていろ」

どうやら、現状を切り抜けるための具体的な案があるらしい。ならば、今は彼に任せるしかないだろう。

「——それで、一応参考程度に聞いておくが、貴様は、今回経験した死を回避するたびに、どれだけの回数と日数を巻き戻すつもりだった……？」

彼は、急にそのようなことを聞いてきた。そして、「別に怒るつもりはない。正直に話せ」と言ってくる。

「ええと、その、最低でも三、四回は巻き戻るつもりでした……。日数は、一日を五回巻き戻っても駄目なら、その後一週間くらいは遡ってみようかな、と……」

そう今まで思っていたことを言葉にすると、皇帝陛下は大きく脱力し、安堵するかのように息を吐いたのだった。

「危なかったな……また二十五番目の妃を全力で捕まえねばならなかったと思うと……確実にブチ切れていた」

「捕まえる……？　えっ、ブチ切れ……？」

皇帝陛下が、またよく分からないことを口走った。

本当一体、どういうことなのだろうか……？　二十五番目の妃が何か彼に仕出かしたのだろうか。聞いておきたいような、聞いておきたくないような……。

「まあ、それはこっちの話だ。忘れろ。とにもかくにも、私は今から、貴様の死を防ぐために動くつもりだ」

「ええと、一体、何をなさるおつもりなのでしょう……？」

「まあ、そうだな。明日まで時間がある。今日はとりあえず、我が国の宰相の元に向かう。奴は今、白菊帝宮──宮殿にいる。貴様もついてこい」

皇帝陛下は「顔は見たことがあるだろう」と私に聞いてくるのだった。

確かにある。宰相様は、二年ほど前に、後宮入りさせるための妃を選出するために、私の実家に訪れたことがあった。

まさか、こんな田舎に自国の宰相である人物が来るとは思わず、来訪の知らせがあった時から家族総出で慌てて歓迎の準備を始めたのだ。

かなりの老齢のように見えたけれど、背筋はぴんとしていたし、優しそうな人だった。

けれど、会って突然、『これはこれはどうも初めまして。貴女がソーニャ様ですね？　──おそれと、お会いして早々に大変申し訳ありませんが、どうかお許し願いたい……。──おもしれー女』と言われた時は、本当に「？？？」とびっくりしてしまった思い出がある。

「何をしに行くかというと、奴に貴様を『最愛』に選んだことを伝えにいく。まあつまり、貴様を国で保護する話をつけにいくということだ。それでなんとか上手いことやってくれるはずだろう。奴の手腕は確かなものだからな」

そう、言うのだった。

なので、私は思わず慌ててしまう。そうだ、その話はまだ終わっていない。

「し、しかし、皇帝陛下っ。私が皇妃なんて──」

「娘、悪いがそれは後にしろと言っているだろう。『そうすると私が決めた』。今は、それで話は終いだ。貴様の想いなり文句なりは貴様自身の安全が確保出来次第いくらでも聞いてやる。いいから、まずは生きろ。話はそれからだ」

けれど有無を言わせない態度でそう告げられてしまった。

……残念ながら、こちらとしても確かな負い目がある以上は言葉を続けることが出来ない。

今は彼の言葉を信じて後ほど話をするしかなさそうだ。

そして彼には本当に悪いと思うけれど最悪、私の『祝福』の力で逃亡するという選択肢も考えて――

そう思いながらも、ふと一つ疑問が生じる。

「ええと、その、そういえばなぜ私も一緒、なのでしょうか……？」

「目を離すと、いつ死ぬか分からんからな」

彼は「気がついたら、ころっと死んでいるかもしれんだろう？　だから、何があろうと貴様からは目を離さん」と口にするのだった。

「そ、そんな飼育中の甲虫（かぶとむし）みたいなこと……」

「あるだろうが。貴様の寿命は、常に蟬（せみ）の成虫以下しかなかったというのに、よくもまあそんなことを言えたものだな」

そう言われて、反論出来なかった。

確かに、私は一週間以上、生きた例（ため）しがない。基本的に三日ほどの命なのだ。

「ついでに言うと、後宮入りしてからは、蜻蛉（カゲロウ）の成虫並みだったな」

「そうでございました……。申し訳ございません……」

確かに毎日死んでいたので、何も言えなかった。すると、彼は「まあ、別にいい」と口を開く。

「そのような『呪い』を持っている以上、仕方のないことだと理解しているつもりだ。幸いなことに私の懐はこれでも海のように広い。絶対に許しはせんが、我慢はする。次からは気をつけろ」

そして、その後彼は椅子から立ち上がると、私の目の前まで歩み寄って、手を差し出してくる。

「あの、これは……？」

私は困惑することになる。何しろ、彼は「さあ、今すぐ自分の手を握れ」とばかりに、その手を差し出してきたのだから。

もしかして握手だろうか。そう思っていると、彼は告げた。

「手を繋ぐ。貴様が逃げぬようにな」

「こ、皇帝陛下……っ⁉」

私が、驚きに目を見開くと、彼は「なんだ」と応じる。

「恥ずかしいのか？　なら、私の袖でも摑んでおけ。とにかく、私の側から離れるな」

彼は「本当に頼むからな」と、割と真剣に念押ししてくるのだった。

「一応言っておくが、悪く思うなよ。過去に平然と私に対して嘘を吐いた以上、貴様に断る権利はないぞ？」

「それは、確かにそうなのですが……」

というか、あの時はいきなり、あのようなことを聞かれるとは思っていなかったのだ。

最初、顔見せが終わった後に『ちょっと何あんただけおもしれー女ムーブしてんのよォッ！』と、なぜか突然、他の妃たちに詰め寄られて、最終的に時を巻き戻さないといけなくなったのだ。

その後、二度目の皇帝陛下からあのような『祝福』と『呪い』の質問をされて、「あれ？一度目はされなかったのに……？」と思いながら、仕方なくいつも使っている嘘を吐いたのである。

今まで私の二つの力を認識出来るのは私だけだと思っていたから――

「ですが、あの時の気持ちは……」

「分かっている。だが、万死は止めろ。止めろ。本気で止めてくれ」

真顔で彼はそう言って、「それで」と、私の瞳を覗き込むようにして真っ直ぐ視線を向けるのだった。

「早くしろ。そろそろ強引に貴様の手を取るぞ」

「分かっております。ですが……」

確かに恥ずかしいという気持ちは少しばかりある。けれど、それ以上に――

「……なるほど。どうやら貴様は他者を信用することができないみたいだな」

私は頷く。そうだ。私にとって他者というものは、子供の頃から常に警戒の対象であった。

故意にしろ。無意識にしろ。彼らは、高い確率で私に死という最大の不幸を齎す。そしてそれは私自身の家族も例外ではない。

私の家族は皆仲がいい。けれど、それでも私は、彼らに自身の二つの力を打ち明けてはいなかった。

——言えば、きっと皆を不幸にしてしまうから。

私は、いつものように訪れる私の死で誰かに悲しんで欲しくはなかった。でも私に関われば、高確率でそうなってしまう。特に家族の悲しむ姿を見るのは出来る限り避けたい。今までそう思いながら死んできたのだ。

皇帝陛下は、それを察してくれたらしい。私を見て言う。

「案ずるな、娘。貴様の『呪い』に対して、私には確かな耐性がある。貴様の『祝福』においても、そうだったろう？　ゆえに貴様の思うようなことにはならん」

——リィーリム皇国現皇帝エルクウェッド・リィーリムの名において、それを保証する。

彼は、次にそう告げたのだった。

「私が貴様に危害を加えるとしたら、それは貴様が死んだ時だけだ。おそらく怒りの衝動に逆らえず、一度は勢い余って貴様の頭をパーで叩くかもしれんが、その程度だ。死にはせん」

だから、安心しろと彼は私に言う。

それは果たして、安心しても良いものなのだろうか……？　しかし、そう正直に言われると、何だかおかしな気持ちになって、少しばかり笑ってしまいそうになった自分がいる。

——そして、気が付けば私は、彼の手を取っていたのだった。

何故だろう。分からない。このような気分は初めてだ。そう思っていると、

「——娘。悪いがやはり、上着の裾当たりを持っていてくれ。基本的に片腕しか使えぬと思うと、何かこう、無性に不安になってきた」

「あ、はい」

彼は「やっぱり今のはなし」と訂正してきたため、私はその言葉に従うことになったのだった。

なので、私は彼の上着の背中部分をちょんと、つまんで、その後をついていくことになる。

何だろう、これ……。何だろう、先ほどとは別の不思議な気持ち……？　まるで、小さい子供になったような気分だった。目の前の皇帝陛下の背中は、とても広く見えたが、本当に何なのだろう、これ……何だか次第に緊張が薄れていっているような気がする。

そんなことを思っていると、彼は「よし、出発するぞ」と声をかけてくるのだった。

「しっかり、私の後をついてこい。絶対に私から離れるなよ？」

私は、頷く。その後「あの……」と、声を上げることになる。

「何だ？」

「あちらに転がっていった小刀を拾ってきてもよろしいでしょうか……？」

私の視線の先には、先ほど皇帝陛下に弾き飛ばされた愛刀がある。

出来れば、回収していきたかった。いつ何が起きるか、分からないからだ。

皇帝陛下には悪いとは思うけれど、やはり、万が一の備えとして懐に持っておきたいと思っていたのだ。

彼は私を死なせないと言ってくれた。けれど、たとえ彼であっても対処できないことは必ずあるだろうから。

「……いや、悪いが駄目だ。今日、刃物に触れることを禁ずる。絶対に、たとえ爪先であっても触れるなよ？　全部、私が何とかするからな？　貴様は、とにかく今は息をして生きているだけでいい。それ以上は、望まん。いや、本気で」

彼は、そう若干緊張した声音で、震えながら言うのだった。

そんな……。あれは、私が子供の頃からずっと身に着けて、数えきれないほど何度もお世話になってきたかけがえないのない御守りなのに……。

しかし、皇帝陛下が駄目だというのなら、今日に関しては諦めるしかない。けれど、そ

れなら、

「……いや、待て。貴様のその髪につけた妃の証としての髪飾りも十分危険に見える。悪いがそれも今すぐ外せ。大丈夫だ。取る際に髪が乱れても代わりに、きちんと私が結ってやるから安心しろ。いや、本当に。頼むから」

彼は、私が思いついたことを口にしたのだった。

そして、すぐさま彼は、私から髪飾りを取り上げる。形状としては金属製の櫛のような形であったため、自刃用に使えるのではと密かに思っていたのに……。これで、私は凶器となる物を何も持っていない状態となってしまった。

胸の中で大きな不安が押し寄せてくる。こんなことになったのは本当に久しぶりだ。自死出来る物を何も持っていないなんて。

この先、大丈夫なのだろうか、と心配になりながら、私は大人しく化粧台の前に座り、皇帝陛下に自分の髪を結ってもらうことになったのだった……。

……あれ？　皇帝陛下、ものすごく上手に私の髪を結ってくれたのだけど、どういうこと……？　何で……⁇⁇

彼の腕前は、なぜか宮殿の化粧師並みであったので、思わずびっくりしてしまうのだった。

◇

皇帝陛下と共に、私は自室を後にする。

彼の言うとおり、私は彼の後ろを離れず、ついていく。

宮殿に行くには、まず紅蓮妃宮――後宮内を歩く必要がある。

後宮の敷地は広い。私の自室からまっすぐ歩いて後宮を出ようとしても、数十分はかかるだろう。

その間にこの光景を、もしも他の妃たちが目にしてしまったら一体どうなるのだろうかと内心恐る恐るといった気持ちになってしまう。

絶対、大事になるだろう。けれど、目の前の皇帝陛下は、どういうわけか平然としていた。まるで、心配するなと言うように。

どうしてだろうか。そう思っていると、

「――あっ」

私は、大変なことを思い出して、思わず立ち止まってしまうのだった。

「どうした、娘？」

「大変申し訳ございません、皇帝陛下……失念しておりました」

「？　何をだ」

「実は時を巻き戻したせいで、以前、回避した『今日』の分の死はまだ回避できていない、ということに現在なっているのです……」

そうだ。色々あって、完全に忘れていた。

先程二回立て続けに死んでしまったことにより、せっかく以前に防ぐことが出来た『今日』の死が、復活してしまっていたのだった。

私の『祝福』は、私の死を無かったことにする。けれど、巻き戻すタイミングによっては『死を回避した』ということさえ無かったことにしてしまうのである。

確か、時間的にもうそろそろだ。もうすぐ私に、今日の分の死に繋がる不幸が訪れるはず。

私の言葉に皇帝陛下は、驚いたように振り返る。

「何だと!?　なぜ、それを先に言わない!?」

「申し訳ございません！　うっかりしておりました！」

「おい、貴様ァ！　それは、うっかりで済ませられる次元ではないだろうがァッ!!」

皇帝陛下が、怒鳴る。そして、「早く言え！　どこでどのように死ぬ!?」と、慌てて聞いてくる。

「今だと、場所は、後宮の廊下！　確か、この辺りだったはずです！　突然、毒蛇に襲われました!!」

私も大声を上げた、その時だった。

――ぼとり、と目の前で何かが、廊下の天井から落ちてくる。それは、廊下に敷かれた絨毯(じゅうたん)の上を、ぐねぐねと、のたうつようにして、動き続けた。その黒く細長いもの。そう、紛れもなく――一匹の大きな蛇であった。

……ああ、現れてしまった。間に合わなかったと嘆くことになる。

突然現れたこの猛毒の蛇に噛(か)まれて、私は確か十回以上もやり直すことになったのだった。

この毒蛇は、とても素早い。そして、逃げようとすれば、必ず襲ってくるのだ。そのせいで、何度も噛まれてしまった。

この蛇の毒は、体を麻痺(まひ)させるものだ。動けないまま、わずか三十分程度で、命を落とすこととなってしまう。

ならば、この場所をこの時間に通らなければ、良(い)いと思うかもしれない。けれど、その後、少しして、また別の場所に現れるのである。しかも、決まって私の前に――

現実的な解決方法は、何とか頑張ってこの蛇を捕らえることだった。

それにより、私は運よく無傷で蛇を捕まえるまで何度も死ぬ羽目になったのだった。

──ああ、これは、駄目だな。

私は、また死ぬことになる。そう、予感がした。

だから、私は「大変申し訳ありません、皇帝陛下」と口にする。そして、彼の前に歩み出ることに決めた。

おそらく、今回もまたあの蛇を無傷で捕らえることは出来ないだろう。

けれど、あと三、四回繰り返せば、何とかなるはずだ。今までの死で少しはコツを掴んでいる。

私自身の死は決して無駄にするつもりはない。

……でも、もしかしたら、噛まれた後皇帝陛下に医療室まで運んでもらえれば、助かるかもしれないし、そうなったら嬉しいなあ、と思いながら、一歩踏み出そうとしたその時だった。

皇帝陛下は、「待て」と腕を伸ばして、私の前を遮る。そして、言った。

──この程度なら、任せておけ、と。

「え、皇帝陛下……？」

私は、思わず驚きの声を上げてしまう。

彼は、舌を出しながらこちらを睨む毒蛇に向かって、一歩足を踏み出すようにして──

だん！　と、思いっきり、片足を廊下の床に向かって、力強く踏み下ろしたのだった。

それにより、毒蛇がびくりと、驚いたようにして一瞬動きを止める。

そして、間髪を容れずに、彼は自分の片手の指を口に咥えた。その瞬間、彼の口元から甲高い笛のような音が鳴り響く。

それはまるで、鳥が威嚇するような、そんな鳴き声に似た音であった。その音に、蛇が大きく反応を示す。

そして――突然、蛇は尻尾を巻いて逃げ出したのであった。

「えっ」

私は、混乱する。

一体、何が起きたというのか。いつも攻撃的だったあの毒蛇が、こんなにもあっさりと……。

そう、困惑している間にも彼は行動を続ける。

逃げ出した蛇に向かって、彼はそのまま――飛び掛かったのだった。

「――アァーッ!!」

「皇帝陛下っ!?」

蛇の逃げ足は素早かった。けれど、皇帝陛下も全力疾走だった。

彼は奇声を上げて、蛇の頭をがっちりと、捕まえる。

「ああーっッ!!!」

態にする。

「皇帝陛下！！？？」

彼は、その後、蛇の身動きが取れないように、すぐさまその体をしっかりと固結びの状態にする。

「アアァーァァッ！！！」

「こ、皇帝陛下ーっ！！！」

そして止めとばかりに、彼は近くに飾られていた壺の中に、その蛇を入れて、ぐるんとその壺を逆さにし、完全に蓋をしてしまうのだった。

「――あああアァァッーッ！！！」

彼は、雄たけびのような声を最後に上げる。

あっという間の出来事だった。わけが分からない。

思わず、呆気に取られてしまう。彼は、私が状況を呑み込めないうちに、私の死を完璧に防いでみせたのである。

「……こっ、皇帝陛下……？」

私が恐る恐るといった様子で、彼に声をかける。

私をいつも襲っていた蛇は、この一匹だけだったため、これで本当に私の死は回避されたことになる。

彼は今、私を助けてくれた。こんなことは生まれて初めての経験だった。

――いろいろな意味で……。

何しろ突然、皇帝陛下が変なテンションでよく分からない叫び声を上げ始めたのだから、それを心配しない方が無理という話だ。

……一体、彼はどうしてしまったのだろう。そう不安に思っていると、先ほど叫んでいた彼は、突然すんと真顔になって、こちらに向き直るのだった。

そして、「安心しろ」と声をかけてくる。

「この壺も自作品だ。最悪割っても構わん」

そう、告げた。

……いえ、あの、皇帝陛下、私が心配しているのは当然ながら、そこではないのですが……。

「ええと、その……助けていただき本当にありがとうございました。それで皇帝陛下、どこかにお怪我とかはなさっていませんか……？」

「案ずるな、無傷だ」

それは良かった。本当に。彼に何かあったら、どうしようかと。

私は胸を撫で下ろしながら、次に質問する。

「先ほど、なぜ大きな声を上げたのでしょうか」

すると、彼は「ああ、それか」と、私の問いに答える。

「蛇は音――というより、振動にとにかく敏感らしくてな。ゆえに終始威圧して、その動きを抑えていたというわけだ」

彼は、そう私に説明するのだった。

だから彼は、最初に床を踏み鳴らして、蛇を硬直させ、こちらに向かって攻撃してこないようにしたのだという。そして、彼は、次に指笛を吹いた。

それは、あの毒蛇の天敵である猛禽類（もうきん）の鳴き声を真似（まね）たものなのだという。

ああ、だから、蛇はすぐに逃げ出したのか……。そして、慌てて逃げれば、動きは単調なものとなる。彼は、そこを狙ったのだった。

……なるほど、ようやく理解できた。けれど、そこで当然ながらある疑問が出てくる。

それは、

「なぜそのような知識や技術を……？」

「昔、旅芸人の蛇使いに習った」

そう、こともなげな口調でそのようなことを言うのだった。

なので、私は開いた口が塞がらない。

え、習った……？　蛇使いの人に？　どうして、そんなことに……？

さらにひどく混乱してしまうのだった。そんな私を他所（よそ）に彼は、「過去に何度か野生から調教したことのある種で助かったな。楽に捕獲出来た」と口にする。

「この種は、恐ろしく素早い。何の対策も講じずに真正面から襲われたら、たとえ私であっても五、六回は確実に噛まれていただろうな」

彼は「まあ、その代わり、他の種よりとりわけ空気中の音に敏感で賢いから、割としつけやすいのだがな」と、言葉を付け加える。そして、その後、彼は私に歩み寄る。

「ええと、何でしょうか……？」

「貴様、もしや柑橘（かんきつ）系の香水をつけているな？　それは、この種を刺激する香りだぞ」

彼は「蛇は嗅覚も鋭い。この種だと、とりわけレモンの香りに対して大きく反応を示す」と、そう指摘する。

私は驚きに目を見開くことになったのだった。

確かに私はその系統の香水を使用していた。しかも、今日に限って――

「だから、ここを通るたびに、貴様を襲ったのだろうな」

「実は、以前は他の場所でも襲われました……」

「移動していたか。複数いるのか。分からんが何にせよ、貴様がつけている香りに似た香水は、他の者もつけていても別におかしくはない。――つまり、これは無差別か……？」

彼は、考える素振りを見せるのだった。

「この種は、皇都近辺には生息していない。地方部でなら、まあ何度か見たことがあるし、何度も噛まれたことがある。――ならば、この毒蛇を放った奴がいるな。そして、その初の犠牲者に運悪くなってしまったのが、貴様というわけだ」

彼は、「なるほど。これが、死に繋(つな)がる不幸というやつか」と、ひとりごちるのだった。

「本当に厄介な『呪い』だな、それは。だが、まあ――」

彼は、愉快そうに笑う。

「――決して、対処できないということはない」

そう、言葉をこぼすのだった。

「無論未然に防ぐことは困難かもしれんが、起きた直後ならば、程度によるだろうが、常にこうして危なげなく処理することは可能そうだな」

彼は、「娘、道すがらで構わん。どの程度の不幸が、基本的に貴様を襲うのか教えろ」と、私に声をかけてくる。

「あとこちらの体感的には、『今日』の不幸は、この蛇だけではなかったはずだぞ。この蛇だと、多くても十数回の巻き戻しだろう。確か、『今日』は二十回以上やり直していたはずだ。忘れずに全て記憶しているからな」

彼は「それも教えろ。全て対処してやる」と、言うのだった。

今の彼は、私にとって恐ろしく頼もしい存在であった。

このような人は、今までで、本当に初めてだ。

私は、「はい！」と頷(うなず)いて、彼に先程からずっと疑問に思っていたことを口にする。

「――そういえば、最後に雄叫(おたけ)びのような声を上げたのは何故(なぜ)なのでしょうか？　もう、壺に封じ込めてしまっていたのに。それに、何をどうしたら、蛇使いの方に習うようなことになったのでしょう……？」

「あれは……勝鬨(かちどき)だ。気にするな」

「勝鬨」

「というか、蛇使いのことに関しては、ほぼ貴様のせいだぞ！　責任を取れ!!」

彼は、「あの時は三十四回も巻き戻りおって、ふざけるなよォ、チクショウゥッ!!」と、突然、思い出したように怒り出すのだった。

そのため、私は「あっ……」と、理解してしまう。どうやらそれは、私のループに巻き込まれたことが原因であったらしい。

全てを聞かずとも、分かってしまったため、私は「大変申し訳ございませんでした!!」と即座に謝罪することになったのだった。

「謝るな。当然これだけではないぞ。もう正直数えきれん……」

彼は、疲れたような声音で言う。

私は、どうやら気づかないうちに、本当に沢山の迷惑をかけてきたらしい。それを、今強く再認識することになってしまった。

「しかし、時に娘。貴様、先ほど素手でこの毒蛇を捕まえようとしたな？　あれは何故だ」

彼は、私に「今貴様はあの刃物を所持していないとはいえ、すぐ近くにあった私の自作の壺を蛇目掛けて投げるか、手に持ったまま叩きつけるという選択肢も取れたはずだが、そのような素振りは無かったな？　なぜそうしなかった」と尋ねてくるのだった。

なので、私は「それは、」と答える。

「――何となく、不公平かな、と思いまして」

「は？」

彼は、驚いたような声を上げる。

私は説明した。私は、何度でも死ぬことが出来る。けれど、あの蛇はそうではない。一度きりの命なのだ。

ならば、可能な限り生け捕りにした方が良いだろう。死ぬことなんて、後で必ず出来るのだから。

そう私は、以前から思っていたのだった。なので、そのまま言うと、彼は、

「そういうところだぞ、貴様……」

私を見て、何故か引いているような表情をしていたのだった。

◇

「百歩譲って殺すのが可哀想とかならまだ分からんでもないが……不公平、ってなんだ……不公平って……」

皇帝陛下が、「おい、難題すぎるぞ、これは……どうすればいい……？」と、そのように力なく呟きながら、私の前を歩く。

どうやら、先ほどの私の言葉に少なからずショックを受けたような様子だった。

……そこまで、おかしなことを言ったつもりはなかったのですが……。

そう思うけれど、しかし、彼の反応からして、誤った認識でいるのはきっと私の方なのだろう。

ならば、自分の考えを改める必要があるのかもしれない。……しかし、どれだけ頭をひねっても、どのように自分の考えを改めればいいのか、今の私にはまるで分からないのだった。

ゆえに、とても申し訳ない気持ちになる。まだ短い間だというのに、彼と出会ってから、私はほとんど考えたことがないことばかり考えるようになっていたのだった。

私たちは、蛇を捕まえた後、一旦自室に戻った。

その理由は、『ここに毒蛇、封印中！』と書いた紙を壺に貼り付けるためだ。実はまだ生きているらしい。

後で犯人を特定するための証拠として用いる予定なのだとか。

皇帝陛下いわく、「通常の蛇より柔軟だから、多少乱暴に扱っても問題ない」ようなのだけれど……それは果たして本当なのだろうか。しっかりと、固結びしていたように、見えたのだけれど……。

そして、巡回している女性兵士がいたら蛇の処理を任せようと考えながら、私たちは、廊下を進む。

皇帝陛下は、常に私の歩幅に合わせて歩いてくれた。そして、思いついたように時折振り返って私の様子を確認する。

「――よし、ちゃんと生きているな」

先ほどから彼は、なぜか「よくやった。偉いぞ」と、そう私を何度も繰り返し褒めてくるのだった。

……どうやら、彼の中で私は、目を離すとすぐに死ぬ脆弱すぎる生き物だという認識らしい。さすがにそこまでの頻度では死んでいないのに……。

少しして彼は、「よし、きちんと息をしているな。勲章ものだぞ」と、言って安堵の息を吐く。

けれど、その神経は常に研ぎ澄まされているということが、彼の背中を見ているとよく分かったのだった。

彼は、常に周囲を警戒していた。おそらくまた、先ほどのように死に繋がる不幸が私を襲ってくるかもしれないと、終始身構えているのだ。

私は、先ほど皇帝陛下に次の死に繋がる不幸について、話した。それは、

「——あっ、危ない！！！」

ちょうど廊下の曲がり角に差し掛かった時、そのような女性の慌てた声が間近から聞こえる。

私たちは、その方向に視線を向けた。すると、

——私だけに向かって、いくつものナイフやフォーク、包丁といった切っ先の鋭い料理や食事に用いる道具類が飛んできていたのだった。

そう、ちょうど、廊下の曲がり角で私たちと鉢合わせるようにして、料理人の女性が運ぶ台車の前輪が破損することになるのだ。

その弾みで運んでいた道具類が、私目掛けて飛んでくる。

料理人の女性は、かなりの急ぎ足だった。

ゆえに……これで、私は五回、時間を巻き戻すことになったのだった。けれど、今回は

——

「――アアーッッ!!」

皇帝陛下が、即座に私をかばうようにして、素早く反応する。

そして、一瞬のうちに、飛んできた道具類を両手を用いて、パシパシパシと、キャッチするのだった。

それは、まるでサーカスの団員が、投げられたナイフを素手で受け止めるかのごとく。

ゆえに私は無傷のまま。私はすぐさま、「大丈夫ですか!! どこかお怪我(けが)は!?」と彼に声をかける。

彼は、またしても私の死を完璧に防いでくれた。

そして、「本当にありがとうございます、皇帝陛下……」と助けてもらったことを感謝しながら、「……それで、なぜまた叫び声を……?」と、再度疑問を抱くことになってしまう。

皇帝陛下は、息を吐く。

「――危なかったな。以前に、『一週間限定! 夢のサーカス団員無料体験!!』を何十回も経験していたから防ぐことが出来た。あと、この叫び声は、戦意の表れだ。気にするな」

そう言って、彼は受け止めた道具類をジャグリングのように次々と、宙に投げてもてあそぶ。

そして、すぐに「しまった、つい無意識に……」と、バツの悪い顔をして、ジャグリングを中止するのだった。

彼は、青ざめている女性料理人に、その道具類を「ほら、落とし物だぞ」と返す。

自分が、今とんでもないことを仕出かしてしまったと、震える彼女に皇帝陛下は言うのだった。

「次は気をつけろ。廊下は走る場所ではないぞ」

料理人の女性は、すぐさま凄（すご）い勢いで何度も私と皇帝陛下に頭を深く下げて謝罪の言葉を口にする。

しかし、彼は「運がいいな、貴様。今回のことは、無かったことにしてやる。命令だ、いいからさっさと仕事に戻れ」と、言うのだった。

「聞こえたのなら、さあ、行け。貴様の仕事は、ひたすら頭を下げることか？　自分の役目を果たせ。今すぐにだ」

そう言われてしまったのならば、女性料理人としては従うことしか出来ない。

何しろ、皇帝陛下直々の命令なのだ。それに逆らうことなど、誰にもできない。

ゆえに彼女は、「はい、大変申し訳ありませんでした……」と、顔を青くしたまま、壊れた台車を引きずっていった。

そして、料理人の女性が見えなくなったところで、「……正直言って、一々罰してはいられんな。故意ならともかく、こうした事故の場合もあるのだから、流石(さすが)に面倒過ぎる」と、呟くのだった。

「毎日、何度もこのようなことが起きているというのなら、後宮内の人間を片っ端から罰していくことになるぞ」

うんざりとした表情で、「おかしい、いつからここは監獄になったというのだ……」と、言葉を漏らす。

そして、彼は「しかし、今のは興味深かったな」と、私に声をかけてくる。

「どうやら本当に、貴様が言っていた時間きっかりでなくても、不幸は訪れるようだな。時間や巻き戻りによる状況のずれがあっても、それをものともしないとは。予想以上に強力だ」

そう、実は私たちは、前回の時よりも、十分ほど遅れた時間帯でこの場所に到着したのである。

しかし、先ほどのように『呪い』は、発動することになったのだった。

私の『呪い』は、多少の時間や状況のずれでは、回避することが出来ないのである。

私は、何度もそれを子供の頃から経験しており、今でも頭を悩ませる大きな種となっていた。

「なるほどな。貴様が何度も死に戻るわけだ。長年の謎が解けた。自分の取れる選択肢が狭い時は、最悪だな、これは。何せ強引に突破するか、長期的に時間を巻き戻すことしか出来なくなる」

そうなのだ。たまに、何度巻き戻って試行錯誤してみても同じ状況になることがある。

そのような時は、仕方なく、連続で死んで二日以上、時を巻き戻すのである。

私が以前に行った、今回の死に繋がる不幸の解決策は、何があろうとこの場所をこの日絶対に通らないことだった。

そこまで行えば、ようやく回避することが可能となる。もしも仮に、私がこの場所を絶対通らなければならない状況に陥っているのなら、もうそれは長期のループを試す以外に方法がないというかなり面倒な状況になっている証左に他ならない。

ちなみに、今回は皇帝陛下の尽力によって、強引に防ぐことが出来たという状況だ。例外中の例外である。

私が今回の『呪い』について話した時、「余裕だな。任せておけ」と、彼が言っていたため、どのように防ぐことになるのだろうと思っていたら……まさかの曲芸染みた芸当による力業であったため、私は思わず仰天することとなったのだった。

……え、もしかして、今後もこのような形で皇帝陛下は、私の死を防いでいくのだろうか。本当に……？

彼には、到底感謝しても感謝しきれない。

……けれど、私のためとはいえ、彼には危ない真似(まね)は出来る限りして欲しくは無いのだと、先程からそのような気持ちを抱いてしまっていた。私が死ぬのはこれまでと変わらないのだから、別にいい。けれど、皇帝陛下は――

私は今、彼のために何が出来るのだろう……？

彼は私を心配してくれるし、私も彼のことが心配だ。――それに、何故(なぜ)か、先程から奇声を上げるし……。

現状それが、かなり心配として、私の心にあった。そして、ふと気付く。

――あ、あれ……？　もしかして、これも私のせい……？　え、待って欲しい。なら、皇妃となって、この責任をとるべきなのでは……。

彼と共にいると、私の中でそんな罪悪感がふつふつと芽生えてきたのだった……。

◇

宰相様は、いつも皇城内の白菊帝宮と呼ばれる場所で働いている。白い菊をモチーフにした宮殿だそうだ。最初の顔見せの時に一度行ったことがある。

そして当時はその後、ここ――紅蓮妃宮に馬車に乗って私はやってきたのだった。宮殿と後宮との距離は少しばかり離れているから。ゆえに、

「ここを出たら馬に乗る。絶対に蹴られたり、落ちたりするなよ。分かったな？」

後宮から出るまであと半分というところで、そう、念を押すようにして言われて、私は彼と一緒に歩きながら、何度も頷いたのだった。

流石に、そのようなことにはならないと思う。確かに過去にそういった経験をして命を落としたことは何度もあるけれど、細心の注意を払えば大丈夫なはずだ。

それに、馬は特に気をつけようと考えている私の死因の一つである。

何しろ、五歳となった私が初めて経験した死こそが、馬が原因であったのだから――

私は、そのようなことを考えながら、今すれ違った侍女を横目で追う。

実は先ほどから、侍女や女性兵士たちと何度も私たちは、廊下ですれ違っていたのだった。

そして、その度に彼女たちが皇帝陛下の後ろを歩く私を見て、何かしらの言葉を口にするのではないかと、常に緊張していたのだが……あれ？　誰も反応を示さない……？

確か、女性料理人の時もそうだ。どうしてかは、分からないけれど、皆、私という存在に一切触れようとしないのだった。

何せ私は、五十番目の妃。今日は確か、二十八番目の妃が皇帝陛下と共に行動することになっているはずなのである。

ならば、誰かがそれを不審に思っても良さそうなのに。なので、そのことについて皇帝

陛下に質問してみると、

「それか。気にするな。私たちの前では、騒いでいないだけだろう。皆、仕事に勤勉な者ばかりを選んだからな」

彼は、「だから、裏では恐ろしいほど噂しているだろうな」と言うのだった。

「それで、貴様。まだ気づくことはないか？　それが分かったのなら、他のことも分かるはずだ」

そう言われて、私は首を傾げることになる。私が、まだ気づいていないこと……？

何だろう。思って頭を捻る。そして、一つあることに気づく。

「……そういえば、まだ他の妃の方に会っていません。理由は、分かりませんが……」

「ほう、正解だ」

皇帝陛下は、「褒めて遣わすぞ、娘」と、愉快そうに笑うのだった。

「それに、まだこうしてきちんと呼吸も行っている。私としては、もはや貴様を国宝に指定したいくらいだ」

彼は、「憎いな。この、歩く文化財め」と、またよく分からない褒め方をしてくるのだった。

「……ええと、ありがとうございます？　それで、もしよろしければ、是非とも理由を教えていただけないでしょうか？」

私はあまり彼の言葉には触れず、「妃たちと会わないことの」と、強調する。彼は、特に気にせず返答した。

「おそらく待っているのだろうな」

「待っている？　何をでしょうか？」

「自身以外の妃が、私たちに話しかけることをだろう」

だから、全く妃たちの姿が見えないのだと彼は答えるのだった。

私は、その言葉に首を捻ることになる。彼の言葉の意味が、あまりよく分からなかったからだ。

「どうやら説明が足らんかったようだな。つまり、私たちと遭遇すれば、その妃はいやでも私たちに話しかけねばならなくなる。それを避けるために、誰も廊下を出歩いていないというわけだ。侍女たちの噂や、自分たちの有する情報網で大半の妃は、今の私たちの立ち位置について少なからず把握しているだろうからな」

そう、彼は自身の言葉を補足するのだった。

「たとえば貴様が、私の『最愛』の座を狙っていたとする。そして、ちょうどそこに、私とわけの分からん妃の二人がいたら、貴様はどうする？」

そう問われて、私は「ええと」と考えながら返答する。

「多分、いえ、きっと皇帝陛下と私——ではなく、そのわけの分からない妃の方に声をかけると思います」

「では、その妃がまさかの『最愛』に選ばれていた場合、貴様はどうする？」

「当然、抗議すると思います。何しろ、わけの分からない相手なのでしょうし……」

「そうだな。そして、そのように私に文句を言った場合、その者は私に悪印象を持たれる恐れが十分にある。そうは、思わないか？」

彼は愉快そうに言ったのだった。

そのため、私は彼の言葉に対して、「ああ、確かに」と納得してしまう。

先程の彼の言葉の意味をようやく理解する。つまり、他の妃たちは、誰かが私たちに抗議することを待っているのだ。

最初に抗議をするのは皆嫌だから。皇帝陛下に嫌われてしまえば、その時点で『最愛』になれないから。

故に、誰かが文句を言えば、その後に自分が続けば良い。そうすれば、自分への被害はある程度抑えられる。

それにもしかしたら、自分以外の妃たちも同じように続くかもしれないし、その場合は、実質被害をゼロにすることだって十分可能かもしれない。彼の話は、おおむねそのようなものであった。

「だから、貴様が言っていた『今日』の分の最後の不幸は、もしかしたら訪れんかもしれんぞ？」

そう言われて、「そうかもしれませんね」と、同意することになる。

私が経験し、以前回避した『今日』の分の死に繋がる不幸は、合わせて三度あった。

一度目は、毒蛇。

二度目は、女性料理人による不慮の事故。

そして、三度目は他の妃による犯行である。

この調子であれば、もしかしたら、私たちは何事もなく後宮を出ることが出来るかもしれない。

そう思っていた時だった。

「――まあ、そこまで上手くはいかんか」

同時に、皇帝陛下が舌打ちをするようにして、声を上げる。

彼の視線を追うと、前方から一人の妃が歩いてくるのだった。

私は髪飾りを見る。そして、驚く。

私たちに向かってゆったりとした足取りで歩いてくるその女性は――一番目の妃であったのだった。

そのため息を呑むことになる。

――一番目。それは、つまり後宮入りした妃の中で最も地位が高く、最も権力を有し、最も皇帝陛下の『最愛』に近かった人物なのである。

そのような女性が、今、姿を見せた。そして、それをただの偶然だと断じることなど、今の私に出来るはずがない。

彼女は、おそらく何かしらの考えを持って私たちの前に現れた。皇帝陛下の警戒が一段と強まったのを見て、そう思わずにはいられなかった。

一番目の妃は、次第にこちらへ近づいてくる。そして、

「――あら、御機嫌よう皇帝陛下。それと、後ろの方は、どなたでございましょうか？」

彼女は、「申し訳ありませんが、ご紹介いただけますか？　妃の方なのでしょうが、見たところ髪飾りを着けておられないご様子ですので」と、口元を扇で隠して、まるで今、偶然自分たちと出会ったのだという口調で、そう皇帝陛下に語りかけてくるのだった。

対して彼は、「ああ、貴様も元気そうだな。どうやら後宮での暮らしに馴染めているようで重畳だ」と、応じる。

「しかし、よりにもよって、貴様が現れるとはな。相変わらず、手が早いことだ」

「はて、一体何のことでございましょうか？　私はただ偶然にも、廊下を歩いていると、前方から皇帝陛下とその方がお見えになったため、声をかけた次第でございます」

彼女は、「ですので、それ以上もそれ以下でもありませんよ」と、言う。

「まあ、いい。そういうことにしてやろう」

皇帝陛下は、そう皮肉げに言った後、一番目の妃の質問に答えるのだった。

「この娘は、五十番目の妃だ」

「あら、そうでしたか。初めまして。是非ともお見知りおきくださいませ」

そう言って、彼女は私に視線を向けてくる。凛とした雰囲気のとても綺麗な女性であった。

歳はおそらく、皇帝陛下と同じくらいのように見える。大きな扇を持ち、微笑を浮かべている。そして先ほどの二人の話し振りからすると、どうやら互いに以前から顔見知りであるらしい。

そのようなことを考えながら私も「ソーニャ・フォグランと申します。よろしくお願いいたします」と、頭を下げて挨拶を行った。

「あら、可愛らしい方ですわね。まるで、噂に聞く皇帝陛下の好みの女性そのもののような方ではございませんか。――もしや、あの噂は真実だったのでしょうか？」

「ふざけるな。断じて違――ああーッ、くそっ!?　本当にそうなってしまったな……！」

皇帝陛下は、「ちくしょうめ……ッ」と、小さく罵るようにして呟くのだった。そして、

「――ああ、そうだ、真実だ。実は私は、そのような人間なのだ。分かったか！」

「え、まさか本当に？」

「そうだ！　悪いかッ！」

「い、いえ、その……そう、なのですね」

彼は何故(なぜ)か、開き直るようにして、告げる。

……え、私のような者が本当は皇帝陛下のタイプということ……？

そうだったんだ。でも、彼は何故怒っているのだろうか……。

一番目の妃も、彼の言葉を聞いた後、何故か一歩後退(あとずさ)っているし……。

そう、不思議に思っていると、皇帝陛下は「それで、何の用だ」と、一番目の妃に言う。

「何も無いのなら、私は先を急ぐぞ。良(い)いな？」

「ええ、特にはございません。お引き留めして申し訳ありませんでした──と、先程まで私としては言いたかったのですが、一つお聞かせください。確か、今日は二十八番目の妃の方と共にいる予定だったと記憶しておりますが、何故現在、その方とおられるのでしょうか？」

当然の質問であった。

彼は、どう答えるのだろう。そう思いながら、私は皇帝陛下を見守る。

彼は言った。

「悪いが、その必要は無くなったからな。私は今日──」

毅然(きぜん)として。何も恥じることがないと言わんばかりに。

「──この娘を『最愛』に決めた」

と、何の駆け引きも行わずに、ただ在りのままの事実を口にするように。

そのため、私は驚くことになる。

何かしらの言葉を用いてごまかすような、例えば話術を行使するとか、とにかくそのような選択をとるものだとばかり思っていたからだ。

「……一応、確認させていただきますが、それは嘘偽りのない事実でございましょうか？」

一番目の妃もまた、彼の言葉に対して、わずかに目を大きくする。

ここまで正直に言うとは思っていなかったのだろう。

「そうだ、事実だ。当然、戯言を言うつもりはないぞ」

彼は「本気だ」と、真剣な表情で口にする。

「それで、異論はあるか？」

「当然ございます。――ですが、まずはご理由をお聞かせください。どうして、その方をお選びになったのでしょうか？」

それは事前に予想出来ていた質問だった。

未だ、全体の半分ほどしか皇帝陛下は、妃と接していない。

今日で、まだ二十八番目なのになぜ五十番目の妃である私を選んだのか。

そこに、何かしらの特別な事情があるはずだ。その理由は何か。第三者ならば、そう思わずにはいられないのだろう。故に皇帝陛下は、答える。

「この娘でないと、私は地獄をまた見る羽目になるからだな。正直、生きた心地がしない」

「……？　それはどのような意味なのでしょうか？」

「悪いが、これは他者には詳しく話せん。が、私の『最愛』は、この娘しか有り得ん。それは事実だ。そうだな、こう言っておくか――」

彼は、宣言するようにして言う。

「私はこの娘を何があろうと必ず幸せにすると誓った。それを違えるつもりは、毛頭ない」

その言葉に、私は「皇帝陛下……」と、呟くことになる。

絶対に時間が巻き戻ることが嫌なのだということが、彼の言葉からひしひしと伝わってくるのだった。

私にとって、時間が巻き戻るという事象は、すでに日常生活を送る上で当然のものとなっていた。故に、彼ほど嫌だという気持ちは無い。

確かに、同じ日を何度も繰り返すのは、面倒だという気持ちはある。けれど、ループしなければ私は明日に一生進むことが出来ないのだ。

なので、仕方がない。何度であろうと私は死んで、そして生きなければならない。だから、彼の気持ちは未だ上手く理解出来てはいなかった。

それに今思えば、彼はなぜ私を『最愛』に決めたのだろう。

最初は衝動的に見えた。けれど今では何となくだが、そうではないように思えてくる。

何せ私という存在自体が面倒であるのならば、信頼できる誰かに私を任せてどこかに閉じ込めてしまうという選択肢を取ることだって出来たはず。けれどそうする素振りもなく、こうして彼は二度も私を助けてくれた。

――彼自身の手で。

私が皇妃になれるとは今も思っていない。想像だってつかない。私のような木っ端貴族の娘が――他者を不幸にする存在が、皇妃など有り得ないだろう、と。でも、――彼と共にいれば、いつか彼の考えていることが理解できるかもしれない。

そんな好奇心のような気持ちが、現在進行形で私の中に少しずつ生まれているのだった。

「なるほど、詳しく話せない特殊な事情がお有り、と。それについては、今は追及しないでおきましょう」

そう、彼女はあっさりと引き下がった。これ以上、彼から言葉を引き出せないと判断したように見える。

そして、次に「では、もう一つお聞かせください」と、言葉を続ける。

「その方の出身は、おそらく男爵家であろうと推察させていただきます。ならば、皇妃として今後、相応しい振る舞いを行っていくことが出来るのだというお考えなのでしょうか？」

そう言って、私を見る。

「皇帝陛下は当然ご存じだとお思いですが、基本的に上位の妃たちは、『最愛』となることも考えて、後宮入り前から皇妃となるための教育を最低限受けております。おそらくは、三十番目の妃まではそうでしょう」

初耳だった。皇帝陛下もそれを知っていたらしく、「そうだな、二十五番目の妃はアレだったが」と、相槌を打つ。

「過去に、下位の妃が『最愛』となった例は、ほぼありませんが、残されているわずかな記録の中ではかなりの苦労をなさっていたとあります。その予想されるであろう多大な苦労を、今後彼女だけに押し付けるおつもりでしょうか？」

――それは、少々無責任というものでは？

そう彼女は、非難の感情を見せたのだった。だが、彼は平静さを崩すことはない。

「いいや、そうはならん。絶対にな」

「まさか、皇帝陛下自らが、皇妃としての振る舞いや作法をお教えになるとか？　けれど、貴方様であっても、出来ることと出来ないことがございましょう」

彼女のそれは、皮肉のようなものだった。けれど、彼には通じない。何故なら、

「は？　出来るが」

彼はその後、「皇妃として振る舞うことくらい私にも出来る。それを他者に教えることもな」と、口にするのだった。

「訳あって全て習得済みだ。何なら、今すぐ他国へ妃として嫁ぐことも出来るぞ、私は」

真顔でそう断言するのだった。

その言葉に、一番目の妃は、「えっ」と、思わず言葉をこぼしていた。

当然だろう。だって、私も「え？」と、思わず言ってしまったのだから。それほどの衝撃だったのだ。

――皇帝陛下が、妃教育を受けている……？　何故？？？

そう混乱している中、彼は声を低くして、「あまり私を見くびるなよ」と、言う。

「……いえ、決して見くびっていたわけではございませんが、その……何だか申し訳ない気持ちになりました……」

彼に言葉をかけられた、一番目の妃は微妙なような、複雑なような、とにかく色々な感情が交ざった顔をする。

「――それで貴様の話はこれで終わりか？」

私たちの困惑を他所に皇帝陛下はつまらなそうに、一番目の妃に問いかける。

一方、一番目の妃は、言葉を詰まらせていた。

当然だ。何せ自分の放った指摘を、彼に真顔で「は？　問題ないが？」と、一蹴されたのだから予想外もいいところである。いや、本当に予想外すぎた……。

そしてそれについては、実は私も、皇帝陛下に『最愛』に決めたと言われた後から、ずっと思っていたことだった。

――え、皇妃って、何をするの？　具体的にどのような仕事なのだろう、と。

私は、男爵家の人間である。この国において、この地位は半分貴族で半分平民のような扱いであった。

それに私自身も貴族としての礼儀作法をきちんと教わった経験はない。いやまあ、両親からは、「とりあえず常に背筋を伸ばしていれば、良い感じになるだろうから、そうしていなさい」と言われて育ってきてはいるのだけれども。でも、それは礼儀作法のうちには入らないだろう、多分。

何せ皇帝陛下との顔見せの際は、何とか失礼のないように振る舞うので精一杯だったのだ。

彼は、ちらりと、振り返るようにして私に視線を向けてくる。そして、口を動かした。

声は出していなかったが、その唇ははっきりと言葉を紡ぐ。

『――道連れだ。私と共に地獄に堕ちろ』

と。私は、それを見て、思わず身震いすることになる。

彼の眼は、完全に据わっていたのだった。多分先ほどのやり取りで、妃教育を受けた際の記憶を彼は思い出してしまったのだろう。彼は、全身から負の感情を発していたのだった。

おそらく彼の中ではすでに、今後私が完璧な皇妃となるまで、適切な教育を私に施し続ける予定なのだろう。教育の鬼になるつもりなのだ、彼は。

……ええと、これは……その、やっぱり逃げた方が良さそう……？

思わず、そう思ってしまう。

私は咄嗟に、懐に入れていた愛刀に手を伸ばそうとするも、そういえば自室に置いてきたことに気づく。

駄目だ、自死出来るものが何も無い。どうしよう、舌を嚙むのは、出来れば避けたい。何度か試したことがあるけれど、きちんと死ねた例しが無かったからだ。

そう悩んでしまうけれど、「でも」と、私は途中で思うことになる。

……やはり、彼をこのような人間にしてしまったのは、他ならぬ私なのだ。自分が皇妃になれるとは思っていないが、必ず何かしらの責任を取るべきなのではないか。

……けれど、今後、もしも皇妃になったとして、私は逃げ出さずに彼の指導を受け続けることが出来るのだろうか……？

そう強く不安を覚えてしまうのだった。

そして、そんなことを考えていると、一番目の妃は溜息を吐く。

「……なるほど、理解いたしました。どうあっても、皇帝陛下は、その方を『最愛』に選ぶというのでございますね？」

「そうだ、天と地がひっくり返ったとしても、それは変わらん。たとえ、時が巻き戻って、何度今を繰り返したとしてもな」

「その選択は必ずや後悔することになると思われますが、本当によろしいのでしょうか？」

「それは無い」

「本当でございますね？」

「――くどいぞ」

「……分かりました」

彼女は、仕方ないと言うような表情で、私と皇帝陛下を交互に見る。そして――

「それでは私は、お二方が結ばれたことを素直に祝福するといたしましょう」

――おめでとうございます。

そう、私たちに祝辞を述べるのだった。なので、私は「え……？」と、再び思わず言葉をこぼすことになる。だって、予想外だったからだ。

絶対に、皇帝陛下に対して抗議を続けるだろう、と。そう思っていたのに。

　そして、そのように困惑する私を他所に、目の前の彼女は、若干困ったような表情ながらも、どこか喜ばしいというような雰囲気で、扇を畳むと、私たちに小さく拍手を送ってくるのだった。

　なので、戸惑ってしまう。『最愛』の座をあっさり諦めてしまうなんて。

　一体、これはどういうことなのだろう……？　何のために、こうして私たちの前に現れたのだろう？　もしかして、皇帝陛下はこの状況を事前に予測していて──

「何ィ……？」

　疑問に思っていた私と同様に彼もまた、怪訝な声を上げたのだった。

　──あ、これ皇帝陛下も予想外だった感じだ。絶対そうだ。

　私は、思わずそう思ってしまう。

「おい、貴様。何のつもりだ。私の予想よりも手を引くのが早いぞ」

「それは真でしょうか、皇帝陛下。ならば、どうやら私は今回に限って貴方様を出し抜くことが出来たようですね。とても嬉しく思います。まあ、もっとも──」

　彼女は、楽しそうに微笑を浮かべる。

「私としては、最初からお二人を祝福するつもりでいましたが」

　彼女は、そう告げるのだった。しかし、皇帝陛下は警戒の態度を崩さない。

「一応、確認しておく。何かしらの罠か？」

「いいえ、残念ながら何も考えておりませんよ。私は、ただお二人が結ばれたことを喜ばしいと思っているだけなのでございます。それ以上でもそれ以下でもありません。それに――そもそもの話、一介の妃が、『賢帝』たる皇帝陛下のご決断に異を唱えるなど、あまりにも浅ましく、そして愚かしいことではありませんか」

流石に身の程は知っているのだと、彼女は、真顔で言ったのだった。

そのため、私は「……うん？」と、疑問を抱くことになる。

あれ？　さっき皇帝陛下に対して、異論はあるって……。

「最終的に撤回しましたので、異論はありません。そういうことです」

どうやら、私の顔に思ったことが出ていたらしい。

一番目の妃は、そう私に向かって声を上げるのだった。

あ、そういう理論なんだ……。言葉って難しいな……。

「もしも万が一、皇帝陛下が短絡的に決断を下したのであれば、こちらとしても身を挺してお諫めしなければなりませんでしたが……どうやら、考えた末でのご決断のご様子。であるならば、敗者である私は、馬に蹴られる前に潔く退場すると致しましょう」

まあ、まだ納得しかねる部分はあれど、それだけなのですよ、と彼女は言うのだった。

「皇帝陛下は、常にこの国のためにご尽力してくださいました。そして、それは今後も変わることはないでしょう。常に民衆を正しい道に導いてくださるのです。ならば、私程度の人間がその道を遮るなどあってはなりません。公爵家の人間として、私の矜持がそれを許さないのです」

だから――

「ソーニャ・フォグラン。皇帝陛下が貴女をお選びになったのです。なら、貴女の存在は必ずや国益にかなうのでしょう？　私としては強く期待しておりますよ。けれど、もしもこの先、貴女自身によって、この国の平和を乱すことになるのであれば――この私の全力をもって貴女を排除させていただきますので、どうかくれぐれもお気をつけくださいませ？」

彼女は微笑みながら、そう私を睨みつける。

彼女が私に向けたのは、純然たる負の感情――殺意だった。

私にとって、最早それは日常的に浴びているありふれた他者からの感情の一つでしかない。けれど、彼女を目の前にして、私は動けなくなる。

違う、これは。いつも感じているようなものではない。

短絡的ではなく、ただひたすらに重圧的。まるで、真綿で首を締められているような感覚に陥るのだった。

これまで私が迎えた死は、どれもすぐに死ぬことが出来た死だ。けれど、彼女のは――ただでは殺さない。絶対にありとあらゆる手段を用いて苦しめて殺す。肉体的な死だけでは済まさない。精神的な死をも味わわせてやるのだと。一番目の妃は、そのような目をしていたのだった。

……ああ、なるほど。確かに、これは苦しく辛い。嫌な感じだ。私は、今彼女から殺気を向けられたことにより、初めて皇帝陛下の気持ちを少しばかり理解することが出来たのかもしれない。そう思っていると、

「──おい、そこまでにしておけ」

皇帝陛下が、声を上げる。そして、一番目の妃の視線から私を庇うようにして、私の前に立つ。

「──此奴は、驚くほどか弱い。ストレスで死んだらどうするつもりだ」

「いえ、あの、そこまで貧弱ではありませんが……」

彼の言葉に私は思わず、そう声を上げてしまう。

もしや彼は、私のことをウサギか生まれたての小鹿と勘違いしているのでは無いだろうか……。

それか、マンボウか。直接見たことは無いけれど、確か海にいる変わった形の魚で、そのせいかかなり鈍くさくて死にやすいらしい……。いずれにせよ、同じ人間だと認識してくれているのか怪しく思えてきてしまった。

彼の言葉に、一番目の妃は謝罪する。

「申し訳ございません。つい、楽しくなってしまいまして」

「貴様、そろそろ牢屋にブチ込むぞ。自重しろ」

彼は、「後宮には危険人物しかおらんのか……」と、溜息を吐く。

「とりあえず、貴様を説き伏せる手間が省けただけ良しとする。それで、望みは何だ？」

彼は、そう言った。一番目の妃は、嬉しそうに笑う。

「やはり、分かっておられたようですね」

「それしか考えられんだろう。貴様、『最愛』の座には興味が無かったな？」

……え、興味がない……？　皇帝陛下の『最愛』になることについて、興味がない……？

私は、彼の言葉に思わず驚いてしまう。

……いたんだ、私以外に『最愛』に興味無い人……。

そう、思いながら、二人の会話を聞く。

「ええ、実は私、以前から『祝福』と『呪い』について研究しているのです」

彼女は、「まだ、趣味の範囲程度ですが」と謙遜するようにして言う。

「研究所にも何度か足を運ばせていただきました。一応、論文も書かせていただいております」

「いや趣味の範囲か、それは？」

「ただの謙遜です。揚げ足を取らないでくださいませ。もちろん、睡眠時間を削るほどに熱中しておりますよ。現状この国の者しか有していない特異な力であり、研究が進めばいずれこの国に役立てることが出来るかもしれませんから。とても、楽しいです。――ああ、それと来年に、国立研究所の入職試験を受ける予定ですので、『最愛』にはなれません。第一志望はそちらの方ですので」

「道理で、何もしなかったわけか」

彼はそう呟く。どうやら、心当たりがあるらしかった。

そして彼女は、その様子を眺めながら彼に要求を伝える。

「それでは、皇帝陛下。未公表である貴方様の『祝福』と『呪い』について、後ほどどうか詳しくお聞かせください。信頼のおける少数にしかお話ししていないという、国の記録にもないその二つの力。とても興味がございます。おそらくどちらか片方は、類例の少ない貴重な効果を有しているとお見受けしますが、いかがでしょうか？」

「なるほど、合点がいった。後宮入りしたのは、それが目的だったか」

「はい。それと、後宮内にある図書館にも興味深い資料が色々あるとお聞きしておりましたので、是非とも拝見させていただきたいと思っておりました」

彼女は、素直に頷くのだった。

「もしもお話し頂けるのであれば、今後私は、他の妃に肩入れせずに中立の立場を取ると誓います」

「──そうか。分かった。いいだろう」

彼は、そう即答する。そして、

「なら、追加で私を除いた国の記録にない未公表の新種の『祝福』の事例を百ほど教えてやるから、こちらの味方になれ」

「はっ、えっ……!?」

その提案に、一番目の妃は、驚きに目を見開くのだった。

皇帝陛下は、さらに畳みかけるようにして言う。

「無論、貴様の方で上手(うま)くことを運べば、さらに追加報酬として、新種の『呪い』についての事例も同数提供してやる」

──さあ、どうする？

彼は、視線でそう一番目の妃に投げかけるのだった。

「そ、それは真でございましょうか……？　まさか、その全てが出鱈目(でたらめ)だったりとかは……？」

「出鱈目を百や二百も考えられるものか。実際に私の方で全て確認したものだ。まあ、当然どれも国に登録されたものではないため、保有者の個人情報については伏せさせてもらうがな」

「わ、分かりました……。しかし、何故（なぜ）皇帝陛下が、そのようなことをご存じなのでございましょうか……？」

「……とある人間を探していた時があってな。それで昔から積極的にいろいろな他者と交流してきたんだが……まあ、これはその際の副産物だ」

そう言った後、彼は、私をちらりと見る。目が血走っていた。

――あっ、探し人って、私のことだ……。絶対そうだ。

そう、すぐに察してしまう。おそらく彼は、ずっと私を探して探して……けれど見つからなくて、今日まできたのだ。

彼は、私の名前も顔も分からなかったはず。そのような状況から私を探すのであれば、片っ端から他者の『祝福』と『呪い』を確認する以外方法はない。

そして彼は、律儀にそれを今まで行っていき――結果的に他者が有する珍しい二つの力を数多く知ることになったのだと思う。

多分、その際に無茶な要求もされていそうだ。けれど彼は私のループによって無理やりそれを成し遂げることが出来てしまった。

だから、それを思い出したがために、こうして目をぎらぎらにして私を見つめているのだと、すぐに理解出来てしまうのだった。

彼の傍（そば）にいると、どんどん自分が罪深い女であることが判明していく。果たして、ここまでの悪女は、歴史を遡ったとしても存在するのだろうか……。

そして、私は強く頭を悩ませることになる。――これ、どうやって償えばいいのだろう……？

もはや皇妃となっても償い足りないかもしれない。正直、もう分からなかった。

「――おい、今度は貴様の番だ。さっさと決めろ。私は即座に決めたぞ。あまり、この私を待たせるなよ？」

彼は、目の前の彼女を急かす。いつの間にか、形勢が逆転していた。彼女は、何度も目を泳がせることになる。

「ええと、実はここまで美味しいお話があるとは思っておらず、確実に罠だという認識で現在いるのですが……」

「なら、この話を蹴るか？　私としては構わんぞ」

「それは、その……流石に勿体ないといいますか……」

「おい、どちらだ？　早く決めろ」

彼は、悩む彼女を見て、若干苛つきながら言った。

「なら、こちらで選択肢を減らしてやる。――私の話を蹴った場合、ラナスティア、貴様を全力で潰す。たとえ中立の立場を取ろうと関係ない。ここまで譲歩した私を虚仮にしたのだ。絶対に貴様を許すことなどないと知れ」

彼は、「これでどうだ？」と、彼女に問いかける。そう、完全なる脅迫であった。

——え、えぇ……？　皇帝陛下……。

思わず、引いてしまう。そこまで言われたら、流石に彼女も決断するしかない。

慌てた様子で、「大変申し訳ございません！　お受けいたします！」と、声を上げるのだった。

「他の妃たちの動きを、私の方で全て抑えさせていただきます！　それと、皇帝陛下が行おうとしていたと思われる上位の妃たちの懐柔もこちらで推し進めさせていただきますので、皇帝陛下はどうぞ後宮入りした妃たち以外のことで存分にお悩みくださいませ!!」

「よし、それでいい」

彼は、満足そうに頷くのだった。

あれ……？　何だかよく分からないうちに、事態が解決の方へと向かっている……。話が早くない……？　どうなっているの……？

「おい、娘、どうだ？　これで今日の貴様の問題については、解決したぞ」

なので皇帝陛下からそう言われて、私は呆然と「……ええと、そうですね、本当にありがとうございます……」と、相槌を打つしかなかった。

一気に物事が進んでしまった気がする。先ほどまで、この先どうしよう、と考えていたというのに。

私は、どうやら本当に今日の分の死を全て回避して、加えて、今後他の妃たちによって引き起こされる死に繋(つな)がる不幸も防ぐことが出来たらしい。まだ半信半疑だった。

「安心しろ。此奴の手腕は、それなりだ。そう簡単にしくじりはせんだろう。――まあ、しくじったなら、その時は容赦せんが」

「ええ、もちろんでございます。皇帝陛下よりご提示を受けた破格の報酬を前にして、さすがに手を抜くことなど出来ませんから。ありとあらゆる要因に対して抜け目なく、手を打たせていただきます」

彼女は、私を見て「もちろん他の妃が貴女(あなた)に危害を加えるような真似(まね)は決してさせません。お約束いたします」と、告げる。

「貴女に手を出すということは、皇帝陛下の意に背き、最上位の妃である私と敵対するも同義です。つまり、その愚か者の居場所は後宮どころかこの国のどこにも無いと言えるでしょう」

とても頼もしい言葉であった。

……でも。本当にそんなに上手くいくだろうか。

何度も死んできたので、やはりふとそのように疑問を抱いてしまう。

そう思っていると、ちょうど一番目の妃が「では、一応、こちらから担保を提示させていただきますね。お二人に少しでも深く信用してもらうために」と言って、私たちに近寄るのだった。

そして、周囲に誰もいないことを確認すると、私たちに耳打ちするようにして顔を近づける。

「――私の『祝福』は、【常に微笑を浮かべていると、他者が何かこう良い感じに自分の言動を好解釈してくれやすくなる】でございます。……まあ、なぜか昔から皇帝陛下には怪しまれてばかりいますが」

なので、自身の『祝福』を用いれば、失敗することは限りなく少ないのだと、彼女は告白するのだった。

……初めて聞いた『祝福』の力だ。かなり珍しそうな部類だろうか。

私がそう驚いていると、彼女の言葉に皇帝陛下は「ああ」と納得するようにして頷く。

「なるほど。貴様、道理で昔から胡散臭かったわけだ」

「……本当に皇帝陛下は、なぜ私の『祝福』の影響を受けていないのでしょうか……？」

――まさか、そういった類の『祝福』をお持ちとか……？　そのような『祝福』、類例すら聞いたことが――」

「それは、後で話してやる。――というか、貴様、『祝福』も『呪い』も、確か国に申告していなかったな？　しかも、片方は間違いなく新種か。二つの力を秘匿し続けるなど、研究者の端くれとしてどうなんだ？」

「確かにそうでございますね。来年の試験で研究所の職員になれたなら、考えさせていただきます。今はとりあえず便利なので、伏せておこうかと」

全く悪びれていない様子の彼女の言葉に、「いや、まあどっちでも構わんが」と、皇帝陛下は答えた後、彼女の『呪い』について尋ねるのだった。

「それで一応確認しておく。貴様の『呪い』は、『祝福』の効果を帳消しにするようなものではないのだな？」

「はい。私の呪いは、【常に微笑を浮かべていないと、年中そこそこ重い花粉症に悩まされる】でございますので」

そう言った後、彼女は畳んでいた扇を素早く開く。

そして、その扇で自身の顔を隠した。

その数瞬後、「へぁっ、くちゅん！！！！！！」と、くしゃみの音が彼女から聞こえてくるのだった。

……ああ、なるほど。ずっと持っていた扇は、それ用なんだ……。

彼女の『呪い』は、どうやら割と深刻な代物であったようだ。

◇

「──とりあえず、任せたぞ。特に、十三番目と、二十一から二十四までの妃は、きちんと手綱を握っておけ。其奴らは、短絡的な者たちだ」

「承知いたしました」

「……あと、二十五番目もある意味、予測がつかん。奴も、違う意味で注意しろ」

「はあ、そうなのでございますか……？」

「それと娘、貴様も注意しておくべき妃がいるなら、予め言っておけ」

「分かりました」

皇帝陛下の言葉に私は頷く。

「ええと、そうですね……まず四十番代の妃の方、全員ですね。三十番代なら、三十二、三十四、三十五番目の方々だったと思います。二十番代なら、先ほどの方々ですね。あ、二十五番目の方は違いました。それで、十番代だと、十三番目の方に加えて、十六、十九番目の方々が、ちょっとあれだったはずです」

そう今までのことを思い出しながら言うと、皇帝陛下は、「おい、嘘だろ……」というような顔を向けてくるのだった。

「貴様……」

「……はい、本当です。申し訳ございません……」

……ああ、そういえば、まだ、きちんと彼には話していなかったかもしれない。

実は、割と沢山の妃たちに、私は殺されていた。故意、無意識にかかわらず、彼女たちの殺意はかなり高かったのだ。

なので、それを知った皇帝陛下は、「やはり、ここは今日から監獄にすべきだな……」と、嘆く。

「正直、頭が痛くなってきた。宰相には責任を取ってハゲてもらうしかなさそうだな」

そう呟いた。

……え、ハゲ……？

また、唐突によく分からないことを彼が言っていたため、思わず首を傾げてしまう。

なぜ宰相様をハゲさせる必要があるのだろう。そう思っていると、彼は、「ああっ、くそ！」と、唸るのだった。

「半数程度しかまともな奴はおらんのか……明らかな選出ミスだ。なぜこうなった……」

「お二人の言葉が本当であるならば、確かに、妙でございますね。あのジゼフ宰相様が、他者の評価を見誤るとは思いませんが……」

「そうだな――ん？　いや、ああ、思い出した。確か今回、宰相の選定枠が有力貴族たちの圧力によって減らされてしまったと、嘆いていたのを聞いた覚えがあるぞ」

「それは真でございますか？」

「ああ。父上――前皇帝の際は、大半の妃を宰相が選出出来たらしいが……もしや、今回は半数程度しか奴の手が入ってない可能性があるな」

「ああ、なるほど。それはあり得ますね……」

「奴は、やや風変わりな人間を選ぶ傾向にある。二十五番目の妃に関しては、絶対奴が選んでいるぞ。奴め、覚えていろよ……」

「……実は私、後宮入りが決まる前に、宮殿以外の場所で宰相様と何度かお会いした経験があるのですが……実家の公爵家にもご訪問されておりましたし……」

「――なるほど。つまり、貴様は宰相のおもしれー妃枠か。意外だな。てっきり、圧力枠の方かと思っていたが」

「皇帝陛下、申し訳ございませんが、その呼び方はどうかお止めくださいませ……」

そう、彼は一番目の妃と言葉を交わすのだった。

そして、「まあ、いい。もう手遅れだ。仕方がない」と、話を元に戻す。

「とにかく、現時点でその先ほど挙げた者たちはまだ何もしていないが、今後何かしらのことを仕出かす可能性は十分にある。きちんと警戒しておけ」

「承知いたしました、皇帝陛下。――しかし、それにしても現状は、未だそう悪くはなさそうな気がいたしますね」

彼女は、そう言うのだった。

「過去には、皇妃選びの際、後宮にて何人か死人が出たこともあったそうです。今はまだ、そのようなことは起きてはおりません。皇帝陛下の評価が、歴代で最も高いという状況にもかかわらず、でございます。本当に幸運でございましたね」

そう、やや安堵の表情を浮かべる彼女に対して、彼は、

「……ああ、いや、まあ、うん、何というか、その……。——そうだな、その通りだ。ああ」

言葉を濁しながらも、最終的に彼女に合わせる。

——もしもその理屈でいくなら間違いなく今回の皇妃選びは過去最悪だと、彼は私を見て、そんな微妙そうな顔をするのであった。

◇

あれから、一時間ほど時間が経った。

一番目の妃と別れた私たちは、まだ後宮内にいた。そして後宮から出るために、ひたすらに長い廊下を歩く。

その時分になると、他の妃たちがちらほら廊下ですれ違うことになるが、誰も私のことについて皇帝陛下に抗議する者はいなかった。

皆、私をちらりと見るが、けれどすぐに悔しそうに視線をそらしてしまう。

それは、以前に私に危害を加えた妃たちも同様だった、

……すごい。本当に、彼女の言う通りになった……。

そう、思わず感心してしまうのだった。

実は彼女は、私たちと別れる前、「それでは、今から仕込みを始めたいと思いますので、お二人はどうか近くの部屋で一時間ほどくつろいでくださいませ。私は、その間に、他の妃たちの動きを抑えますので」と言っていたのだ。

そして、本当に他の妃たちは、私たちを前にして何事も無いかのように振る舞い始めたのだった。

一体、どんな方法を使ったのだろう……？　魔法みたいだ。

そう思っていると、「おそらく侍女の情報網だ」と、皇帝陛下が、驚く私の様子を察して言った。

「この国の侍女たちの噂話は、音より速いと専らの評判だ。一時間もあれば、その情報はすでに後宮中に知れ渡っていることだろう」

そうなんだ、侍女ってそんなにも凄い人たちなんだ……。

私は、また新たに驚きながら、皇帝陛下の後ろを歩くのだった。

そして、それから少しすると、一人の妃が前方から歩いてきた。

彼女も、特に何事も無いかのように、振る舞っていた。しかし、彼女を見て、ふと思う。

あれ？　こんな妃の人いたっけ……と。

自慢ではないが、私は割と沢山の妃たちと面識があった。なので、顔は大体覚えていた。一応それは、沢山の妃たちに何度も殺されているという意味でもあるので、全く誇れるものではないけれど、とにかく私は大半の妃たちを半ば一方的な形で、その姿を目にしたことがあったのだった。

なので、初めて見た顔だなぁ、と思いながら、すれ違おうとした時、皇帝陛下が唐突に声を上げた。

「──おい、あれは何だ？」

彼は、たった今すれ違おうとした妃に、廊下のある一点を指差してそう声をかける。

彼女は、つられてそちらを見た。そして、

「──あアァーッ！」

その瞬間、彼は、奇声と共に、その妃に素早く肉薄し、そのまま勢いよく背負い投げを行ったのだった。

「えっ⁉　皇帝陛下⁉」

私は、当然酷く驚くことになる。

彼が突然奇声を上げたのもそうだが、何よりすれ違っただけの妃を背負い投げしたのである。

突然すぎて妃は、完全に虚を突かれた形となっていた。

ゆえに、彼の背負い投げが、綺麗に決まる。鮮やかな一本だった。

そのため妃の女性は、「フグゥ！」と、変な声を上げて、受け身も取れずに床に転がる。

彼は、すかさず投げ倒されて身動きの取れない妃に追撃を加えたのだった。

「アああーッ！」

「皇帝陛下!?」

可能な限り彼の声に反応しないと決めていたのに、思わず声を上げてしまった。

そして、彼は私に構わず、妃の腕を押さえ──彼女が持っていたナイフを弾き飛ばしたのだった。

そのため、私はぎょっとしてしまう。

え、ナイフ……？　どうしてそんなものが……？

もしかして彼女も、私と同じ『祝福』を……？──いや、絶対に違う。そんなわけがない。

「おいっ、そのナイフを蹴って遠くに退かせろ！　絶対に刃には触るなよ！」

「は、はい！」

私は言われた通り、床に転がるナイフを床に倒れる妃が容易に手に取れないところまで追いやる。

「髪留めの紐を一つ寄越せ！」

「わかりました……！」

皇帝陛下は、そう言った後、倒れている妃をうつ伏せの状態にすると、強引に体の後ろで両手を組ませる。そして、それを私から受け取った紐できっちりと拘束するのだった。

……あっという間の出来事であった。皇帝陛下は、鮮やかな流れで、目の前の妃を捕縛してしまったのだった。

そして、彼は一つ大きく息を吐いて立ち上がると、妃の右肩に足を置く。

「――余計な真似はするなよ。少しでも、そういった素振りを見せれば、容赦はせんぞ？」

そう言って、彼はその足に力をかけた。倒れている妃はうめき声をあげる。

そして、その後、「まあ、こんなものか」といった表情で、足を退け、倒れている妃から少し距離を取るのだった。

「周囲に人はおらんか。まあ、そのような時を狙ったのだろうな。仕込み武器の類は、まだ所持している可能性があるが、両手を封じているなら、危険は低そうだな――おい、貴様も一応、周囲を警戒しておけ。近くに仲間がいる場合がある。それと、分かっていると思うが、うっかり、死ぬなよ？」

「はい、わかりました……しかし、皇帝陛下、これは一体……？」

「――貴様、この者の顔を見たことがあるか？」

そう言われて、私は「い、いいえ」と答える。

「だろうな。私もない。そして、そんな得体のしれない奴が、妃として振る舞っていた。――さて、此奴は何者だろうな？」

そう、独り言のように彼は言う。

この女性は果たして、何者なのか。五十人全員に確実に会っている皇帝陛下が、見たことのない顔だというのだ。

ならば、本当に後宮入りした妃ではないのだろう。そして、彼女は今、ナイフを手に持っていた。

私のように、高い頻度で刃物を使用するのならともかく、この後宮内でそのような物騒な物は基本的に必要ない。

つまり、間違いなくこの人は、他者の命を奪うために現れた刺客のような存在なのだろう。

皇帝陛下が気付いていなかったら本当に危なかった。妃の振りをしていたのは、他者に警戒されないようにするためか、またはその方が後宮では動きやすいと判断したからか。

しかし、今は私が考えるのは、そこではない。現状、最も重要であるのは、

「――おい、答えろ。貴様、先ほどは私とこの娘――どちらを狙った？」

彼は冷たい声音で、そう、問いかけたのであった。

そう、今はそこが肝心だった。

この場に、私一人しかいない場合、確実に私を狙ったものだと分かったが、今回はそうではない。

私は、『呪い』によって命を狙われるが、皇帝陛下はその身分によって時に命を狙われることがあるのだから。

何しろ昔、彼は暗殺者を捕らえた経験があった。

それは――『お酒に酔って飛び両足蹴り（ドロップキック）した相手が偶然にも自身を狙っていた暗殺者だった』という話である。私の地元の田舎でも有名で、流石（さすが）に私でもその内容を知っていた。

それに、今回に関しては直接的に私が殺されるのではなく、皇帝陛下を手にかけたという冤罪（えんざい）を着せられて私が殺されるというパターンも十分考えられた。

皇帝陛下の問いかけに、拘束された女性は、黙り込む。

「――当然そうすぐには吐かんか。まあ、後で尋問にかけてやるから、その時にたっぷり話すといい。ああ、それと、自殺しても無駄だぞ？　死んだ後は、貴様の死体をゆっくりと解剖して存分に情報を吸い出してやるからな。死体は何も喋（しゃべ）らないという認識を持っているのなら、それは大間違いだ」

彼は、冷たい視線で女性を見下ろしながら、そう言ったのだった。

ひたすらに、彼の声は冷めていた。

初めてだった。彼のこのような姿を見たのは。

多分、私は今まで思い違いをしていたのだろう。私は彼を、何でも出来て、急に変な声を上げる私のループに巻き込まれていた私を守ってくれる優しい人物としか見ることが出来ていなかった。違う。そうではない。

私の目の前にいる彼は——リィーリム皇国現皇帝エルクウェッド・リィーリムその人なのだ。

私は、それを再認識することになった。

「とりあえず、此奴は女性兵士に引き渡すか。——おい、貴様。ちゃんと生きているな？立ったまま死んではいないよな……？」

私が考え事をしていると、そう、彼が不安げな声で聞いてきた。なので、「はい、生きてます、生きてます皇帝陛下っ！」と、返事をする。

「……しかし、皇帝陛下は何故(なぜ)この女性が、刺客だとお分かりになったのでしょうか？」

おそらく決定的な何かがあったのだろう。私も、見たことがない顔だと思ったけれど、まさかここまでの害意を持っているとは微塵(みじん)も思っていなかった。

なぜ彼は、見たことが無い顔だからと言って、即座に危険な存在であると判断出来たのだろうか。

私が彼なら、あれ？　自分の勘違いかな？　と思って、そのままスルーしてしまっていただろう。

そう思っていると、彼は応じる。しかし、それは答えではない。問いかけであった。

「――娘、貴様には、この者が女に見えるのか？」

「えっ⁉」

私は、彼の言葉に思わず仰天してしまう。

そして、すぐさま倒れているその人物に目を向けた。

かなりの厚化粧で分かりにくいけれど、よくよく見ると確かに顔つきが……。

「そういうことだ。化粧術を用いれば、この程度誰だろうとすぐに化けることが出来る。まあ、化粧を施す者の練度はそれなりに高くなければならんがな」

そして、「後は、長めの鬘(かつら)をつけて顔の輪郭を隠し、服装も体格が隠れて分かりにくいものを選べばいい。立ち居振る舞いに気をつければ、男であろうと女に化けることは十分に可能だ」と彼は、続けるのだった。

私は、それを聞いて凄いと感心することになる。

彼は、何でもできて、そしてとても物知りでもあった。

「――もしかして、女装のご経験がお有りなのでしょうか？　あっ」

彼があまりにも詳しかったため、そう、ぽつりと呟(つぶや)くようにして思わず聞いてしまう。

完全な失言だった。なぜなら、

「ふん、当然幾度となく経験済みだ。――貴様、この私を誰だと思っている？」

そのように、極めて真面目な態度で肯定してしまったからだ。

そう、皇帝陛下はそんなものは当たり前だと言ってしまったのだ。故に、私は固まってしまう。

――え……。え？　女装？　こっ、皇帝陛下……が？　女装……？　しかも何度も？

え、えぇ……？

また大きく混乱することになる。もう、今日で何度目になるか分からない。

……そういえば、彼がなぜか妃教育を受けていたことを今更ながらに思い出す。失態だ。

ならば、女装経験も高い確率であるはずだと私は思い至ることが出来なかったのだ。

私は、「聞いてはいけないことを聞いてしまい、本当に本当にごめんなさい……」と、色んな意味で自分の発言を悔いることになってしまった。

今回で強く自覚する。

本当に大変なことをしてしまったらしい。私が死に続けたせいで、皇帝陛下をこんなにも変な人に変えてしまった。育成してしまったのだ。急に変な声を出す、女装できることが当然だと思ってしまうような、何でも出来るおかしな人に――

多分、先ほど妃に化けていた人物に向けた顔が、彼の本当の姿なのではないだろうか。

けれど、今はどう頑張っても何度も女装経験がある偉い身分の変な人でしかないのだ。

皇帝という身分は、いうなればこの国でトップの存在。そのような自分とは違って到底替えの利かない存在である彼を、十一年という歳月をかけて知らず知らずのうちに私は――

……ああ、私の罪があまりにも重すぎる。たとえ、一万回死んだとしても、足りないほどだ。

私は……私は、今後、どうすればいいのだろうか……。

もうこれ、腹を括って皇妃になるしかないのではないか。今後の人生を費やして彼を変な人から普通の人に戻さないといけないのではないか……。

本人を前にして、そう、強く悩むことになってしまった。

「――おい、聞いているのか、貴様」

私が考え事をしていると、皇帝陛下が声をかけてくる。

「生きているならさっさと返事をしろ。……本当に頼むぞ。――それで、これが、貴様が経験した最後の『今日』の分で合っているのか？」

それとも全く違うのかもう一度教えろと、彼は言ってきたため、私は正直に答える。

「いいえ、違います。確か、三十四番目の方でした」

今日、私を殺すこととなったのは、三十四番目の妃であった。

それは確かだ。間違いない。彼女は、突然、死角から現れて、私の足を引っかけてきたのだ。

そしてバランスを崩した私は、近くに飾ってあった銅像を倒してしまい、その衝撃で天井からシャンデリアが落ちてきて、その下敷きとなって死んだのだ。

それが、四回ほどあった。けれど——

目の前に拘束されている不審人物は、妃でない。だから、違うはずであった。

しかし、皇帝陛下は「なるほどな」と呟いて、私に告げる。

「だが、分からんぞ。奴の髪飾りを見ろ。これは本物の妃の髪飾りだ」

「え……？」

彼の言葉に思わず私は、捕らえられた不審人物がつけているそれに目を向けてしまう。

確かに、この髪飾りは私のつけていた物とは、色も形もまるで違う。

しかし、よく見れば自分の物と同じ材質や光沢をしていたのだった。なので、口を開けて驚いてしまう。……本当だ。

私は、三十四番目の妃を顔で判別していた。そのため、今まで、髪飾りまで目がいっていなかったのだ。

妃の大半の顔は覚えているけれど、髪飾りについてはさすがに地位の高い人や分かりやすい人のものしか把握できていない。

けれど、おそらく彼の反応からして、この髪飾りは——

「これは間違いなく、三十四番目の妃のものだ」

彼は、そう結論を言う。

そのため私は、愕然（がくぜん）とすることになる。

だって。だって、それは——

その先について、私は言葉にすることが出来なかった。けれど、皇帝陛下は違う。彼は、何事も無いかのようにして私に告げた。

「案ずるな、娘。まだ無事だ。——この者が、私の知っている相手に近しい人間であるのならな」

そう、忌々（いまいま）しそうに表情を変える。同時になぜか彼の視線はほんの一瞬だけ、私に向いたのだった。

その半生を振り返ってみると、エルクウェッドはループに巻き込まれる度にいつも毒突いていた。

当然だ。そのループがいつ起きるのか、いつ終わるのかが一切不明であるし、苦労して終えた仕事や役目も場合によっては、そのすべてが水の泡となるのだから。

それで罵(ののし)らない人間がいるというのなら、その者はもう諦めて思考放棄しているか、よほどの聖人君子かのどちらかであろう。

しかし、そんなことを考えるエルクウェッドだが、常にループすることが煩わしいものだとは思っていなかった。

たとえば彼が十三歳の時、西の平原大国の王族相手に話術で圧倒することが出来た。

『おや、どうやら皇太子殿下は会話もせずに、にこにこ笑うことが仕事だと勘違いしておられるようだ。僕としては、この国の行く末が心配でならないよ。あっはっは――』

『……くそっ、覚えていろよ、エルクウェッド皇太子！　この僕を散々虚仮(こけ)にして、いつか痛い目に遭わせてやるぞ!!　この国諸共(もろとも)絶対になッ!!』

他にも、十五歳の剣術大会では優勝を果たしたこともある。

『……はあ。なあ、皇太子の坊ちゃん。なんだ、その剣は。馬鹿にしてるのか？　剣っていうのは、死ぬ気の覚悟で振るもんなんだよ。どれだけお行儀良くしたところで、俺らのような人間に通じると思ってんのか、ああ？　阿呆らしい。今ここで教えてやろうか、剣というものをよぉ――』

『おい、何だよ、その剣技は……有り得ない。いや、ああ！　頼む、もっと見せてくれ！その剣を!!　頼む、皇太子殿下！　なあ!!』

結果的に時の巻き戻りは、この国をより栄えさせる結果となった。そして、それ以外に彼自身のためにもなった。

そして、その最大の象徴となる出来事が起きたのは、彼が十六歳の誕生日を迎えた時だ。

◇

――抜かった。

そう、床に倒れ、大量の血を吐きながらエルクウェッドは、思った。

彼の胸元は、真っ赤に染まっている。

足元には、その原因である一本のナイフが転がっていた。

「——早く！　早く医師をここに呼べ!!　一刻も早くしないと殿下が手遅れになってしまうぞ!!」

「——命令だ！　逃げた賊は、必ず生きたまま捕らえろ！　皇国の兵士の誇りにかけて、この報いを受けさせるんだ!!」

「——殿下!!　しっかりしてください!!　お気を確かに!!　殿下ッ!!」

周囲から、さまざまな声が聞こえてくる。

しかし、そのどれもが遠く、そしてくぐもって聞こえる。視界もぼやけてきた。体が凍えるように寒い。

今現在、彼の命の灯火は徐々に消えかかっていた。

一瞬の出来事であった。彼は、暗殺者の手にかかったのだ。

エルクウェッドが出席していたのは、十六歳となった彼を祝うために開かれた宮殿での舞踏会である。

その際は、大勢の貴族や他国からの要人も数多く招かれた。

ゆえに、会場の警備も優れた兵士たちを配備し、万全の態勢を整えていたのだが——

だが、それでもその凶行はこうして起きることとなる。

一体どうやったのか方法までは分からないが、エルクウェッドを狙った暗殺者は、他国の要人の一人に扮装(ふんそう)して会場に紛れ込んでいたのだった。

基本的に舞踏会の会場に入る者は皆、所持品の検査を受ける。

兵士、使用人、シェフ、音楽隊、貴族、他国の要人等々——

そこに例外は誰一人としていない。

しかし、検査の厳しさについては、身分によって異なっていた。身分が高ければ高いほど、その検査は甘いものとなる。暗殺者は、そこに付け込んだのだ。

舞踏会が始まった後、他国の要人に扮(ふん)した暗殺者は、にっこりとした笑みを浮かべながらエルクウェッドに近づく。

エルクウェッドとしては、他国の要人が挨拶と共に祝いの言葉をかけにきたのだから、対応しないわけにはいかない。

彼は、目の前の相手と握手を交わそうとした。そして——

……紛(まご)うことなく不意打ちであった。たとえ、熟練の兵士であっても意識の隙をつかれれば為(な)すすべもない。

暗殺者は、素早い動きで彼の胸に隠し持っていたナイフを突き立てたのだった——

◇

——薄れゆく意識の中、エルクウェッドは「ああ、ここまでか」と悟る。

どうやら、自分はこのまま死ぬことになるらしい、と。

そして、先ほどのことを思い出す。自分を襲った暗殺者は驚くほどの凄腕だった。その気配も立ち居振る舞いもまるで、他者に違和感を与えず、まったく気づくことが出来なかった。そして逃げ足も速い。警備の隙を縫うようにして素早く逃走していた。

……果たして警備の兵士たちがあの者を捕まえられるかどうか。……それに、そもそもの話一体、どこの誰からの刺客だろうか。自分の命を狙う理由を持つ者はたくさんいる。残念ながら、まるで絞り込めない……。

そのようなことを考えるが、思考は段々と鈍くなり、何も考えられなくなっていく。そしてその代わりとして、今まで体験してきたことが走馬灯のように、次々に彼の脳裏に蘇っていくのだった。

しかし大半が、ループに巻き込まれた時の記憶だった。

……なるほど、自分にとってそれらこそが最も印象に残ったことであるらしい。若干不服ではある。毎回毎回苦痛でしかなかったからだ。生き地獄だった。毎回ブチ切れていた。

けれど、今際の際に思い返してみると——

もしかしたら、そこまで悪くはなかったのかも、しれないな……。

そう心の中で思いながら、彼の命は……。

◇

──次の瞬間、エルクウェッドは前日に巻き戻っていた。

彼が絶命しかけたその時、名も顔も知らぬ者が『祝福』を発動させたのだ。

彼の胸に傷はない。当然だ、すべてがなかったことになったのだから。

「……そうか」

彼は、独り言のように、そう呟く。

そして、その次の瞬間、弾かれたような勢いで行動に移したのだった。

「──警備隊長！　誰でもいいから、明日の会場の警備隊長をここに呼べ!!　それと、会場の見取り図を持ってこい！　会場外の情報も詳細に記載されているやつだ!!　急げ!!」

エルクウェッドの大声に慌てて、警備隊長の兵士が駆けつけてくる。

そしてエルクウェッドは、彼に対して、用意された見取り図を指し示しながら、即座に警備網の穴を指摘したのだった。

「ここところ。ここもだ。あと、ここもだな。警備をきちんと固めろ。絶対に配置を動かすなよ。仮に賊が侵入した場合、混乱中にここらを狙われると容易に逃げられるぞ」

次に彼は、会場入りする者の所持品検査をどのような身分であっても厳しくするよう、厳命した。

「無論、たとえ私であっても、それは変わらん。分かったな？」

「……ええ。ええ、承知いたしました。殿下のご命令とあらば、是非もありません。……しかし、殿下、一体どうなさったというのですか？」

舞踏会の前日に警備の配置を換えようとするなど。

いくら自分が主役の舞踏会であったからといっても、突然の思い付きがすぎる。そのような目を警備隊長はしていたのだった。

なるほど、その疑問は正当なものだ。何しろ、会場警備の責任を任されているのは、警備隊長である彼に他ならない。

誇りをもって仕事を行う。出来た良い兵士だ、彼は。

エルクウェッドは、内心満足げに笑う。そして、考える。警備隊長に対して、一から説明することは難しい。

ならば、こうしよう。エルクウェッドは、鼻を鳴らしわざと尊大な口調で言った。

「――貴様に問う。この私が、今までに一度でも間違えたことがあるか？」

その瞬間、警備隊長は表情を引き締め即座に敬礼する。

「はっ、愚問でありました!!　大変申し訳ございません、皇太子殿下!!」

リィーリム皇国皇太子エルクウェッド・リィーリムがそう言ったのだ。

もしも自国を真に憂うというのならば、彼にすべてを委ねるべきである。

――彼は、正解しか選ばないのだから。

警備隊長は、即座に自分の部下に命令を下したのであった。

◇

――翌日。舞踏会は開催される。すでに他国の要人を招いているのだ。残念ながら、暗殺者が怖いから中止するなどといった理屈は通らない。そもそもの話、警備が完璧であるならば、その必要もないのである。

舞踏会が開始された後、一人の男が警備の兵士たちによって取り押さえられた。

それは、他国の要人。――否、それに扮した暗殺者であった。

エルクウェッドの指示によって検査が全員に厳しく行われ、彼は凶器を持ち込めなかった。

そのため、現地調達をする必要があり、その場面をエルクウェッドの指示によって彼をマークしていた兵士たちが取り押さえたのである。

会場の出入り口はすぐさま封鎖され、暗殺者は迅速に尋問にかけられることとなる。

依頼主のこと、刺客は他にいないこと、変装元である要人の居場所等々……。結果的に、暗殺者は全てを白状するのだった。

「……若き皇太子よ、最後に聞かせて欲しい。なぜ分かった？」

「いいや。ただ身をもって知っていただけだ」

「意味が分からぬ。だが、見事だった。この借りは必ず返させてもらうぞ。我が輩の『家族』によってな。――我は『父』。暗殺者『一家』の長。我が輩の家族はこの大陸中に大勢いるぞ。ゆめゆめ背後に気を付けることだ――」

「そうか、好きにしろ。その時は全員捕らえて貴様と同じように将軍の尋問にかけてやる。萎(しお)れたリンゴと干しブドウの妖精がミックスした恐怖をその者たちにも存分に思い知らせてやる。安心するといい」

兵士によって連行されていく暗殺者に対して、エルクウェッドはそう答えたのだった。

そしてその後、再度会場内で検査が行われ、また今回のように何者かが要人や貴族になりかわっていないかの確認も行われる。

これで、もう安全だと最終的な判断をした後、舞踏会を再開させたのだった。

◇

翌日、エルクウェッドは舞踏会の後始末に追われることになる。

そして、わずかな時間を使って休憩している時、ふと目を瞑った。

彼は、独り言を呟く。まるで、今どこにいるのか分からない相手に対して、自分の気持ちを伝えるように。

「礼は言っておく。――貴様のおかげで助かった。業腹だが、借りが出来たな。後で必ず返すから、きちんとつけておけよ」

彼は今までループに巻き込まれるたびに毒突いていた。ブチ切れていた。

いつも、良い記憶などなかったからだ。しかし、

「――今回は悪くなかった」

そう彼は、言った。

今回の借りは忘れない。何が有ろうと、絶対に――

いつか出会った時、それを伝えよう。そう思いながら、ゆっくりと目を開ける。すると、

――前日に巻き戻っていたのだった。

エルクウェッドは、その事実を認識すると、両目を大きく見開いて絶句する。そして、

「……そうか」と呟いた。

「……なるほどな。そうか、そういえば貴様はいつもいつもいつもいつもいつもいつもいつもそうだったな……」

エルクウェッドは、無意識に周囲を見回して巻き戻った現在の状況を確認する。それが、

もはや彼の長年の癖となっていた。

場所は舞踏会の会場。おそらく時間的に、暗殺者は捕らえられていないはずだ。

——ああ、あそこか。見つけた。そして、自分の隣には警備隊長が待機している。

——ならば、丁度良い。

「警備隊長」

「いかがいたしましたか、殿下？」

「実は、今私は酔っている。先ほど、間違えて酒を飲んでしまってな」

「……は？」

隣にいた警備隊長が、急にどうした、と驚いたような声を上げた。

「無論、飲酒は二十歳からということは知っている。故意ではない。許せ」

「はあ、そうですか……」

警備隊長は、相槌を打ちながら内心首を傾げることになるのだった。

隣に立つエルクウェッドが一体何を言いたいのか分からなかったからだ。

困惑する警備隊長に対して、エルクウェッドは言葉を続ける。

「一応確認しておくが、貴様には私が怪しいと言ったあの男が見えるな？」

「はい。ええ、もちろん見えますが」

「所持品検査はきちんと行った。つまり、奴は何も凶器の類を所持していないということ。

それと、体格的に私の方が力がありそうだ。足運びと歩幅を見ても……どうやら暗殺術は極めていても格闘術の類は習得していないようだな。それと特筆すべきは逃げ足の速さだが、組み伏せてしまえば関係ない――よし、これはいけるな」

「殿下、一体何を……？」

「何、気にするな。最近、気を張り詰め過ぎたと思っただけだ。たまには羽目を外すのも悪くない。――とにかく、貴様はあの男をよく見ていろ。目を離すなよ？」

その後エルクウェッドは「後は任せた」と言って、突然全力ダッシュする。そして、

「――アアアァァーッ!! やっぱり、最悪だなッ!! チクショウめェェェェッ！！！」

たまに良い気分になっていたのに。台無しだよ。

彼はブチ切れながら、ちょうど後ろを向いていた暗殺者の男の背中にドロップキックを決めたのだった。

それにより不意打ちを受けた暗殺者が「フグゥ！」と変な声を上げながら綺麗に吹き飛び、床をごろごろと転がる。因果にも背後に気をつけろと言った張本人が、背中から襲われる結果となったのだった。

「はっ!? え、ちょ、殿下ッ!? 何をなさっているのですか!?」

エルクウェッドの突然の暴挙を目にした警備隊長が慌てて止めに入るが、彼は構わず、倒れている暗殺者を追撃する。力尽くで押さえつけ、暗殺者の変装を強引に剝ぎにかかっ

たのだ。彼が今から行うのは、自らの胸中にて溢れる憤りを解消するための——そう、憂さ晴らし兼八つ当たりである。

「いけません、殿下、どうかお気を確かに!! 確かにこれが一番手っ取り早いですが、万が一間違っていた場合どうするおつもり——あ、殿下!? 公衆の面前で、そこまで脱がしては流石に、ちょっ、見えてます! 殿下! 殿下ァ!!!」

舞踏会の会場に、警備隊長の悲鳴が響いたのだった。

ちなみに翌日から『皇太子殿下が自身の誕生日パーティー中、誤って飲酒を行い、酔った状態で要人に化けていた暗殺者にドロップキックを決めた』という冗談のようだが本当の情報が国内中にばら蒔かれることになるのだが、その暗殺者は実は一部の他国からめちゃくちゃ多大な懸賞金がかかっている超大物であることが後に判明したため、「やっぱり、殿下はスゴイぜ! こうでなくっちゃな!!」と誰の異論もなく彼の偉業の一つに加わることとなったのだった。

第六章　暗殺者

――目の前で捕らえられている人物が身に着ける髪飾りは、三十四番目の妃の物なのだと、皇帝陛下は言った。

なら、その髪飾りの持ち主は、もう死んでしまっている可能性があるのではないか……？

そう思っていた。けれど、彼は私の考えを「まだ大丈夫だ」と、否定してくれる。

彼は、捕らえた人物に、「おい、七年振りだな」と、声をかけた。

「貴様らの『父』には、以前世話になった。貴様もそれは、よく覚えているだろう？」

「……！」

その言葉に、捕らえられた人物は、わずかに反応を示す。当然彼は、それを見逃さない。

「ああ、やはり貴様。あの暗殺者の『家族』か。道理で、手口が似ていると思った。まあ、あの時の奴より、変装が杜撰で見破るのも容易かったがな。――それでどうした、技術の質が落ちているぞ？　それとも、貴様が未熟なだけか？　せめて女の『家族』を使えば、まだ仕事をこなせた可能性はあるのに、なぜそうしなかった？　驕ったのか？　ん？」

そう、相手を挑発するように声をかける。ゆえに、

「黙れ！　運よく我が『父』を捕らえた酔っ払い風情が！」

そう、捕らえられた暗殺者は、怒りを露わにするのだった。その言葉に、皇帝陛下は楽しそうに鼻を鳴らす。

「そうだな、あれは傑作だったな。当時この大陸で最も恐れられていた暗殺者集団の長が、ただの齢十六の小僧に、公衆の面前で取り押さえられて、その上変装まで剝ぎ取られたのだからな。滑稽にもほどがある。未だに、あの時のことは、我が国では笑い話として語り継がれているぞ。どうだ、光栄だろう？」

「黙れ黙れ‼　殺してやる‼　絶対にな‼」

「ほう、貴様の仕事は私を殺すことだったのか。それは良いことを聞いた。感謝しよう」

彼は、怒りで興奮する暗殺者から、視線を私に向ける。

そして、「どうやら尋問するまでもなかったな」といったような半ば呆れた表情を向けてくるのだった。

「この者たちは『一家』と呼ばれる遣り手の暗殺者集団だ。その名の由来は、構成員の地位が家族の形式に倣っているからだな。特徴は変装元となる人間を最後まで生かしておくこと。ああ、別に仕事以外で命は奪わないというような心情に添ったものではないぞ。ただ単にその方が罪を擦り付けやすいという合理的な思考からだ」

彼は戸惑う私に説明する。

「たとえば、暗殺の実行犯が捕まらなかった際、場合によっては、見せしめとして、変装元となった人間を処罰するしかなくなったという事例が他国には幾つもある。ゆえに捜せば、すぐに見つかるだろう。依頼人については、今はいい。後で口を割らせる。それとどうやら、今回のこれは、私目当てらしい。なら——他愛もないな」

そう、余裕の表情を浮かべるのだった。

つまり彼は、私が経験するはずだった『今日』の分の最後の死に繋がる不幸が、今回に関してはこの暗殺者の襲撃に変化したのだと考えているようであった。

その理由は、おそらく、皇帝陛下自身が私と関わったから。

——そして、それを防げば、私は今日もう死ぬことはないはずなのだと。

この暗殺者は彼自身を狙っている。ゆえに、私を直接狙うことはないということでもある。

だから、彼は先ほど他愛もないといったのだ。私の死を防ぐよりも、まるで自分の死を防ぐことの方が簡単なのだと言うように——

「……危険です、皇帝陛下」

そう、思わず声を上げた。

「何が危険だというのだ」

「後宮には、男性は皇帝陛下しか入ることが出来ません。なら、必ず手引きした者がいるはずです。先ほどの毒蛇もこの者が放ったわけではないかもしれません」

「当然、理解している。この暗殺者を捕らえたところで、終わりではないということもな」

「なら……」

「——だから、全てを叩き潰してやるまでだ」

そう、彼は言う。

「二度と私に害意を抱けないようにしてやる。この私に刃向かえば、どうなるのかを身をもって思い知らせてやろう」

そう、泰然自若とした様子で、彼は宣言したのであった。

「皇帝陛下……」

その姿はとても格好よかった。頼もしかった。

眩しかった。嬉しかった。

……けれど、残念ながら彼の顔を見るたびに、私の脳裏には、先程から、急に変な声を上げて女装出来る人というイメージがチラついて、どうしても消えてはくれないのだった。

◇

「さて、では兵士がやってくるまでここで待つとするか」

そう言って、皇帝陛下は、後宮の廊下で周囲の警戒を続ける。

「兵士たちは定期的に巡回している。今の時間だと、あと、二、三分もすればここを通るはずだ。その時に引き渡す」

「なら呼びにいった方が早いのでは……あっ」

そう言おうとして、私は口を閉ざすことになる。

実は、道中にて彼の『呪い』を聞いていた。

彼の『呪い』は、【探し人を見つけにくくなる】というものだった。

最初聞いた時は、「『祝福』と『呪い』が対になっていない人って、本当にいるんだ……」と、驚いてしまった。

そのことを思い出して、私は「自分が探してきます」と、言うと、彼は首を横に振る。

「駄目だ。この者の仲間と鉢合わせる可能性がある。もしくは、別の要因で貴様が死ぬ可能性が十分にある。おとなしく、ここにいろ」

彼は、「この者もそうだが、私は貴様からも目を離すつもりはないぞ」と、真剣な様子で言った。

なので、私としては「……分かりました」と頷くしかない。彼に迷惑をかけるわけにはいかなかったからだ。

皇帝である彼にこれ以上、変な声を上げさせるわけにはいかない。女装させるわけにもいかない。

彼の言葉に従おう。そう私が決めた瞬間に、捕らえられた暗殺者が、おかしそうに喉を鳴らす。

「どうした貴様？　気でも触れたか」

「いいや、違う。──時がきた」

暗殺者がそう言った瞬間、私たちの背後から、大勢の足音が聞こえてきたのだった。まだ姿は見えない。

おそらく、近くの廊下の曲がり角までくれば、その者たちの姿を確認することが出来るだろう。

けれど、どうやら皇帝陛下は、その足音だけで、その者たちの正体を判別することが出来たらしい。怪訝な表情を浮かべて、呟いた。

「複数人の兵士だと……？　巡回にしては、あまりにも足早すぎる。──貴様、何をした」

「俺は何もしていないさ。出来るはずがないだろう？」

「──ああ、そういうことか」

暗殺者の男は「時間か」という彼の言葉に反応して、楽しそうに笑った。

そして、皇帝陛下の言葉通り、少しして──複数の女性兵士が、曲がり角から現れたのだった。

数は四人。皆、まるで仮面のような冷たい表情をしている。

「──まったく、忌々しい真似をする」

皇帝陛下が吐き捨てるようにして言った。対して拘束された暗殺者が楽しそうに笑う。

何故なら彼女たちがすでに抜剣していたからだ。

私もそれを見て、息を呑んでしまう。流石にこの状況は私でも理解することができた。

皇帝陛下は平静そのもののまま女性兵士たちに「一応聞いておく。万が一、私の勘違いだということもあるだろうからな」と問いかける。

「この私に剣を向けるという意味を理解しているな？」

「……侍女から報告があったのです。この辺りに、陛下の姿を模した不審人物がいると──」

「おい、まるで答えになっていないぞ。私が聞きたかったのは、肯定か否定のどちらかだけだ」

彼は「……先ほどの奴は『弟』だろうから、今回はさしずめ『妹』たちか」と溜息を吐く。

そして今にもこちらを取り囲もうとしている女性兵士たちを見ながら、「動物園の檻から脱走したパンダにでもなった気分だな」と呟いたのだった。

「ふん、懐かしい。兵士からここまでの敵意を向けられたのは私が誤って飲酒したと思われて取り囲まれた時以来だ」

「え、パンダ……？　飲酒……？」

彼の呟きに、思わず呟いてしまう。彼は気にせず私に告げた。

「娘、良いことを教えてやろう。私は基本的に他の者たちから動物園にいるパンダだと認識されている」

「え!?　そう、なのですか……？」

――えっ、パンダって、あの白黒しているあのパンダ……？　この国には生息していないけれど、先代の皇帝陛下が、他国から贈られた珍しい動物たちを一般公開することを目的で設立された国立動物園にはいる、あのパンダ……？　皇帝陛下が……??

「そうだ。まあ、たとえ話だがな」

……あっ、そのままの意味じゃなかったんだ……良かった……。

「私は、多くの者からそれなりの評価を受けているが、周囲には私の力を恐れる者も当然いる。大抵の人間は普段はそうだとおくびにも出さんがな。そして時には私を亡き者にしようと画策し、こうして実行する者も一定数存在する」

皇帝陛下は、つまらなそうに言った。

「自慢ではないが私は、剣術、槍術、弓術、格闘術、それ以外のいくつかの武芸でも国の大会で優勝を果たしている。普通に考えて、そのようなことなど有り得んだろう？　周囲の他者からすれば人かどうかも怪しく思えてくるだろうな。だからこそ、私はパンダなのだ。入園者——民衆にとっては、害のない人気者であっても、飼育員——普段私と接する者にとっては、いつ牙を剥くか分からん猛獣でしかない。どれだけ大人しかろうと、どれだけ躾られていようと、結局のところ獣は獣だ。その可能性が潰えることは決してない」

彼は「まあ、他者にどう思われていようと気にはせん。私は私だからな」と、言いながら、口端を大きく吊り上げる。

「さて、パンダはパンダらしく、暴れて抵抗させてもらうとしようか——」

次の瞬間、彼は小さな小瓶のような物体をどこからともなく取り出して女性兵士たちに向かって素早く投げつけたのだった。

「なっ」

女性兵士たちは、すぐには反応出来なかった。何しろ皇帝陛下は、女性兵士たちが丁度斬りかかろうと一歩踏み出したその瞬間を狙ったのだから。

そのため彼女たちは小瓶から放出された粉をまともに上半身に受けてしまう。そして、その小瓶の中身は——

「護身用の胡椒だ。かなりの高級品だぞ」

直後、彼女たちは、うめくようにして顔を押さえ、慌てて後退するのであった。

当然だ。大量の胡椒が目に入ったのだから凄く痛いにきまっている。そしてそれは明確な彼女たちの隙でもあった。

同時に、皇帝陛下も流れるような自然な動作で間髪を容れずに混乱する女性兵士たちに向かって音もなく近づいた。そして、その後、一人ひとり彼女たちは床に倒れていく。

——結果として、あっという間に四人の女性兵士を戦闘不能にしてしまったのだった。

……彼が何をしたのか、全然分からなかった。私が驚いていると、彼は、気絶させた女性兵士を一人ずつ観察するように、視線を向ける。

「ほう、最初の男より遥かに変装の出来がいいな、この者共は。やはりこちらは全員女だからか？ それに少ししか見ていないが振る舞いの練度もそれなりに高かった。おそらく大分前から潜伏していたな。入れ替わったのは妃たちが後宮入りする直前からか？ 興味深い」

彼は「それにかなり私を警戒していたようだな。全員初めて見た顔だ。おそらく宰相の前にも現れていないだろうな。奴が他者の顔を判別出来んことなど有り得んからな」と楽しそうに、女性兵士だった相手の鬘を取り、手慣れた手つきで化粧を剝がしていく。

その顔は成人女性のものだった。けれど、顔つきや髪色が、明らかにこの国の人間ではない。この国で生まれた者は皆、どうしてか色素の濃淡はあれども黒髪の者が多い。彼女の髪は、この国の者ではありえない金髪であった。

「もしや私の妃選びの話が上がった直後から仕込んできたのか？　どうやら、よほど私のことを殺したいと見える」

彼は、そう推測した後、「これはもう待つのは無駄だな。行くぞ」と、私に声をかける。

「宰相の元に行くのは変わらん。だが、道中にネズミが出たなら、駆除させてもらおう。これでも、下町の奥様方には、害獣や害虫駆除の腕を褒められたものだ。任せておけ。——ああ、それともちろん、私の傍を離れるなよ？　もはや、兵士もあてに出来ん。出会った者は皆、敵だと思え」

「わ、分かりま——」

「——お、おい！　有り得ないだろう‼」

私の返事を遮って、最初に捕らえられた『弟』と思われる男性暗殺者が狼狽の声を上げる。

「よ、四人だぞ！　なぜ負ける！　それに不意をつかれたとはいえ、『妹』たちの近接戦闘の実力は『家族』の中では――」

「いや、知るか。問答無用で斬りかかってこない方が悪い。そもそもこの者共が私の言葉に応えたのは私の実力を推し測る時間が欲しかったからだろう。何も考えずにさっさと捨て身で四人共同時に突っ込んでくれば勝機はまだあったかもしれんがな」

「ふ、ふざけるな！　一度ならず二度までも！　この卑怯者め！」

「……手鏡なら、いくらでも貸してやるぞ？」

皇帝陛下は、呆れるにようにして言ったのだった。

まあ、確かに。暗殺者に卑怯と言われても……。

そう思っていると、また複数人の足音が聞こえてくる。

「ふん、これも兵士だな」

皇帝陛下が、そう呟く。そして、彼の言う通り、また大勢の女性兵士が私たちの前に現れたのだった。ただし、先ほどと違うのは――

「ご無事ですか!!　皇帝陛下!!!」

開口一番、酷く慌てた様子でそう言葉をかけてきたことだ。そして、先頭に立つ階級の高そうな女性兵士は、私たちの近くで倒れている兵士たちの姿を確認した後、「……なんということだ」と青ざめた顔を見せる。

彼女は現状から、どうやら倒れている兵士たちが、皇帝陛下に危害を加えようとしていたことを即座に理解したようであった。

「貴様は、後宮警備隊の隊長だな。どうしてここに来た？」

「……はい、ひどく慌てた様子の侍女から『陛下を狙った不審人物がいる』と通報があったため、急行した次第です。ですが……」

「その侍女とやらは、今度こそ偽物ではなさそうだな。偶然物陰から目撃していたか。まあ、いい。その不審人物とやらは私の方で片付けたぞ」

「どうやら、そのご様子ですね……。肝心な時に陛下のお側におれず、大変申し訳ございませんでした……！」

そう、頭を下げ真摯な声音で言った。皇帝陛下の反応から、彼女たちは先ほどの兵士とは違い、正真正銘本物の兵士であるらしい。

「謝罪は要らん。済んだことだ。それに後宮内を自由に歩けるような決まりを作ったのは、我々皇族だ。とにかく貴様らは、この者共の尋問と警備の強化を並行して行え」

「はい、それはもちろんでございます……！　早急に後宮内の全兵士に通達します！」

「よし、いいぞ。なら、同時に隊内の浄化作業も行う必要がある。他にもこのような者たちがいるか虱潰しに確認しろ。それに、変装元となった者たちの捜索も行わねばならん。やらねばならんことが山積みだぞ」

「はっ！　かしこまりました！」

女性兵士たちは畏まった態度で、敬礼する。そして、すぐに行動に移るのだった。

「陛下とソーニャ様には、護衛のご用意をいたします。申し訳ございませんが、少々お待ち――」

「いや、不要だ」

「えっ、は……？　ふ、不要ですか……？」

驚く後宮警備隊長の女性に対して彼は、そう告げる。そして「先程の命令で一つ、言い忘れていた」と、笑った。

「あの、皇帝陛下、それは一体どういう――」

そう、彼女が聞こうとして、言葉が止まる。

突然皇帝陛下が、楽しそうな足取りで、近くにあった窓に向かったからだ。そして、全開にした。

窓から涼しい風が廊下に入ってくる。窓は、大人が立ったまま通ることの出来るサイズだ。そのまま彼は窓から顔を出して、下を確認する。

「娘、来い」

「はい」

私は、彼の元に駆け寄る。すると彼は私をいきなり、「触れるぞ。いいな、動くなよ？」と、言って横抱きのような形で持ち上げるのだった。

私は、為すがままにされるしかない。

何となく、この後、彼が何をしようとしているのか分かっていたからだ。なので、今現在他者と大きく接触していると認識していても、心は極めて冷静でいられた。

そして少しでも動くと危険だと思って私は絶対に体を動かさないように努める。

「命令だ、後宮警備隊長。──今から行うことは、不問にしろ。誰にも言うなよ？」

「皇帝陛下、何を……？　まさかっ⁉　お止めください、ここは、三階──」

彼は、私を抱き上げたまま、窓枠に足をかける。そして、

「悪いが、もう足止めされるのは面倒で敵わなくてな。少しばかり近道をさせてもらう」

「皇帝陛下⁉　お止めください‼　危険です、皇帝陛下──」

彼女の制止の言葉を無視して、彼は躊躇いなく、その窓から私と一緒に、

──飛び降りたのだった。

「ああーっ！　皇帝陛下ー⁉」

「アァァああ──ッ‼」

後宮警備隊の隊長は悲鳴を上げる。皇帝陛下は奇声を上げる。

私と彼は、地面に向かって落ちていった。──しかし、そのまま地面に激突してしまうようなことはなかったのだった。

落下中に気付いたのだが、飛び降りた真下には、やや高めの生垣があったのだ。そのた

め、落下の衝撃が吸収されて、私たちは無事に下まで降りることが出来たのだった。

彼は、生垣に体ごと着地した後、額を手で押さえて、どうしてか弾かれたように笑い声をあげた。

面白おかしそうに、「やはり、たまにはこういうのも悪くはないな」と、呟いたのだった。

「おい、娘。無事か？　怪我もないだろうな？」

「はい、大丈夫です、皇帝陛下」

彼の言葉に、私は返事をする。

そして、「よし」と彼は頷くと、着地した生垣からまず先に私を下ろす。その後、彼も下りてきたのだった。

「しかし、貴様、悲鳴の一つも上げなかったな。それとも、気でも失っていたか？」

「実はその、落下死の経験は、数えきれないほどありますので……それなりに慣れております」

「嫌な慣れ方だな……」

彼は、私と言葉を交わしながら、「よし、行くぞ。こっちだ」と、視線を投げる。

今、現在、私たちがいるのは、後宮の敷地内にある宮園であった。

後宮に併設されるような形で整備されたその園は、広大で、様々な美しい草花が咲き乱れている。

そして、高い生垣によって、その園内にある道は、まるで迷路のように入り組んでいた。

「正規の道程ではないが、ここを抜けてしまえば、厩舎の近くに出る。つまり、もう少しの辛抱だ」

私は、「分かりました」と頷く。

どうやら、もう少しらしい。私としては、残念ながらこの宮園には足を踏み入れた経験が無い。

けれど、その代わり彼はどの道を通れば、どの場所に出るといったことを完全に記憶しているようであった。

私が、彼の自信に満ちた様子を見て凄いと思っていると、頭上から「一刻も早くお二方を保護するんだ！　急げ！」と、後宮警備隊の隊長の慌てた声が聞こえてきた。

「皇帝陛下！　ソーニャ様！　今、そちらに人員を向かわせますので、どうかその場を動かないでください!!」

「いや、要らんといったはずだぞ」

「な、何をおっしゃっているのですか!?　お二方に何かあってからでは、遅いのですよ!!　今すぐ行きます!!　絶対に動かないでください!!」

彼女の言葉は、尤もなものであった。

しかし、皇帝陛下は、「そうか。まあ、こちらに追いつけたなら、考えてやろう」と言って、足を進める。なので、私もその後に続く。

「……良いのですか？」

「良い。送られてきた人員に暗殺者が紛れ込んでいる可能性も捨てきれんからな」

「それは……確かに」

「まあ、当然確実に信頼できる人間をこちらに向かわせるだろうが、やはり進むのに時間がかかるだろう。待ち時間も馬鹿にならん。故に却下だ」

どうやら、彼は迅速に後宮を出ることを目的としているらしい。

そのため、人数が増えてしまえば、それだけ移動速度が下がることを懸念しているようであった。

本当に彼は兵士たちをあてにするつもりはないらしい。だから、その分、彼は一層周囲を強く警戒している。

「ここは、見晴らしが良くない。だが、それは敵も同じだ。さっさと突破するぞ」

そして彼は、警戒を続けながらさも愉快そうな声音で言った。

「さて、私たちの取ったこの行動は、おそらく敵としては想定外であったはずだ。何しろ、近道のために建物から飛び降りる皇帝など、どの国を探してもいないだろうからな」

「それは、そうでしょうね……」

確かに大陸中を探してもいないと思う。

その上、彼は女装もできるし、蛇も捕まえられるし、妃教育も受けているし、サーカスの曲芸だって出来るし、急に変な声だって上げるのだ。おそらく、そんな皇帝は世界で彼だけである。

「つまり、今から残った敵は慌てて私を殺しに来るぞ。奴らが私を暗殺するために計画してきて、今日動いたということは、私を仕留めるための準備が整った状況だということなのだからな。だが、それは後宮内に限っての話だろう。後宮を出てしまえば、奴らに出来ることは尻尾を巻いて逃げることだけだ」

彼の言葉に、思わず納得してしまう。

なるほど、だから、彼は現在、早く後宮を出ようとしているのか。後宮内に留まれば留まるほど、自分の命を危険に晒す可能性が高まっていく。

けれど、おそらく反対に後宮を出てしまえば、暗殺者たちは、彼に手を出すことは出来ない。

変装して紛れ込む方法も、流石に二度は通用しないだろう。今までの準備は無駄になり、その仕事は完全に失敗となるのだ。

だから、暗殺者にとっては、今回こそが最大の機会であり、最後の機会でもあったのだった。

「――さあ、私が後宮を出るのが先か。それとも、間に合うのか。それにネズミである奴らが、猫である私をどう狩ろうとしてくるのか。実に見物だ。まあ私の場合、猫は猫でも熊猫(パンダ)の方なのだがな」

そう笑う。なので、少し気になってしまった。

「……その、パンダ、お好きなのですか……？」

「ん？　ああ。あれには敬意を抱いている。以前に何度か、戦ったことがあってな。かなり手ごわい相手だった」

懐かしそうに目を細める彼に対して私も頷く。過去に実体験があったからだ。

「確かに。強烈な突進を行ってきますよね……」

「まあな。やはり、質量というものは強力な武器だ。成長した個体の体長と体重は、成人男性のものとそう変わらん。力ももちろん、あちらの方が上だしな――うん……？　なぜ、貴様がパンダの突進の威力を知っている？」

「実は昔、皇都の動物園に行ったときに、いくつかの檻(おり)や柵から動物が脱走する事件がありまして、その際に……」

「おい、待て。その時は、現場に私もいたぞ。まさか貴様っ、あの場にいたのか……!?」

「えっ、もしや、パンダの突進を真正面から受け止めていたあの方は、皇帝陛下だったのですか……!?」

知らなかった……。なので、思わず驚いてしまう。

あれは私が十一歳の時だった。父と兄に連れられて訪れた国立動物園で、五度ほど、突然脱走したパンダの突進を受けて、私はループしていた。

国立動物園には、世界中の国から贈られた様々な動物が飼育されており、最近の目玉は東の山林諸国連合の地域に生息する白黒斑(まだら)模様の熊――パンダであった。そして私は、そんなパンダになぜか目の敵にされたのである。

なので、その後はパンダの檻に近寄らないようにしていたのだが、遠巻きに、私が受けるはずだったパンダの突進を真っ向から受け止めている青年を見かけて「え、凄(すご)すぎる……」となったのは、今でもきちんと覚えている。

あれは、本当に衝撃的だった。人って、暴れた大型動物と張り合えるんだ……と、思わず戦慄したのだ。

そして、あれは皇帝陛下その人だったのか……。あの時は、彼の後ろ姿しか見えなかったから、身分の高そうな人だとしか判別出来なかったけど、そうだったのか……。

「くそっ！　気づかなかった……!!　貴様、あの時、どこにいた!?」

「ええと、別の場所で、壊れた柵から脱走したゾウに襲われていました……。皇帝陛下の位置からでは、多分、私の姿は見えなかったと思います……」

その直後、パンダの突進を回避したと思ったら、ゾウに追いかけ回された。

割と全力で逃げて粘ったけれど、結局突進されてループしてしまったのだ。

なので、彼がパンダと決着をつける程度の時間は稼げていたと思う。

それを五回繰り返した。そのため結局、私が取った完全な回避手段は、動物園に行かないことだった。――「お母様と家でお留守番をしています」と。

言い忘れていたが、私の母はあまり体が丈夫ではない。だから私は、外に出ると死んでしまう時は家から出ないことに決めて、時折母の部屋にお邪魔していたのだった。

あの時もそうだ。行けば、必ず私は、何らかの動物に襲われてまたループしていただろうから。

すると、彼は嫌なことを思い出すようにして、呻く。

「……あの日、私はパンダと格闘する前に、十回も成り行きでよく分からんままレッサーパンダと威嚇勝負をさせられていた」

「レッサーパンダと威嚇勝負⁉」

あの、パンダはパンダでも小さくて茶色い方のレッサーパンダ……？　確かに意味が分からない。私も、びっくりしてしまう。

「そうだ。突然、檻の中から一匹のレッサーパンダに何故か激しく敵意を向けられた上に、近くにいた子供から『ねえ、ママー？　皇太子殿下とレッサーパンダって、どっちが強いのー？』と言われたのだから、やるしかあるまい」

彼は、「まあ、いい、過ぎたことだ。それに、いずれ皇帝となる者ならば、レッサーパンダに勝てて当たり前だしな」と、呟く。そして、

「そうか……あの場に貴様、いたのか……」

とショックを受けた様子であったが、私もまた皇帝陛下のエピソードを聞いたことで

「皇帝陛下が、レッサーパンダと威嚇勝負……」と、色んな意味でショックを受けることとなってしまったのだった。

◇

そして、数分が経過した。皇帝陛下いわく「もう半分ほどで宮園を抜けるだろう」とのこと。なので気を引き締め直していると――

突然、皇帝陛下が手で、「待て」と私に合図を送る。私は息を殺して立ち止まった。

――一体何が？

そう思っていると。前方から、女性が一人歩いてきたのだった。

その格好から、庭師だと分かる。けれど、何だか様子がおかしいような……？

そう思っていると、彼女は、こちらを見てにっこりと笑い、片手に持っていた大きな剪定に使うような刈込鋏を両手でしっかり握って構え、こちらに向けてジャキンジャキン

と音を鳴らした。

そして、二つの刃を開閉させながら、そのままこちらに向かって全力で走ってきたのだった——

それを見て私は仰天する。そしてその後、間髪を容れずにさらに驚くことになった。

「——アァーあッ!!」

「皇帝陛下!?」

いつものように奇声を上げて、皇帝陛下もまた向かってくる相手目掛けて、全力でダッシュし出したからだ。

当然、二人は、途中で真正面からぶつかり合うこととなる。

けれど、忘れてはならない。向かってくる庭師の女性は、大きな刈込鋏を持っているのだ。

対して、皇帝陛下は、無手。当然不利な状況であるのは、彼の方であった。しかし——

彼は、その鋏の両の刃が自身の身体を捕らえる直前に——足の力を抜いて、姿勢を低くしたのである。

ジャキン、と刈込鋏が空を斬る。慣性に従い、両者の勢いは止まらない。

彼は、自身の足を先にして庭師の女性に突撃する。

そう、その体勢は、完全に綺麗なスライディングである。

庭師の女性は、スライディングによって自身の両足を払われ、そして、

「フグゥ！」

変な声と共に、地面を前転するようにしてごろごろと転がったのだった。

その反動で、鍬がすっぽ抜けて、少し離れた地面に突き刺さる。彼はその時には、すでに体勢を立て直していた。

立ち上がった彼は、すぐさま倒れる女性に「ああーッ!! あアァ!!」と飛び掛かる。そして、素早く彼女を拘束したのだった。

「――よし、こんなものだろう」

彼は、一息ついて、立ち上がる。その後、怪訝な表情を拘束した庭師の女性に向けるのだった。

「……この者も男だな。一体どうなっている？」

「え、あ、本当ですね……」

確かによく見ると、この庭師もまた、変装を行っている男性であった。

「男子禁制の後宮に、男がこうも易々と侵入出来るとはな。警備隊に賊が紛れ込んでいたとはいえ、ここまで警備が杜撰だった覚えはないぞ」

「確かに、どうしてなのでしょう……？　どこかに大きな穴のような入り口が開いているとか？」

「いや、そんなことは……ああ、それは確かに一理あるかもしれんな」

彼の呟きに、私は「えっ？」と声を上げてしまう。

完全な思いつきだったのに、彼はそれを一理あると肯定したのだから。

「だが、それが本当だと、かなり面倒なことに――アアーッ！」

彼は話している最中、またしても突然奇声を上げたのだった。

そして、私を庇うようにして、私の背後に素早く回る。

「皇帝陛下!?」

驚きながら、私が振り向くと、彼は両手にそれぞれ一本の短剣の柄を握り締めていたのだった。

まるで、こちらに向かって投げられたその短剣を今し方空中で摑んだかのように。

いや、事実そうだった。彼の視線の先を確認すると、そこには二人の女性がいた。

私たちから少し離れた位置に立つその二人の女性は、侍女の格好をしていた。

彼女たちは、それぞれ片手に短剣を構えていたのであった。

私は、それを見て驚愕する。だって、今まで私たちの後ろには誰も追いついてきてはいなかったのだから。

なのに、彼女たちは突然、現れた――一体どうやって……。

「……ああ、やはり使用しているか。まあ、いい。貴様らも、さっさと片付けてやる。来い、ネズミ共」

彼は、大胆不敵に挑発する。

そして、「何人いようと変わらん。パンダとレッサーパンダに勝ったこの私を、簡単に仕留められると思うなよ？」と言って、掴んだ短剣を構える。

「…………」

対して無言で二人の侍女の格好をした暗殺者が、皇帝陛下に向かって、駆け出した。

同時に彼も前に出る。それにより、数瞬後に、両者は自身の間合いに敵をおさめることになった。

先手を取ったのは彼ではなく敵の方であった。侍女の一人が、彼に対して素早い動きで短剣を突き出す。

けれど、彼はそれを最小限の動きで躱して、相手の鳩尾に、短剣の柄頭を叩き込む。

それにより、一瞬にして一人が沈んだ。

もう一人は、それを見て、苦々しい表情を浮かべながら、彼に切りかかる。狙いは、彼の首。

しかし、それもまた最小限の動きで躱して、同時に彼はカウンターの要領で鋭い蹴りを叩き込む。相手はよろめく。そしてその機会を彼は絶対に逃さない。

彼は、相手の短剣を打ち払うようにして、弾き飛ばし、その後、短剣の柄頭で相手の頭部を殴りつけたのだった。

——これで、相手二人は戦闘不能となった。

あっという間であった。彼は、暗殺者を瞬殺してみせたのだ。

それは、先ほどの妃に化けていた暗殺者や女性兵士たち四人の時のような不意打ちによるものではない。また、大きな刈込鋏の刃を鳴らして走ってきた庭師に化けた者を相手にした時のように、虚をついたわけでもない。正真正銘、真っ向からの撃破。

彼は、先ほど様々な武芸の大会で優勝してきたと語っていた。……けれど、まさかプロだと思われる暗殺者二人を真っ向から、しかもあっさりと倒してしまうほどの力量の持ち主だったなんて……。

今更ながら、そう思わず、大きく驚いてしまう。

彼は、崩れ落ちて、意識を失った敵二人をそれぞれ一瞥した後、苦い顔をする。

「……また男か、此奴等も。先ほどから女の格好をした男ばかりだな。女装趣味の変態しかおらんのか、私の命を狙う奴らは」

そして、その後彼は「しかも一目で分かるほどに、変装の質が悪い。なんだ、これは。私の方が、遥かに上手く女に化けられるぞ。——何なら、今すぐ手本を見せてやろうか？ああ、くそっ、無性に苛つくな……」と、憤るのだった。

「……もう二度と侍女に化けるつもりはないと思っていたが、こんなくだらないものを見たせいで、気が変わってしまいそうだな。本当に不愉快極まりない……」

「えっ」

　そう、彼は、何か凄くとんでもないことを呟く。

　皇帝陛下がよく分からない発作を起こしている。どうしよう……。

　そう、私が困っていると、

「――ああ、やっぱり。そいつらじゃあ、駄目か。流石は皇帝陛下だな。恐れ入った」

　そのような男性の声が聞こえてきたのだった。

　私は、そちらに視線を移す。すると、やはり先程の侍女に化けた暗殺者たちと同じく、突然現れたような形で、一人の長身で細身の人物が離れた場所に立っていたのだった。

　そして、その人物もまた例にもれず、女装していた。彼もまた侍女の格好をしていたのだった。けれど、その腰には一本の直剣を携えている。

　それを見て、皇帝陛下は、「またクオリティーが低い……!」と、なぜか歯をぎりりと噛み締めるのだった。

　しかし、彼は自身の心を無理やり自制させたのか、至って冷静な様子で侍女に扮する男性をまじまじと見つめて、「貴様は……」と、声を上げる。

「何者だ。名乗れ」

「おいおい、昔、一度会ったことがあるだろう？　覚えていないのか？　悲しいな。他国の人間で、まして平民は眼中にないってことか？」

侍女に扮した男性は、そう馴れ馴れしい様子で皇帝陛下に声をかける。それに対して、彼は——

「いや、今の貴様は普通に化粧が厚くて、純粋に顔が全然分からん」

そう、正直に告げたのだった。

皇帝陛下の言葉に、侍女に扮した男は、「確かに、それはそうだな。忘れていた」と、面白そうに笑う。

「だが、あれだな。この格好で名乗るのも何だか、剣士として些か恥ずかしい気分になってくる。そうだな、こう言うか——」

そして相手は、皇帝陛下をまっすぐに見据えて、告げる。

「久しぶりだな、皇帝陛下。俺は、八年前の剣術大会で、あんたと一回戦で当たった相手だ——」

その言葉に、私は内心で「え？」と、驚いてしまう。

確か、その大会は、皇帝陛下が優勝したはずの大会だ。なら、目の前の人物は、彼と戦って初戦敗退した相手であるということになる。

なので、私としてはこう思ってしまったのだった。

……え、それはさすがに皇帝陛下は、覚えていないのでは……と。

決勝戦や準決勝戦で戦った相手なら、覚えていても別におかしくはないと思うけれど、一回戦はさすがに難しいと思う……。しかも、八年前のことなのだ。

彼が酔って暗殺者を捕まえたという話は七年前のものだったが、目の前の相手はそれよりも一年も前で、なおかつ捕らえられた暗殺者よりも、インパクトはなかったはずだ。

私なら、絶対に覚えていない自信がある。そう思っていると、

「──何、だと……？」

予想外なことに、皇帝陛下は、相手の言葉にそのような反応を返したのだった。

どうやら、彼は一回戦の相手をちゃんと覚えていたらしい。凄すぎる。

そして彼は、その上なぜかとても驚いた様子であった。

「馬鹿な……ヴィクトル、貴様なのか……？　なぜここにいる。しかもそんなクオリティーの低いゴミみたいな女装をして……」

「お、まさか覚えていてくれたのか。しかも名前までもとは嬉しい限りだな」

「当然だ。貴様には、あの時、五十一回も世話になった。忘れるものか」

その言葉に、私は「あっ」と理解してしまう。

……ああ、なるほど。どうやら彼が目の前の相手を覚えていたのは、私のせいであったらしい。

確かにあの時は、五十回ほど巻き戻った記憶がある。

国をあげて剣術大会を開催したことにより、皇都中、お祭り騒ぎだったのだ。

その時に家族で私は皇都に訪れており、そして——私は至るところで死んでしまった。

どこもかしこも死に繋がる不幸だらけで、ものすごく大変だった記憶がある。

少し道を歩けば、馬車にひかれたり、通り魔に襲われたりするのは当然であったし、宿の窓から顔を出せば、上から植木鉢が降ってくるし、ベッドの中には普通に毒蜘蛛がいたりと、とにかく気が休まる暇もなかった。

一体、短期間でどれだけ様々な死に方を経験したのか正直覚えていない。

しかも、それが滞在中、絶え間なく続いたのだ。

それで、結局皇都に訪れた一日で五十回ほど巻き戻ってしまった。

何もかもが偶発的で刹那的に引き起こされたものばかりであったため、残念ながら長期的なループもそこまで効果的ではなかった。

何度も同じ状況に陥るというわけでなく、死を回避したらすぐ別の要因で死んで、それを回避したら、また別のことで死んでしまうというような、とにかく数をこなすしかない状況であったのだ。

一応、完全な回避手段として、そもそも皇都に行かないというものをすでに考えついていたけれど、しかし、皇都に行ったのは私自身の用事——お茶会用のドレスを仕立てるためだったので、私がいないとどうしても始まらなかったのだ。なので母と留守番するという手は使えなかった。

私はあの時何度も死んでしまった。おそらく最も巻き戻る回数が多かった一日だったと思う。なので、あれ以来、人の多い場所は極力控えるように決めたし、今回の後宮入りの際もドレスを仕立てずに母から無理を言って着なくなったドレスをいくつか譲ってもらったのだった。

「は？　五十一回？　何の話だ？　あんたは俺を瞬殺しただろう」

「――ああ、そうだったな。何でもない、こちらの話だ」

……そういえば、今思い出したけれど、皇帝陛下の一回戦目の相手は優勝候補とか言われていたっけ。

確か、そんな下馬評を皇都に訪れた際に聞いた記憶がある。

試合が始まる前は、大会前日に当時皇太子だった彼が飛び入り参加を決めて、「うわ、殿下、かわいそう」と人々から同情されていたはずだ。

それと「まあ、優勝候補の人と当たるなら、怪我しないようにきちんと上手く手加減してもらえるでしょ」とか言われていたような気がする。

結局私は、剣術大会を観に行っていないので、最終的な優勝者が皇帝陛下となったということを実家に帰ってから知ったため、「嘘やん！　殿下、ばり強かったやんけェ!!」と人々が口にしたという現場を目にはしていない。正直、沢山の死を回避するために忙しくて、それどころでは無かったのだ。

そもそも、皇帝陛下が最初、剣の腕についてどれほどのものであったのかも知らない。

しかし、おそらくは、一回戦の相手であるこの目の前の人物に勝てたかと言うと、実のところ難しいものだったのではないかと思う。

けれど、とにもかくにも、これだけは確実に分かっている。

当時のループの中で、彼が最も剣を交わしたのは、今目の前にいる相手だ。なら――

彼にとって、もしや目の前の人物は、剣術を教わった師匠のような存在と言えるかもしれないのだった。

皇帝陛下は、感情を見せずに落ち着いた声音で尋ねる。

「――もう一度聞く。なぜ、貴様がここにいる。貴様は、根っからの剣士だ。暗殺者とは、相容(あい)れんはずだろう」

「まあ、確かにそうだ。よく分かっているな。暗殺者なんて奴らは、基本的にこそこそしている奴が多くてあまり好きではない。だがな――」

侍女に扮した男は、楽しそうに笑う。

「奴らから、あんたを殺しにいくから雇いたいと言われた。なら、断れるはずがない」

彼の表情に込められたその感情は、まぎれもなく歓喜そのものであった。

驚くべきことに、今し方彼を殺しにきたと言ったのに、相手からは負の感情が全く見えないのだった。

「なあ皇帝陛下。あんたは知らないだろうが、俺は、この日をずっと待っていた」

「なんだ、そこまで私を殺したかったのか？」

「いいや、そうじゃない。暗殺者共にも、あの時の恨みを晴らす機会だと言われたが、そんなことはどうでもいい。俺は、もう一度あんたと戦いたかった——」

相手の男は、「あの日のことは今でも鮮明に覚えている」と、しっかりとした声音で言う。

「あの大会で最も強かったのは、間違いなくこの俺のはずだった。優勝なぞ楽に出来るはずだった。だが、違った。目の前の青臭い小僧に、剣の何たるかを教えてやろうと最初は思っていたが——思い知らされたのは、自分の方だった。なあ、分かるか、皇帝陛下？　完全な格下だと認識していた相手に、自分の思考や手の内を尽く見透かされ、剣筋さえも完全に読まれて、何もできずに敗北した時の気持ちが——そう、最高だ」

彼は、腰から剣を引き抜く。

「もう一度、俺にあの剣を見せて欲しい。あんたの剣筋は、まるで未来までも見えているかのような無駄の無さだった。あれほど美しい剣は、八年経った今でも、まだ見たことがない。だから、あれ以来、あんたがまた剣術大会に出てくれないものかと期待していたが……駄目だった。最近知ったが、あんた、国内での武芸大会は殿堂入りという形で全部出禁を食らっているんだってな。なら、こちらからあんたに会いに行くしかないだろう？」

「……愚かな。それだけの理由で、暗殺者共に加担したのか」

「愚か、か。確かにそうかもしれない。だが、悔いはない。本望だ」

「その、ゴミみたいな女装もか？」

「それは正直、後悔している」

剣士の男は、真顔で言った。やっぱり女装は遺憾だったらしい。

その後、皇帝陛下は、溜息を吐く。そして、残念だと言わんばかりの声音で言った。

「貴様には、どうやら、口でどれだけ言っても無意味らしいな」

「流石は皇帝陛下、話が分かる男だ」

「いいや、それは違う」

彼は、手に持っている短剣を男に突きつける。

「貴様は、他の暗殺者共より口が軽そうだからな。だから、さっさと捕らえて尋問して、聞きたいことを吐かせることにする。悪いが、馬鹿正直に相手をするつもりはない」

「おいおい、確かに尋問の訓練なぞ受けてはいないが……そもそも、俺みたいな部外者のような人間に、奴らが重要なことを話すわけがないだろう？」

「当然分かっている。私が知りたいのは、ここまで来るために使ったであろう地下の隠し通路のルートを知っているだけ全てだ。それと、各出入り口の場所もな。今から行く先々で、ネズミが湧くというのなら、どこかで一網打尽にする必要が出てくるからな」

「ああ、それか。その情報なら俺でも何とか白状できそうだ」

……地下通路。そういうものが後宮にあったんだ。

「──大昔のことだ。順番を無視して他の妃に会いに行きたいと考えた過去の皇帝が作らせたものらしい。今は老朽化で誰も使わん。そろそろ補強工事と外部に通じているらしい内部の調査をすべきだと思って図面を探させていたが、どこにも見つからなかった。だから今では出入り口の場所と内部構造を全て把握している者はいないと思っていたが……どうやらただ紛失していたわけではなかったようだな」

……そんな事情があったんだ。

そして、おそらく何らかの方法で入手した図面を用いて暗殺者たちは後宮に侵入したということなのだろう。

「崩れそうで冷や冷やしたぜ、あの通路を通るのは。残りの奴らも皇帝陛下を追いかけてまた通っているんじゃあないか？」

「……それはつまり、他の刺客も全て、こちらに向かっているということでしょうか……？」

思わず、声を上げてしまう。暗殺者の数は未だ不明。仮にあと何十人といた場合、無事に逃げ切れるのだろうか。そう考えていると、

「ん？　いや、しばらくは誰も来ないはずだ。皇帝陛下が、三階の窓から飛び降りたとかいう話で、慌てて近くにいた俺らだけがこっちに向かった形だからな」

私の呟きに近い声を、侍女に扮した男性が拾ったのだった。まさか、律儀に答えてくれるとは思わなかった……。

彼は言葉を続ける。

「本当なら、後宮内にさまざまな罠やら仕掛けやらを配置していたらしいが、皇帝陛下が飛び降りたせいでそれが全部無駄になったと暗殺者の一人が嘆いていたのも聞いたぞ」

「そうか、良いことを聞いた。他にも色々喋ってもらう」

「別に良いが、それはこの俺に勝った後で聞いて欲しいところだ」

男は「さて、そろそろ始めるか」と、告げる。

そして、二人は、同時に武器を構えるのだった。

皇帝陛下は、両手にそれぞれ短剣を有している。対して、相手の男が持つ剣もまた木製の直剣ではなく、完全な真剣。

どちらも相手に、一撃で致命傷を与えることが可能である。つまり、それは完全な命のやり取りを意味しているのであった。

「皇帝陛下……」

「問題ない、すぐ終わる。少し下がっていろ」

私の言葉に、彼はいつも通り余裕の態度で応える。故に、今の私は彼の無事を願うことしか出来ない。

私が声をかけてすぐ。皇帝陛下も剣士の男も――両者は、強く睨み合う。そして、

「アアーッ！」

皇帝陛下が、景気付けと言わんばかりに、いつものように突如奇声を上げた。

しかし、今回はいつもと一つ違う点があった。それは、

「イィーッ！」

相手の男もまた急に変な声を上げたのである。

◇

後宮の庭園の一角。そこでは、激しい剣戟が繰り広げられていた。

それは皇帝陛下と、女装した剣士の男の互いに命を懸けた戦いだった。

剣と剣が交差する。

両者ともに、一歩も引かない姿勢だ。

先ほどから、どちらも攻勢ではないかと言わんばかりの猛攻を共に続けていたのだった。

そして一歩も引かないのは何も戦いだけではない。

「――アァーッ!!」

「――ィイーッ!!」

変な声と変な声がぶつかり合う。わけが分からない。

混乱する私を他所に剣士の男が、鋭い剣撃を皇帝陛下に見舞う。

「イイーぃッ!!」

「アアーぁッ!!」

しかし、皇帝陛下はそれを両手の短剣を交えて、最小限のような動きで回避し、反撃を行う。

間合いのリーチで言うならば、当然直剣を持った剣士の男の方が有利である。

だが、隙をついてその懐に入れば、皇帝陛下の方が一気に優勢へと変わる。

常に気の抜けない戦闘がそこにあった。

一撃。そう一撃だ。

それだけで、両者は相手を致命傷に陥れることが出来るのだから。

気など抜けるはずがない。文字通りの真剣勝負であった。

「アッ! アァアっ――!!」

「イイーッ!! イイッ!!」

「アアあああァーッ!!!」

「ィィィいぃィーッ！！！」

「──アアッ！　あああァァ!!　ア゙ァぁぁーッァァァ！！！」

「──イイーッ！　イッ!!　イイいいイ゙ィィィーッ！！！」

何度目かも分からないほどに続いた剣戟。突如、これで止めだといわんばかりに二人が、同時に攻撃を繰り出した。

皇帝陛下の方が明らかに速い。しかし、剣士の男の方が確実に重い一撃だ。

二人の剣が交差する。──その結果として、両者の衣服の端がわずかに切断されただけにとどまったのだった。

そこでは決着がつかなかった。

ゆえに、二人は一旦仕切り直すために、後退するようにして相手から完全に離れる。

二人は同時に、息を吐く。その後、構えを解いて脱力した。

どうやら戦いは一旦、小休止になるらしい。今までの一連の流れを見ていた私は、こう思わずにはいられなかった。

──ぜ、全然集中できなかった……と。

本来ならば、固唾を呑んでこの戦いの行方を見守るべきなのに。皇帝陛下のことをきちんと心配しなければならないのに。

けれどずっと私の中には、困惑の感情があった。その理由は、目の前の二人が先程から上げている叫び声にある。

そう、皇帝陛下はまだしも、まさか相手の男性も急に変な声を上げるとは思わなかったのだ。

流行(はや)っているのだろうか、皇都では。もしかしたら私が田舎出身だから、そのことを知らなかっただけで。

都会では一大ブームが巻き起こっているのかもしれない、急に変な声を上げることが。

……というか、もしかしてこれ、私も何か叫ばないといけない感じなのだろうか……？

だって、この場で変な声を上げていないのは、私だけなのだ。皇帝陛下も剣士の男も、どちらもちゃんと奇声を発しているのに。なら、やっぱり私も……？

そう悩んでいる間にも皇帝陛下と女装した剣士の男性は、互いに相手を観察するようにして、対峙(たいじ)していた。

しかし、途中で剣士の男が、皇帝陛下から視線を外して、頭をかくのであった。

「……ああ、なんだろうな。一体、どういうことだ？」

「何がだ」

「皇帝陛下、もしかしてあんた、調子が悪いのか？」

剣士の男は、そう彼に問いかける。

「少し戦ってみて分かった。確かに、あんたは強い。互角か、それ以上か。何せ、俺の剣をこうも受けられる奴なんて、そうはいない。相変わらず、なぜか俺と戦い方が似ているし、それにあんたの技量は八年前より、格段に上がっているように見える。だが、これは――俺の見たかった剣じゃない。あんたがあの時と同じなら、俺はもう斬り捨てられているはずだ」

相手は、そう不満げに言うのだった。

「強いだけの奴なんて、世界中のどこにでも、それこそいくらでもいる。俺は、あの時あんたが見せてくれた剣が見たいんだ。あの時のあんたの剣は、一種の芸術だった。美しかった。冷たかった。異質だった。恐ろしかった。目を奪われた。神憑(かみがか)っていた。おそらく、あの剣は、あんたにしかできない。あれは、おそらくそういうヤツだったはずだ。分かるだろう？」

剣士の男は、そう熱っぽく語る。

それに対して、皇帝陛下は言葉を返さない。

「あの剣は、どれだけ優れた剣士でさえも到達することが出来ない文字通りの神業だった。次元が違いすぎる。技術を磨いても、肉体を鍛えてもあの剣は絶対に無理だ。おそらく、通常の鍛錬の仕方では鍛えられないんだろうな。だが、あんたはどういうわけかそれを成し遂げた――」

真摯(しんし)な表情で相手は、皇帝陛下に訴えかける。

「あんたは、あの時、確実に俺の心を読んでいたか、未来が見えていた。おそらく俺との勝負ももはや流れ作業と変わらなかったはずだ。それを、もう一度味わいたい。あの、超常的な剣を――」

そして、剣士の男は「ああ、くそっ」と、唸る。

「どうすればいい？　どうすれば、あんたはあの時と同じになってくれる？　おそらく、さっきから気にかけているそこの嬢ちゃんに危害でも加えれば、間違いなく少しはその気になってくれるだろうが……生憎女子供と武装していない素人に剣を向けるほどの悪趣味さは持っていないし、それに、そんなことをした日には、いつの間にか自分で自分の両腕をへし折っているだろうし、ああ、本当にどうすれば良いんだろうな……」

相手は、大きく溜息を吐くのだった。

その様子を皇帝陛下は、何も言わずに見つめる。そして、声をかけた。

「どうやら、貴様の期待には応えられなかったようだな」

「確認しておくが、一応、その気はまだあるのか？」

「ない」

彼は即答する。

「私は、もう二度とああなるつもりはない。絶対にな」

皇帝陛下は、私に視線を向けて、そう宣言するのだった。

次に彼は剣士の男性に向かって「それで、まだやるか？」と、問いかける。

そして同時に、彼は両手に持っていた二本の短剣を地面に向かって投げ落とす。そして、もう何も手の中にないことを他者に認識させるかのように、両の掌(てのひら)を上向きに開くのだった。

「これで、貴様個人の目的は無くなったぞ。悪いが、まだ続けるというなら、容赦はしない。次で確実に決めさせてもらう。その準備は整った」

「……あんたがそういうのなら、おそらく俺を仕留める算段がついているんだろうな。方法は分からないが。もしかして、徒手の方が得意なのか？」

「そうだな、こう返答しよう。私は剣士ではない。格闘家でもない。――皇帝だ」

その言葉に、剣士の男性は「なるほど」と頷(うなず)いた。そして、

「仕方がない、分かった。今日は無理そうだな。引こう」

そう言って、剣を収めたのだった。次に、

「それじゃあ、あんたへの手土産として、今から他の暗殺者を襲撃してくるから、安全な場所でしばらく待っていてくれ」

そう、あっさりとした様子で告げた。

ゆえに私は、「えっ」と思わず、声を上げてしまった。

なぜなら、いきなり皇帝陛下の命を狙っていたはずの女装した剣士の男性が、「じゃあ、

今から自分の仲間を襲ってくるから待ってて」と、宣言したからである。

一体、どういうことだろうか……？　確かにこうして私が死なない以上、彼個人の目的は無くなるような形となってはしまったけれど……。

それにしても急すぎる気がする。そう思っていると、皇帝陛下が「……貴様、変わり身が早いな」と相手に声をかけた。対して、剣士の男は、「まあな」と頷く。

「あんたに剣を向ける理由は今のところないし、それにこのままだと俺は間違いなく罪に問われるからな。なら、少しでも、減刑してもらえるように努めるしかないだろう」

そう、彼は当然だという風に言ったのだった。

なので、私は思わず、「逃げないのですか？」と尋ねてしまう。

すると彼は「まあ、逃げたところでな」と、困ったように頬をかいた。

「俺は、皇帝陛下と嬢ちゃんに素性を知られた。このままだと確実に指名手配を受けるだろうな。なら、皇帝陛下に自分の身の安全を保障してもらった方が良いに決まっている」

「それは、確かに……」

割と、現実的な考えであった。

ちゃんと考えていたんだ……。そう思っていると、彼は言葉を続ける。

「正直、あの時の皇帝陛下の剣が見られれば、別に死んでも構わんというつもりでここに立っていたが、見られないというのなら話は別だ。悪いが死ぬつもりはない。もう一度この目で見るまではな」

「……おい、貴様、私の言葉を聞いていたのか？　もう二度と、同じようなことをするつもりはないと言っただろうが」

「あんたこそ、俺の話をちゃんと聞いていたのか？　今日は諦めると言った。だが、今後も諦めると言ったつもりはないぞ」

「は？　貴様、この私を小馬鹿にしているのか？」

「なんだ、皇帝陛下？　喧嘩なら、いくらでも買うぞ？」

突然、二人が剣呑な雰囲気となった。

そして、それぞれ「アーッ！」、「イーッ！」と、変な声を上げて互いに真顔で威嚇し合う。

今すぐにでも、先程の戦いの続きを始めそうな気配であった。

なので、私は「ふ、二人とも落ち着いてください！」と、声を上げることになる。

それにより、二人は一旦、平静さを取り戻した様子であった。良かった……。

「それで、どうする、皇帝陛下？　あんたが先程言っていた情報に加えて、戦力も提供する形となる。それで構わないな？」

「ふん、まあ、良いだろう。それで取引してやる」

どうやら、それだけの言葉で交渉は済んだらしい。彼らは、互いに頷いた。

そして、剣士の男が「じゃあ、今から情報を教えるぞ。その後で、他の暗殺者共をきちんと襲撃してくるからな」と、声を上げた時であった。

「いィーッ!!」

「アぁーッ!!」

二人が突然、また変な声を上げる。

その雰囲気は、どちらも緊迫している。

そして奇声と共に、剣士の男は素早く抜剣して何かを弾き飛ばし、対して皇帝陛下は、何かを空中でパシッと、キャッチしたのだった。

それは、太く長い仕込み武器のような針であった。

なので、私は慌てて視線を向ける。

二人の視線の向こうには、新手となる複数人の暗殺者がいた。

それを見て、皇帝陛下が舌打ちする。

「ちっ、またかッ。面倒な」

「おいおい、早すぎないか？　他の奴らは遅れるって聞いたんだが」

「その情報が、嘘だったんだろう」

その言葉に、「なるほど、完全に騙された。――あの暗殺者は、後で微塵斬りにしてやろう」と、剣士の男は呟く。

「それで、どうする、皇帝陛下？」

「ちょうど、私たちが向かっていた進路の方向に、奴らがいるな。なら、そのまま突破する。貴様もついて来い。道中に、ネズミ共が湧く箇所を教えろ。——娘、貴様も遅れるなよ？」

「了解だ。仰せのままに、皇帝陛下」

「は、はい！」

私が返事をした後、二人はこちらに向かってくる新手の暗殺者たちへと、全力で駆け出した。……もちろん「アァーッ!!」、「イィーッ!!」と両者揃って真顔で変な声を上げながら。

現れた新手の暗殺者の数は、六人。けれど、皇帝陛下と女装した剣士の男性にとっては、障害にもならなかったらしい。

すぐさま「フグゥ!!!!!!」と複数の悲鳴が立て続けに聞こえる。

彼らは、協力してあっという間に暗殺者たちを倒してしまったのだった……。

「——よしまあ、こんなものだろうな。それで、どうだ？」

「そうだな、悪くはない」

周囲に気を配りながら納剣する剣士の男性に対して、皇帝陛下が地面に倒れる暗殺者に往復ビンタをしながら答える。

「なら、次は俺だけでやらせてくれ。出来る限り、点数稼ぎをしたい。……あと、今思ったが、何で皇帝のあんたが、普通に戦闘に参加しているんだ？　死んだら困るから嬢ちゃんと一緒に下がっていろよ」

「効率の問題だ。後宮に留まっている時間が長い方が、私の死ぬ確率は上がるぞ？」

「まあ、それは確かにそうだが……万が一ということもあるだろう？」

「無いな。この私が、この程度で死ぬわけが無いだろう。パンダとレッサーパンダに勝った私を侮るというのなら、痛い目を見ることになるぞ？」

「？　いや、ちょっと意味が分からん」

二人のそんなやりとりを私は後ろから眺めていた。彼らの後を追いながら、私は驚嘆することになる。

皇帝陛下は、強かった。そして、剣士の男性も彼と同じくらい強いように見えた。

二人を前にすれば、どんな敵もきっと倒されてしまうだろう。

なんと頼もしい二人なのだろうか。それに流石(さすが)は師弟（仮）関係ともいうべきか、私から見ても息がぴったりで思わず感心してしまった。

唯一の欠点があるとすれば、奇声を上げる皇帝陛下と奇声を上げながら剣を振り回す女装した人間がいることだろうか。

……いや、あまりにも駄目駄目すぎる欠点だ、それは……。

私は内心で突っ込みを入れながら、早足で二人と共に宮園の中を進む。

皇帝陛下が、すばやく道を指示して、暗殺者が現れたら、女装した剣士の男性と共に、倒す。それを何度か繰り返しながら、着実に前進した。

――そして、私たちが宮園に足を踏み入れてから、十分ほど経った頃だろうか。

「もう少しで、宮園を抜けるぞ」

皇帝陛下が、そう声を上げた。

それにより、私はようやくだ、と息を吐く。

ここまで来るのに、かなり時間がかかったような気がする。それも、ようやく終わりを迎える。

何せ、宮園から出れば、あとは近くの厩舎に繋がれた馬に乗って宮殿に向かうだけだ。

そう思っていると、「気を抜くなよ」と、彼に窘められることになる。

「まだ、何があるか分からんからな。気が付けば、貴様が死ぬような目に遭う可能性も十分ある」

「まあ、後宮の敷地の外に近いのなら、地下通路の出入り口もあと一つか二つあるかどうかだろうな。だが、この状況だ。警戒して損はないさ」

剣士の男性も、そう同意する。

そのため、私は「分かりました」と、返事をして再度気を引き締めるのだった。

私たちは、高い生垣に囲まれた道を抜ける。

それにより、今まで、代わり映えしなかった景色が、ここにきて一気にその姿をかえたのだった。

そこは、広場のようなスペースとなっていた。やや遠くに門が見える。おそらくそこから厩舎へ行く道へとつながっているのだろう。皇帝陛下の言葉通り、本当にもう少しだった。

◇

目の前の二人は、警戒を一切解かないまま、広場へと進み、私もその後を恐る恐るついていく。

「罠(わな)の類はあるか？」

「いや、なさそうだ。それに、そういうのは、大体後宮の中に仕掛けたと聞いたしな」

「そういえば、貴様その手の話を誰に聞いた？　今回の賊の中でも主だった人間か？」

「ん？　ああ、それはだな——」

目の前の二人が、小声でそう言葉を交わしている時だった。

「——この広場内には、罠など仕掛けてはいませんよ。ですので、ご安心ください」

そう、女性の声がどこからともなく、聞こえてきた。

そのため、すぐさま私はその姿を探すことになる。

すると、私たちからやや離れた場所――広場の中央付近に設置されたベンチから、一人の人物が立ち上がるのであった。

その人物は声から分かった通り、女性だ。

格好は、侍女の服装。落ち着いた雰囲気を身にまとっている可憐な容姿をした成人女性であった。

それを見て、皇帝陛下が声を上げる。

「――変装のクオリティーが、高いだと……？」

彼の声音は、なぜかちょっと嬉しそうな感じだった。

同時に剣士の男性も声を上げる。

「あれは……暗殺者の『姉』ちゃんか？　どうして、ここに一人でいる？」

彼は、怪訝な表情を浮かべた。

「ええと、本当に女性の方、なのでしょうか……？」

実は先ほどから女装した男性だったり、変装した女性だったりで、わけが分からなくなってきていた私は、思わずそう聞いてしまう。『姉』なら、女性で間違いないとは思うけど念のために。

「ああ、まあ流石に声までは変えられないだろうし、そのはずだ」

剣士の男性の言葉に皇帝陛下も頷く。

「女だ、見れば分かる。悪くない変装だ。それと、私でも声を異性のものに変えるくらいは出来るぞ？」

「良かった、ちゃんと女せ……え。——えっ？」

私は、皇帝陛下のぽつりとこぼした呟きに、思わず彼の顔を二度見してしまう。そして、その言葉の意味を確かめようとした時、

「——ああ、なるほど。ヴィクトル、あなたはそちら側についたのですね。それに、ここまで無事に辿り着いたということは、あなた方に仕向けた者たちは皆、倒されてしまった。そういうことなのでしょうね」

侍女の格好をした女性は、そう独り言のように言ったのだった。次に私たちに向かって綺麗な所作で一礼する。

「——はじめまして、皇帝陛下。私は、今回のあなた様の暗殺計画の実行責任を担っている者です。どうか、お見知りおきください」

彼女は「それと『一家』の中では『姉』を名乗らせていただいております」と、自己紹介を行ったのだった。

それを聞いて、皇帝陛下は鼻を鳴らす。

「ほう、貴様か。この騒ぎを起こした張本人は」

「はい。しかし、やはりあなたは、こちらがどう足掻いても難なく対処してみせるのですね。――我が『父』の時のように」

「それは、貴様が考えた計画とやらが杜撰だったからだろう」

「こちらとしては、じわじわと皇帝陛下を後宮内で甚振って、それから仕留める形にしようと前々からきちんと考えていたのですが……まさか、三階から飛び降りるとは思っていませんでした」

彼女はやや困り顔で言うのだった。

「突飛だったとはいえ、標的の動向を全く予測できていないとは。どうやら私もまだまだ経験不足のようですね」

「――それで、わざわざ私の前に顔を出して、何の用だ？」

彼女の言葉を無視して、皇帝陛下は、率直に彼女本人に聞くのだった。

「自身の仲間に全て任せて、安全な場所にでも引っ込んでいれば良かっただろう」

「そうですね。出来ればそうしたかったのですが、今回の依頼は絶対に失敗出来ないため、こうして自身で直接指揮を執るしか無かったということと、皇帝陛下の予想外の行動で大きく混乱したり、あなた方に仲間が倒されれば倒されるほど動ける人員が減ってしまって、自分も呑気に引っ込んでいるわけにはいかなくなったということが、大きな理由ですね」

彼女は何故(なぜ)か、現状自分たちは切羽詰まった状況であると、そのような話をしてくるのだった。

「なので、どうかひとつお願いがあるのですが、聞いていただいても構いませんか？」

「何だ？」

「そのお命をどうか私共にお譲りいただけないでしょうか？」

「断る」

彼女の言葉に皇帝陛下は、即答した。

まあ、誰だって即答する内容の問いかけだったので、当然であるが、しかしなぜそのようなことを聞いたのか。

皇帝陛下ではなく私なら、場合によっては良いよと言うこともあるけれど……。

そう疑問に思っていると、彼女は「でしょうね」と、頷く。

「一応、確認は取っておくべきだと思ったので、申し訳ありません」

彼女は、あっさりと引き下がったのだった。

そして、「それと実は、私も一度はこの目で確かめたかったのです」と、言葉を続ける。

「――個人的に気になってしまったのです。『神々に弄(もてあそ)ばれた国』の統治者は、一体どのような存在なのかを」

彼女は、そう言って皇帝陛下に対して観察するかのような視線を送った。

「……『神々に弄ばれた国』？」

対して私は首を傾げることになる。これまでに聞いたことがない言葉だったからだ。

「他国では、我が国のことをそう呼ぶ者もいるらしい。国内では、馴染みのない呼び方だ」

私に皇帝陛下が説明する。女装した剣士の男性も頷いた。

「まあ、基本的に良い意味で使われることはないな。少なくとも、俺は聞いたことが無い」

「ええ、主に憐憫の情を有していることが多いですね。あとは、侮蔑の意味で使われることもあります」

「――なら、貴様はどちらだ？」

女性に対して、皇帝陛下が問いかける。

すると、彼女は、「どちらでもありませんよ」と、返答した。

「私としては、畏怖の念を込めて、そう呼ばせていただきました。そして皇帝陛下。あなた様こそが、そんなこの国を象徴する存在なのだと、今回で確信した次第なのです」

彼女は、「考えてみてください」と、声を上げる。

「私は、今回数多くの刺客をあなた様に差し向けたはずです。しかし、結果として、あなた様はこうして生きている。しかも見たところ無傷のご様子。正直なところ、これは明らかに異常な状況です。それについて気付いておられますか？」

「は？　貴様が送りつけた刺客は、どれも手緩かったぞ。あれで、やられるわけがないだろうが」

「いいえ。最初あなた様に仕向けた『弟』は、それなりの腕でした。『妹』たちもそうです。少なくとも、常人であったなら、対処は絶対に出来てはいなかった。ちなみに、どうして『弟』の扮装を見破ることが出来たのですか？　参考に教えてもらっても良いでしょうか」

その言葉に、彼は不愉快そうな表情を浮かべる。

「馬鹿にしているのか貴様。化粧が最低限の出来栄えで、女としての所作も最低限度のものを見せられて、見逃すわけがないだろうが」

「……なるほど、それも常人であったなら、間違いなく見逃しているはずなのですが……やはり、一筋縄ではいかなかったようですね」

彼女は、感心するように言った後、言葉を続ける。

「『父』の時と、今回の暗殺も、あなた様は容易に防いでしまった。本来ならば、絶対に有り得ない。なるほど、もしやこれが、この国の者たちが有する二つ力の効果ですか？　それならば、なかなかに厄介ですね」

「さて、それはどうだろうな」

皇帝陛下は、その言葉に対して曖昧な形で応じる。

「記録にある『祝福』と『呪い』は全て、完全なる不可能を可能へと上書きするほどの反則染みた力を有してはいない。だから、他国からは、憐れまれる程度で止まっている。正直、どれだけ強力な力でも、効果としてはその実、そこまで大したものでは無い。これは、国外にも公開している情報だ」

え、そうなんだ……。私、思いっきり不可能を可能にしているような気がする。多分、これは……黙っていた方が良さそうな話だ……。

そう判断して、私は頑張って何とか無表情に努める。

「ですが、あなた様の数々の功績を見れば、そう思わざるを得ない。そうでしょう？　確か、とある国では、この国の者はもはや自分たちと同じ人ではない別の何かに変わってしまっている、と主張する人間も少数ながらいると聞いたことがありますが……今となっては、私もその意見に賛同しなければならなくなりました。この国は、間違いなく異質です。そして、その異質さは、現在あなた様を軸にして生み出されていると言っても過言ではありません」

「なんだ、もしや貴様の雇い主は他国の人間か？　どこの国の者だ」

皇帝陛下がそのように問いかけるが、女性は「さあ、どうでしょうね」と、彼と同じように曖昧な返答をしたのだった。

「今の言葉は、私個人のものです。仕事上、他者を観察することが多いので、ふとそう思っただけということで」

彼女は、そう言葉を濁す。そして、その様子を眺めながら、皇帝陛下は口を開いた。

「そういえば、こちらも確認しておくべきことがあった。貴様、毒蛇を放ったか？」

「いえ、放ってはいません。ですが、あなた様の暗殺に用いる予定だった毒蛇が一匹逃げ出してしまったという報告をすでに受けていますね。もしや、見つけていただいたのですか？」

「そうだ、こちらで捕獲した。管理はきちんとしておけ。私以外も襲おうとしていたぞ」

「それは大変申し訳ございません。皇帝陛下が、柑橘類の果物を好んでいるという情報を事前に入手しておりましたので、一応使えるかと持ち込んでみた次第なのですが」

「……そういうことか。あの種が反応しやすいのはレモンで、私が好んでいるのは蜜柑だ。私を殺したいのなら、肝心なところを間違えるな、馬鹿者め……！」

「！　これは……大変な失礼をしてしまったようです。深くお詫び申し上げます……」

女性がそう真面目に謝罪する。皇帝陛下は溜息を吐くのだった。

彼は、私の方をちらりと見る。……どうやら、あの蛇は逃げ出したがために、あのように無差別に人を襲う形になっていたらしい。そして暗殺者側の勘違いもあって、ちょうど現れた私が襲われたというわけであった。なるほど、そういうことだったのか。

謎が一つ解けたため、すっきりしたけれど、その代わりに私としては、自分自身の『呪い』の力の強さを再確認することになる。

「あともう一つ聞く。料理人の台車に細工をしたか？」

「？　いいえ、していませんが、それがどうかしましたか？」

「……いいや、何でもない。こちらの話だ」

どうやら皇帝陛下は、事実確認のために今日私が迎えるはずだった不幸な死について、女性に質問を行っているようだ。ならば私も聞くべきだろう。現在素直に答えてくれている彼女の気が変わらないうちに。

「ええと、なら、その、もしかして後宮の談話室のシャンデリアに細工を施したりしていますか？　近くにある銅像を倒したら、それがすぐに落ちてくるような仕掛けの」

「ええ、それはしましたね」

どうやら予想通りだった。私は皇帝陛下に対する罠に運悪く引っ掛かって死んだということらしい。

そしてある疑問が湧く。――あれ？　どうして私、他の妃たちに殺されることになったのだろう、と。

「ええと、妃の方々を唆して皇帝陛下に仕向けようと考えていたりとかも……？」

「ええ、それも一応考えていました。侍女に紛れ込めば、その情報網に流れた多くの情報を自由に改ざんすることが可能ですから。まあ、と言ってもその場合、攪乱が目的でしたね。妃たちが皇帝陛下の命を奪えるとは微塵も思っていませんから」

……なるほど。

「つまり、状況によっては、三十四番目の妃の方を唆して、他の妃をシャンデリアの下敷きにさせたり、十三番目の妃の方に嘘をついて、他の妃の方を階段から突き落とさせたり、二十一から二十四番目までの妃の方に、何かしらのことを吹き込んで壺を割らせて他の妃を社会的に抹殺したり、といったことも行う予定ではなかった、と……？」

「？　当然でしょう。私たちの目的は皇帝陛下お一人ですので。流石にそこまで無駄なことはしませんよ」

そう肯定した。してしまった。なので。「で、ですよねー……」と私も引き気味で相槌を打つしかなくなってしまう。

どうやら私を何度も殺した妃たちは今回の騒動とはほぼ無関係であるらしい。そう、彼女たちの殺意は彼女たち自身に起因するということなのだ。

別に暗殺者から何かしら吹き込まれたというわけではなく、単に彼女たち自身の殺意が高かったから私を衝動的に殺してしまっただけということなのである。悲しいことに。

……何だろう、ちょっとあんまりな感じだ。

そう思っていると、彼女は「ああ、そういえば」と、何かを思い出したかのように声を上げる。

「仕掛けた罠を見破られそうになったり、こちらの仕事の邪魔になりそうな者がいたりすれば、その者を退けるために妃たちを使おうとしたことはありますね。確か、あなたも一度かそのような状況に陥りそうになったのは。結局、妃たちを用いることはありませんでしたが」

そう言われて、私は胸を撫で下ろすことになった。

ああ、良かった……。これで私が妃たちに殺された明確な理由が出来た。

彼女たちは、理由あってきちんと私を殺してくれたのだ。良かった良かった……。

そう思っていると、皇帝陛下が私の表情で察したのか「チクショウめェ……ッ」と、突然呟くように声を上げる。

「おい、娘。明確な理由があっても、結局、妃たちの殺意が高いことには変わりないだろうがァ……」

「あっ」

彼の言葉に、思わず「確かに……」と納得してしまう。

これは駄目だ。もう諦めるしかない。

私は、特に大した理由もなく何度も殺された。それが覆しようのない事実であったのだと……。

「……まあ、いい。それで、こちらが今聞いておきたかったことは、聞けた。貴様の方は、どれだけ喋る気でいる？」

皇帝陛下が、そう女性に聞く。

目の前の暗殺者の女性は、私と皇帝陛下の問いかけに全て答えてくれた。ゆえに疑問が湧く。——どうしてこうも素直に答えてくれるのだろう、と。

何か意図があるのでは。私は、ちらりと皇帝陛下と女装した剣士の男性に視線を向けると、相変わらず二人は周囲を警戒している様子であった。

やはり、彼らは、女性が何かしらの罠を仕掛けていると考えているようだ。

確かに、先程女性自身が、「罠はない」と告げたけれど、それが本当のことなのか私には、判別がつかない。

すると、次に剣士の男性が彼女に声をかける。

「なあ、暗殺者の『姉』ちゃん。あんた、本当に何がしたい？　先ほどから周囲を探っているが、誰の気配もない。本当に、あんた一人しかここにいないみたいだな。それで、罠も仕掛けていないと言うのなら、ただここに話に来ただけということになるぞ。この現状で、それは正気じゃあない」

その言葉には、「怪しい。絶対に何か企んでいる。けれど、それが分からない」といった感情が含まれていた。対して、女性は広場にて咲き乱れる美しい花々を背に小さく笑みを浮かべる。

「ええ、そうですね。正気じゃない、ですか。確かに、客観的に見たら、そう思えてきますね。なら、きっとそうなのでしょう。——皇帝陛下、正直に言ってしまいますと、私たちは現在、追い詰められております。もう後が無いのです」

彼女のそれは、自虐的な声音だった。

「そうか、それは良いことを聞いたな」

「そうでしょう。あなた様に、私たちが用意していた手は尽く看破され、または乱されてしまいました。まだ完全には、確認できていませんが、仲間の数は、今回投入できた人員の半分程度しか、今は残っていないかもしれません。有り得ないほどに、大損害です。その状況でも、まだあなたは生きている。今回の計画に関しては実質失敗したといっても良いでしょう」

彼女は、滔々と語る。その様子は最早、自棄を起こしているようにも見えた。

「同じ暗殺対象に対しての二度目の失敗。今回で、私たちの『一家』の名は、完全に地に落ちました。七年前、あなた様に我が『父』が捕らえられて以降、衰退の一途をたどりましたが……もはや、これまでのようですね」

彼女は諦観と悲哀の交ざった声音で「我々にとっては、今回が最後の機会だったのですよ」と告げる。

「同情はするつもりはないぞ。自業自得だ」

「ええ、構いません。覚悟はできておりました。ですので――」

彼女はにっこりと、笑う。

「――死なば諸共(もろとも)というものです。皇帝陛下、我々と共に、どうか共に地獄に堕(お)ちてくださいませ」

次の瞬間、広場の地面が轟音(ごうおん)と共に爆(は)ぜたのだった。

――何が起きたのか分からなかった。

気がついたら、私は地面に倒れていた。辺りが砂塵(さじん)まみれで、視界が悪い。

咳(せ)き込みながら、体を起こす。そして、混乱する頭で、先ほど起きたことを思い出すのだった。

突然。そう、突然、広場の地面が爆発したのだ。

それも一度では、ない。何度も、何度も、何度も。

周囲から、爆音が絶え間なく響き渡り、そしてその光景を目にした瞬間――私は皇帝陛下に突き飛ばされたのだった。

その後、すぐ近くで地面が爆発して……。

私は、ゆっくりと立ち上がる。体に痛みはない。

けれど、近くで轟音を聴いたせいで、意識を失ってしまったらしい。そのため、体がふらついてしまう。

あの後、一体どうなってしまったのだろう。皇帝陛下は……？　あの女装した剣士の男性は……？　無事なのだろうか。

私はまだ生きている。皇帝陛下のおかげだ。また命を助けてもらった。彼にお礼を言いたい。だから早く、彼らを捜さないと……。

そう思っていると、強い風が吹いた。砂塵が巻き上がり、風下へと流されていく。

そして、私の目に広場が再び映ることになるのであった。──それは、あまりにも酷い惨状だった。

もはや見る影もないほどに、ぼろぼろだった。爆発によって瓦礫が散乱しており、周囲に植えられていた植物も爆風で吹き飛ばされてしまっている。

地面には、大量の大穴が至るところに空いていた。そして私のすぐ近くにも大穴が空いており、下には瓦礫に埋まった通路のようなものが見える。どうやら、この広場の下は地下通路が通っていたらしい。いや、そんなことよりも──

誰も、いない。

辺りを見回しても、誰も。

私は、薄ら寒いものを感じて、大声で呼びかけた。

「誰か！　誰かいませんか！」

私は何度も呼びかける。

皇帝陛下が。剣士の男性が。

その両方が、返事をしてくれるのを期待して。

しかし——返事は戻ってはこなかった。

「……そんな」

その結果に思わず、呆然（ぼうぜん）としてしまう。

二人は、常に頼もしかった。強かった。だから、今回もきっと無事に決まっている。

……絶対にそうなのだ。

そう思いながら、私は無意識のうちに、近くの大穴に視線を向けていた。

その大穴は、先ほどまで私たちが立っていた場所だ。そこに空いていたのだ。ならもしかしたら、二人は今、地面が崩落したことによって、生き埋めに——

今すぐに助けないと。そう考えて、大穴を間近で覗（のぞ）き込もうとした瞬間、

「——ああ、どうやら無事だったのは私たちだけのようですね」

暗殺者の女性の声がした。

私は、声の方に視線を向ける。彼女は、侍女の衣服を身につけていた。

けれど、今はそれがところどころ破けている。傷も至るところに負っていた。

どうやら、先程の爆発に少し巻き込まれただけで済んだようだ。

「あなたは、無傷ですか。運が良いですね」

「……いいえ、運は悪い方だと思います。死ぬほど」

私は『呪い』によって、恐ろしく運が悪い。

けれど、それでもこうして無事でいられるのは皇帝陛下が庇ってくれたおかげだからだ。

「皇帝陛下は……死体がありませんね。なら、きっと地下通路に落ちて、そのまま瓦礫に埋もれているのでしょう。ならどうやら、今回の仕事はこれで完了のようですね。依頼主にも良い報告が出来るでしょう」

「どうして……こんなことを」

「どうして、ですか。そうですね、ただの意地ですよ」

女性は、私の呟きに答える。

「本来なら、このような手を使うのは、我々の流儀に反します。ですが、こうでもしなければ、あの方の命を奪うことは出来ません。我々は追い詰められていた。なら、窮鼠猫を噛むという諺通り、我々ネズミは猫に一矢報いるに至った——半ば幸運を拾うような形となりましたが、そういうことです」

「……皇帝陛下は、猫ではなくパンダですよ」

「？　意味が分かりません」

私は、目の前の女性を無感情で、眺めていた。そして、無機質な声音で言葉を紡ぐ。

「……改めて確認しますが、あなたたちの目的は復讐だったのですか？」

「そうですね、正確には仕事五割、復讐五割といった感じでしょうか。割り切った者もいれば、割り切れなかった者もいる。私はこれでも前者のつもりですよ」

「……なら、先ほどまでの態度は演技だったのですか」

「はい、少しでも油断を誘えればと思っていました。もちろん、我々『一家』が現在虫の息であるのには変わりありませんが、皇帝陛下の命さえ奪うことが出来れば、まだ望みがあると判断したまでです」

ゆえに彼女は、だから自分を餌にしたのだと明かした。そして、実は不自然にならない中で一番爆発の影響が少ない場所にいたということも私に打ち明ける。ああ、そういうことだったのか……。

「そういえば、広場には罠がないと言っていました。あれは嘘だったのですか？」

「この爆薬は広場には、仕掛けていません。地下通路に仕掛けました。つまり、嘘ではありませんよ」

「だから、会話で起爆までの時間を稼いでいたのですか？」

「そうです。それに、最後の最後で、読みが当たって良かったです。あなた方がここを通るかどうかはほぼ賭けでしたから」

「……なるほど」

私の心は、まるで凪（な）いだ海のように物静かだった。

もう何も感じない。ただ、彼女から聞けることを聞き出すだけだ。

――次のために。

「爆薬を仕掛けたのは、この広場の下だけですか？」

「ええ。そうなりますね」

「爆薬を仕掛けたあなたの仲間の方は、爆発する前に、避難したのですか？」

「したと思いますが、起爆までの時間を減らしたはずなので、今頃は地下通路のどこかで瓦礫によって道を塞がれて閉じ込められている最中かもしれませんね」

「なら、残っている暗殺者は、もうあなただけということですか？」

「おそらくは。変装していた者も、今回で皆暴かれたでしょうし、多分、現在において身動きが取れるのは、私だけなのでしょうね」

彼女は、私の質問全てに回答してくれる。

――多大な労力と犠牲を支払ったが、自分のするべきことは終えることができた。今の彼女は、この結果に達成感と共に確かな安堵（あんど）を覚えているように見えた。

そう、だからこそ私の言葉に容易に応じてくれる。

「あなたは、この後、どうするつもりなのですか？」

「そうですね、現状長居は無用ですので、このまま尻尾を巻いて退散しようかと思っています」

「……それは、逃げる、ということですか？」

「ええ。今回の依頼主に助力を願えば、ある程度の期間は匿ってもらえはするでしょうからね。今回は十分の働きをしたのです。おそらく無下にはしないでしょう」

「……そうですか。なら、仲間の方たちはどうするのですか？　先ほどの爆音で直ぐに兵士たちが駆けつけてくると思いますよ」

「可能な限り回収するつもりではありますが……無理ならば諦めます。仕方がありませんから」

彼女は、「流石にそこまで悠長にしていられるほどこの国の兵士たちも無能ではないと思いますし、それに『弟』たちもそれについては承知していますので」とあっさりとした口調で言ったのだった。そして、私に声をかける。

「死は、終わりを意味します。現在の長代理である私が生きてさえいれば、まだ我々『一家』は滅びない。長い時間をかければ、いつかは過去の栄光を取り戻すことが出来るかもしれません。今はその一縷の望みに賭けるしかないと思っています」

彼女は「また賭けることになりましたね。賭け事は好きではないのに」と、おかしそうに微笑むのだった。

対して私は、彼女の言葉に思わず聞き返してしまう。ある一部分が引っ掛かってしまったからだ。

「――死は終わりを意味する、ですか？」

「ええ、そうです。この世の生き物は全て、その節理に従って生きている。それを覆すことは出来ません。だから、これは今後のためにきちんと覚えておいた方が良いと思いますよ？　これは、死を仕事として取り扱う暗殺者である私からの助言です」

一応のアドバイスなのだと、彼女は言った。

けれど、ふと私は、彼女のその言葉に反射的に言葉をかえしてしまった。

思わず、首を傾げてしまったのだ。だって、私にとっては、

「――いつだって死は、始まりでしかありませんよ？」

死ねば、全てが終わりになるわけではない。全てが無かったことになるのだ。文字通り、きれいさっぱり。そして、またいつか近いうちに新たな死が訪れる。人生とは、その繰り返しでしかない。

私にとって、生きることと死ぬことは同義なのだ。だから、そのようなアドバイスをもらっても残念ながら、参考に出来ない。

何しろ、今から私は死ぬことを予定している。そして、また昨日に戻り、今日の死を回避するために生きるのだ。

今回の騒動は、大体どのようなものか把握した。だから次は、もっと簡単に防げるようになるかもしれない。

それが駄目なら、また次だ。それでもだめなら、さらにその次。

私がすべきことは単純。

今日という日が終わるまで、繰り返せばいい。

何度も——

そうすれば、きっと誰も不幸にはならない。皆、無事に明日を迎えることが出来るのだ。

……皇帝陛下には、その度に謝らなければいけないだろうけど。

だから、私は「ごめんなさい」と、はっきりとした声で謝罪の言葉を口にした。

きっと、今、彼は私の言葉を聞いてはいないだろう。けれど、謝っておくべきだと思ったのだ。

今から私は彼に迷惑をかけることになる。でも、私にはこれしか出来ることがないから。

私の取り柄のようなものはこれしかないから。――だから、ごめんなさい、と。

そう考えていると、目の前の女性は、不思議そうな顔をしていた。

「先程から、あなたは何を言っているのですか？　頭でも打って――」

そう声を上げ、そして彼女は、言葉を止めた。

彼女は、ただ私の目を見ていた。

そして、私を見るその表情が、徐々に、徐々にと変わっていく。

疑念から、確信。そして、驚愕から、畏怖へと。

彼女の目は、まるで、先程皇帝陛下を見ている時と同じものとなっていた。いや、あるいはそれ以上に――

その後、彼女は、震える声で私に問いかける。

「……あ、あなた……一体何度死んだのですか……？」

と。目の前の暗殺者の女性は、私を見て、明らかに動揺していた。

あまりにも信じられないものを見たというような目で、私を見る。そこには、怯えの感情も確かに交ざっていた。

「……どうして、分かったのですか？」

「ああ、やはり……やはり、そうなのですね……悍ましい、有り得ない……っ！」

彼女は、私から一歩後ずさると、まるでこみ上げる吐き気を抑えるかのように、口元を手で押さえた。

「あなたは……今のあなたは、なぜか自身の死期を悟った顔をしている。これから自分は死ぬのだと。それは仕事で何度も見た顔です。私としては見慣れている。けれど、一つだけ今までとは明確に違う点がある――」

彼女は、私を指さした。

「――あなたの肉体そのものが、すでに死を受け入れている！　それは、絶対に有り得ない……！」

「……？　それは、どういうことですか？」

「死を覚悟した人間は、恐怖を感じていないわけじゃない。理性で、それを無理やりに抑えつけているか、思考を止めているかのどちらかになるはずなのです。そして、肉体そのものは、たとえどのような状態であっても死を受け入れることは決してない。生存本能というものは、理性で抑えつけられるような代物では決してありません……！　生物は、生きるために生まれてくる。死ぬために、生まれてくる生き物など、この世には存在しない。――なのに、あなたの身体は、死期というものを理解した瞬間、完全に生きることを諦めた。まるで、それで終わりではないからと」

……ああ、なるほど。どうやら、今まで沢山の命を奪ってきた暗殺者であるからこそ、彼女には私の現状を把握することが出来たらしい。

私は、無感情のまま、彼女の話に耳を傾ける。

「……死の恐怖による体の震えもない。目の光が薄れ、その上、顔色からして血液の流れも緩やかになっている。今のあなたは、感情や痛覚が鈍くなっている状態に見える。いつでも死ぬ準備が出来ていると言わんばかり……あなた、理解していますか？　それは通常、死後に起きる反応なのですよ……？　今のあなたという存在は、死を危機として認識していない。明らかに異常です……。本当に人間なのですか……？」

「……ひどい言いぐさですね」

さすがに、そこまで言われるとは思わなかった。割と傷ついてしまう。

彼女は、「ああ……」と、嘆くように声を上げた。

「これが、『神々に弄(もてあそ)ばれた国』に住まう者の末路なのですか。なんと冒瀆(ぼうとく)的で、惨(むご)く悍ましい……」

その後、すぐさま蒼白(そうはく)な顔をした彼女は懐から、ナイフを取り出したのだった。そして、それを私に向ける。

「……生き物は、必ず学習を行います。動物は、寒い冬を生きのびるために、毛皮をまとった。人は、寒い冬を過ごすために、その動物を狩って毛皮を衣服として身にまとった。そのようにして、今まで種を繋(つな)いできた。けれど、死というものを学習した生物はいない。決して、いてはいけないのです。分かりますか。あなたのそれは、何度も死んでいなければ、そうはならない。それこそ数えきれないほどに。――あなたという存在は、間違いなく死そのものを学習している」

……別にそうなりたくてなったわけではないのだけれど。自分の現状にはもう慣れてしまったとはいえ。

そう思いながら、私は彼女の持つナイフに目を向ける。

「そのナイフをどうするつもりですか？」

「あなたの命を奪うために使います」

彼女の表情には、覚悟の意志があった。

「申し訳ありませんが、あなたを生かしておくことは出来ません」

「……皇帝陛下だけでは無かったのですか？」

「もう、あなたを人間だとは思ってはいません。私は、死を商いとして扱う者として、どうしてもあなたの存在を看過することが出来ない」

「……すみませんが、正直に言って、無意味ですよ、それは」

「かもしれませんね。けれど、何としてでも私はあなたを殺さなければならないのです。――どうか、ご了承ください」

私の全てを賭して、あなたという存在そのものを否定しなければならないのです。――どうか、ご了承ください」

そう言って、彼女は私に向かって一歩ずつゆっくりとした足取りで迫ってくる。

彼女の考えは、正直、私としてはよく理解出来ないものだった。

けれど、彼女には彼女なりの考えがあり、信念があるのだ。それに基づいて、彼女は今、行動している。

何だか凄いな、とただ漠然とした感想が頭の中に浮かぶ。そして思った。

――でも多分、彼女は思い違いをしている、と。

私は、別に不死身というわけではない。ただ死んだら、時が巻き戻るだけ。だから、どんな手段を用いようが、彼女の行為は無意味に等しかった。

それだけは、少しばかり同情してしまう――それと、良かった。どうやら、今すぐに死ぬことが出来そうだ。手間が省けた。

彼女は、手慣れているだろうから、きちんとすぐに死ねるように殺してくれるだろう。なら、安心だ。

そう思いながら、私は彼女が自分に向かって、ナイフを振りかぶる様子を眺める。

当然、避けることはしない。抵抗なんてするわけがない。

少しでも彼女の手元がずれてしまえば、その分私の死ぬまでの時間が長くなるのだから。

だからじっとしているべきなのである。

目の前の彼女は、私を見て強い恐怖を覚えていた。

そして、その恐怖を掻き消すために、私の命を奪おうとしている。確実に。

だから、私は死ぬ。そして時が巻き戻る。私にとっていつも通りの日常だ。

きっとこの先、それが変わることはないのだろう。

ふと、私を何度も助けてくれた皇帝陛下のことが頭に浮かんだ。

彼は言っていた。もう二度と私を死なせるつもりはない、と。

私の寿命はある意味で大体三日。今回は駄目だったけれど、彼と共に過ごしていけば、もしかしたらいずれそれ以上生きることの出来る日が来ることがあるのかもしれない。

今更ながら思う。

私以外の人は、皆一度も死なずに生きているのだ。皇帝陛下だって、一番目の妃だって、女装した剣士の男性だって。そして私を何度も殺した妃たちや、この暗殺者の女性だって、そう。

……ああ、一度も死なずに生きるってどんな感じなのだろう？　まるで想像がつかないなあ。

考えれば考えるほどに不思議で新鮮な気分になってくる。

彼と共に一度も死なずに生きる。それを達成するために皇妃となるのなら、何だか割と楽しそうな気がしてくる。今では無性にそう思えてくるのだった。

だから、今度は上手くやろう。そして、次に彼と言葉を交わすときはきっと――

そう思った時だ。

ナイフの刃が、こちらに迫る。それが、今の私には、ゆっくりと見える。死の間際だからだろう。

私の思考は、早まっていた。そして、その時、ふと、私はあることが無性に気になってしまったのだった。

それは一羽の動物の鳴き声だ。……実は以前から鳥の鳴き声が何度も私たちの頭上から聞こえていたのである。

多分、鷹だと思う。確か、それが聞こえてきたのは、皇帝陛下と女装した剣士の男性が戦っていた時くらいからだったはずだ。

そういえば今までただの雑音だと思って、意識していなかったけれど、どうしてずっと鳴いているのだろう……？

現に今もしきりに鳴いている。爆発の音に驚いたのだろうか？　なら、可哀想だと思う。

……それは、別に大したことではないはずなのに。けれど、死の間際のせいか無関係なその鳴き声がなぜか頭の中に強く残って離れなくて——

また鳴き声が聞こえた。しかし、それは今回私のすぐ近くで聞こえてきて——

「あっ」

私は、女性から視線を逸らした。だって、そこには……。

——彼女に向かって、襲いかかる一羽の鷹の姿があったからだ。

そして、そのことに気づいた女性は驚きに目を見開く。

けれど、もう遅い。鷹は、彼女の顔にまとわりつくようにして、飛びかかったのだった。

そのため、彼女は、悲鳴を上げた。その弾みで、私に振るわれたナイフの軌道が在らぬ方向に逸れる。

私の首には、掠ることなく、そのナイフは通りすぎていく。故に、

――私の命は、終わらなかったのだった。

激しく混乱する。……何が起きたのか分からなかった。突然、鷹が、目の前の女性を襲ったのだ。それにより、私は助かった。助かってしまった。

鷹は、威嚇しながら、現在も女性を襲っている。彼女は、顔を庇いながら、のけぞってナイフを振り回していた。

しかし、すぐに鷹は彼女の手を嘴で突いて、ナイフを手放させたのだった。

あ、すごい。この鷹、賢すぎる……。

そう思いながら、眺めていると、その落ちたナイフを鷹は嘴で拾うと、すぐさま飛び立つ。そして、遠くまで飛んでいってしまうのだった。

私はそれを見て、呆気にとられる。

なぜかよく分からないけど、鷹が女性を襲撃した。そして、なぜかよく分からないまま私は助かったのだった。

……え、何これ⁇⁇

困惑する。だって、突然すぎる。本当に何なのだろうか……。

鷹の仲間である鳶は、ときたま人間を襲って食べ物を奪ったりすると聞く。けれど、鳶ではなく鷹が、まさかナイフを持った人間を襲い、そのままそのナイフを強奪していくなんて。わけが分からない……。

そう、思っていると、女性を襲っていた鷹が、旋回してこちらに戻ってくる。そのまま、ばさばさと羽ばたきながら、私の近くにある大穴の中に入っていってしまったのだった。

あれ、もしかして墜落してしまったのだろうか……？　そう思っていると、鷹がにゅっと姿を現す。

しかし、よく見ると何かの上に止まっているようであった。その何かとは――

「こ、皇帝陛下……⁉」

思わず、驚きの声を上げてしまった。だって、真顔の皇帝陛下が、大穴から這い出てきたからだ。

そして、鷹はちょうど彼の頭の上に止まっていた。彼は、真顔のまま大穴から脱出した後、汚れや傷でぼろぼろになった衣服を手で払う。私に向かって「無事か」と、問いかけてきたのだった。――頭の上に鷹を乗せたまま。

そして、その後すぐにまた大穴から、女装した剣士の男性も這い出てくる。——けれど、何故かカツラが焦げてチリチリになっていた。

ふわふわなアフロ状態のまま女装した剣士の男性は、「くそっ、酷い目に遭ったぜ」と、悪態をついた後、私に問いかける。——「嬢ちゃん、怪我は無かったか？」、と。

二人は、すぐさま私に駆け寄る。その後、目の前で鷹に突かれた片手を押さえている女性から、私を庇うようにして、立つのだった。

私は、二人の後ろ姿を目にして、複雑な気持ちになる。

彼らが無事だった。それはとても嬉しいことだ。喜ばしいことだ。

本当に。本当に良かった。けれど、

——何故、二人ともその頭部に異常を抱えているのだろうか。

それが気になって気になって仕方が無かったのだった……。

対して皇帝陛下と、女装した剣士の男性は、何事も起きていなかったかのようにして目の前の暗殺者の女性を睨みつける。

当然、彼女はまるでいるはずのない幽霊でも見るかのような目を向けるのだった。

「……どうして。どうして、生きているのですか……？」

その言葉に対して、二人は口々に答える。

「気合いで生存した」

「根性で何とかした」

彼女はびっくりしたような顔で口が半開きになる。

……まあ、生還方法を尋ねたら、まさか精神論を語られるとは思っていなかったのだろう。驚きの表情のまま呆然(ぼうぜん)とするのも無理はない。

何せあの爆発は気合いや根性で何とかなるようなものではなかったはずだからだ。

けれど、結果的に二人は無事だった。見たところ、大怪我はなく、軽い擦(かす)り傷や打撲程度しか負っていない。

おそらく運が良かったのだと思う。

……本当に無事だった。本当に良かった。

彼らは、ちゃんと生きている。

そう私が安堵(あんど)していると、皇帝陛下は自分の頭の上に止まっている鷹を撫(な)でながら、言葉を発する。

「――やはり、保険をかけておいて正解だったな。私が娘から強制的に離される場合も当然あるだろうと考えていたが……どうやらきちんと仕事をこなしてくれたようだ。よくやった、後で好物の餌をたらふく与えてやろう」

「その鷹、もしかしてあれか。俺と剣を交えていた時にけしかけるつもりだった感じのやつか？　よく見ると、なかなかに立派な鷹だな」

「そうだ。刃物を持った人間がいれば、積極的に襲うように調教してある」

「はあ、なるほどな。だからあの時、短剣を捨てたのか。──というか、それ痛くないのか？　絶対、頭皮に爪刺さっているだろ。肩か腕に止めた方がいいんじゃあないか？」

「問題ない。爪の手入れはきちんとしてある。あとなぜか、この鷹は人の頭を気に入っていてな。理由は知らんが、それだけはどれだけ躾をしても変わらん。ちなみに、特に宰相の頭がお気に入りだな、此奴は。──というか、貴様こそその頭はどうした？　カツラが爆発しているぞ」

「は？　何を言って──なんだこれェ！　ふわふわじゃねえか！　しかも触り心地抜群!!」

剣士の男性は、何度も自分のアフロになってしまったカツラに手刀を突き刺してその感触を確かめるのだった。

互いに言葉を交わす二人を見て、私は思わず思ってしまう。

──皇帝陛下、蛇だけじゃなくて鷹の調教とかも出来るんだ……。

──剣士の男性のそのアフロ、どうやってそうなったのだろう……。普通はそうはならないと思うけれど……。

と。二人を見ていると、私の中の疑問が全く尽きない。

先程、私たちは皆死にかけたというのに。けれど、今はまるでそれが些細なことのようになってしまった気さえする。

しかし、すぐに二人は表情を引き締めて、女性の方へと改めて視線を向ける。

「悪いが、私の地獄へのお供はすでに決まっていてな。貴様は一人で堕ちるといい。——さて、それで、どうする？　私はまだ生きているぞ？　もう私を殺す手は残っていないように見えるが、まだあるのか？」

彼のその目は「一体いつまで付き合えばいい？」と言外に語っていた。

「……ええ。ええ、そのようですね……」

向けられた問いかけを噛み締めるようにして、彼女は呟く。

片手を押さえた暗殺者の女性はゆっくりと皇帝陛下を見る。その後は私の方へ視線を移した。

そして、「……ああ、もう、本当に無理なのでしょうね……」と大きく溜息をつく。その後、彼女は、何もかも諦めたような声音で私たちに告げたのだった。

「分かりました、大人しく投降します。抵抗はいたしません。あとは、煮るなり焼くなりご自由にお選びくださいませ——」

——暗殺者の女性は、脱力する。そして完全に敵意を失っていたのだった。

彼女は今日あの手この手で、皇帝陛下の命を狙った。だというのに、最終的には彼の命を奪うことが出来ず、自分たちはただ多大な犠牲を支払っただけ。

もう、何をしたとしても私どころか彼を殺すことは出来ない。その上、逃亡すらも困難を極めるのだ。何せ自身の目の前には、なぜか相も変わらず健在な皇帝陛下と剣士の男性がいるのだから。

おそらくそう現状を把握した結果なのだろう。彼女は観念したかのように、力なく地面に座り込んだのだった。……いや、これはもう絶望に近いのかもしれない。

そして、その時、ちょうど大勢の人間の足音が離れた場所から聞こえてくる。

その足音を聞いて、皇帝陛下は「兵士か。ようやく追いついたみたいだな」と、声を上げる。

「あとは、此奴を引き渡して、今回の件はひとまず終わりだろう」

――長かったな。

彼は、大きく息を吐く。そして、私の方に視線を向けた。

「おい、娘」

「は、はい。皇帝陛下、何でしょうか……？」

彼は言った。私を部屋から連れ出したときのように。

「――『もう二度と貴様を死なせるつもりはない。覚悟しておけ』。この言葉、しっかり貫き通させてもらったぞ」

彼は「どうだ、見たか」と得意げな表情を浮かべる。そして、

「まあ、つまりだ。――これからは私がいる。いくらでも守ってやる。絶対に貴様を不幸にはさせん。そういうことだ、理解したか？」

そう言って彼は、優し気な笑みを浮かべたのだった。まるで私を安心させようとしているように。

「皇帝陛下……」

彼から不意に向けられた初めての表情に思わず驚いてしまう。釘付けになってしまう。正直、見とれてしまったといってもいい。

何せそこには悪意もなく、敵意もない。とても温かな気持ちだけが込められた純粋な微笑みだったからだ。

それを見て、私は無意識のうちに小さく頷いていた。皇帝陛下の頭に止まった鷹がキリリとした顔で喉を鳴らす。

どうしてか分からない。けれど、少しだけ。ほんの少しだけ。胸の中がぽかぽかとした不思議な気持ちになってしまう。初めての気持ちだった。よく分からない気持ちだった。けれど、嫌な気持ちではない。

……ああ、そうか。もしかしてこれが――『幸せ』という気持ち、なのかもしれない。

なぜか無性にそう思ってしまったのだった――

◇

その後、後宮の警備隊長が大勢の女性兵士を引き連れて、広場に到着した。

よって暗殺者の女性は即座に拘束され、連行される。ついでに剣士の男性も連行されそうになったけれど、皇帝陛下が「この者は不審者かつ変質者ではあるが賊ではない」と説明を行ったため、結果的にギリギリ事なきを得たのだった。

その後、私たちは安全な場所——後宮の敷地外に設営された簡易拠点に移されてすぐさま身体に異状がないか検査を行われる。

何せ爆発に巻き込まれたのだ。大怪我をしていてもおかしくはない。

けれど、診断された結果として皆、身体に異状は見当たらず、私はほっと胸を撫で下ろすことになったのだった。

そして、私たちが検査を受けている間に、将軍様と宰相様がこちらに到着していた。どうやら、皇帝陛下が急遽呼び出したようで、到着した彼らはすぐさま事態の収拾に動いていた。

「——命令だ、皇国兵士の誇りにかけて、賊は全て捕らえろ！　無論、人質の救出と罠の解除も続行した上で、所有している情報も全て吐かせるのだ！　奴らは我々から尊き皇帝陛下を奪おうとした。ならば、今度はこちらの番だ。不届き者たちから、その全てを奪い尽くせ！」

「――至急、有力貴族たちに使いを送ってください。おそらく、今回のことで一部の者たちから皇帝陛下に対して非難の声が上がることが予想されます。それと、今回の暗殺の依頼者や協力者がいる可能性も十分考えられます。必要ならば、私が直接赴きましょう。我々の仕事は、皇帝陛下の評価を落とさずに、国内の膿（うみ）を除去することです。さあ、すぐに取り掛かりましょう」

　数多くの兵士や役人たちがせわしなく走り回る。そして、それから一時間が経過した頃になると少しばかり落ち着いたのか、宰相様と将軍様が、私たちのもとに訪れ、深々と謝罪を行ってくるのだった。

「――皇帝陛下、この度は大変申し訳ございませんでした」

「――本当にご無事で何よりでした。このような事態を引き起こしたのは、我々の怠慢にほかなりませぬ」

　その言葉に、皇帝陛下は「いい、咎（とが）めはせん」と、言葉をかける。

「今回は、我が国が完全に平和ボケしていたからこうなったのだ。ゆえに私も同罪だ。貴様らを責める資格など私にはない」

　我々は、二十年ばかりのうちにすっかり気が抜けていたのだと、彼は言う。

「ここ二十年ばかり、我が国は戦争もしていない。平和そのものだった。だからこそ、その平和を維持する努力を怠ってはならなかった。これは教訓だ。一層励め。二度とこのようなことが無いようにな。――私から言えることはそれだけだ」

皇帝陛下の言葉に対して、宰相様と将軍様は、噛み締めるようにして頷くのだった。そして、そんな厳粛な雰囲気の中、私は、思わずある一点を注視してしまっていた。

……だって、彼の頭の上には、ずっと一羽の鷹が止まり続けており、そのままリラックスしていたのだから。

それなのに、誰もそのことを気に留めていなかった。将軍様も宰相様も、皇帝陛下も剣士の男性も――皆、真剣な顔をしている。

……なので、私も空気を読んで神妙な雰囲気を装いながらそっと目を伏せることにしたのだった。

――そして、その一時間後、私と皇帝陛下は再び宰相様と面会していた。ちなみに将軍様は詳しく話を聞くため、剣士の男性を他の兵士たちの元へ連れて行った。皇帝陛下から身の安全の保障を受けているため剣士の男性も大人しくそれに従っていたのだった。

現在この場にいるのは私と皇帝陛下、そして宰相様の三人。

今日の目的は、皇帝陛下と共に宰相様に会うこと。そして、それがようやく今達成されることになった。

「宰相、どうだ？」

「はい、陛下。ひとまずは大丈夫かと思われます」

「今回の首謀者は分かったか？」

「いえ、将軍閣下いわくまだのようですね。何でも『姉』と呼ばれる暗殺者が茫然自失状態となっていて、尋問が進んでいないようです。ですが、他の暗殺者の口ぶりからすると、どうやら西の平原大国が絡んでいる可能性が濃厚かと」

「ああ、あそこか。以前『父』と呼ばれる輩を送り込んできたのも、あの国だった。もしや、またあの王族か？　過去に私に言いくるめられたのを根に持っていたが、再燃したのか。しつこいやつだな」

「可能性は十分有りますでしょうな。または、かの王族を利用した別の派閥の王族という線も考えられるかと」

「ふん、まあどちらでも構わん」

「して、如何に？」

「決まっている。――よきにはからえ」

「――はい、御心のままに」

　皇帝陛下の言葉に、宰相様は頷く。

　彼は先程まで忙しく役人たちに指示を飛ばしていた。

しかし、疲れているような様子には見えない。歳を感じさせないような元気さが彼にあるのだろう。

事実、先程からずっと皇帝陛下の頭の上に止まっていた鷹が羽ばたいて、宰相様の頭の上に降り立っても、彼は特に気にした様子もなかった。

慣れているのかもしれないけれど、重さでよろめかないのは凄いなあ……。

そう思っていると、皇帝陛下が、宰相様に私を紹介する。

「宰相、此奴を知っているだろう。五十番目の妃だ」

「はい、存じております。この度私めが、ソーニャ様を選出させていただきました故」

「私は、この娘を――『最愛』に選んだ。異論はあるか？」

彼は単刀直入に告げたのだった。

その言葉に対して、宰相様は目を閉じる。すでに誰かから聞いていたのだろう。驚く様子もなく、ただ落ち着いていた。そして、

「いいえ。当然、有りませぬ。皇帝陛下がお選びになったお方なのです。決して間違いなどあろうはずが無いでしょう。ならば、わたくしがすべきことはお二人の祝福でございます」

彼は、柔和な笑みを浮かべて、「――おめでとうございます」と、私たちに告げるのだった。

「皇帝陛下は、歴代の中で最も早く、『最愛』をお決めになりました。それに、五十番目の妃の方をお選びになったのも、歴史上において初めてのこととなるでしょう。とても貴重な瞬間に、立ち会わせていただきました。感無量でございます」

そして宰相様は、優しげな目で私に言葉をかける。

「ソーニャ様。どうか、皇帝陛下と末長くお幸せになってください。あなた様ならば、きっと皇帝陛下をこの先支えていくことが出来るでしょう」

彼は「よろしくお願いいたします」と、私に対して頭を下げる。

そして、倣(なら)うようにして彼の頭の上に乗った鷹もぺこりと頭を下げてくるのだった。賢い。

「私は――」

宰相様の言葉をよく嚙(か)み締める。そして――

第七章　生きるということ

――あの後、宰相様は、私が妃として大勢の人たちに受け入れてもらえるように働きかけると言っていた。そのために、手間は惜しまないと。

その言葉に皇帝陛下は「上手(うま)くやってくれ、ストレスで禿(は)げるなよ。貴様を禿げさせるのはこの私でなければならんのだからな」とよく分からない期待の言葉をかけていた。

そして、私たちは、鷹を頭の上に乗せた宰相様とその後、別れたのだった。

私たちは、馬に乗る。今から、宮殿――白菊(しらぎく)帝宮に向かう予定としていた。

皇帝陛下の今日の仕事は全て終わった。そして、私はひとまず保護という形で宮殿の方でお世話になることになったためだ。

「娘、しっかり摑(つか)まっていろ」

「はい」

私は、皇帝陛下の前に座る。そして、彼はしっかりと手綱を握ると、馬を進めた。

私は、馬の上から周囲を見回す。周りには、護衛として何人もの兵士がいた。

先程、私たちを命に代えても守ると、兵士たちは意気込んでいたのだった。

ちなみに女装した剣士の男性とは、別れたままだ。

彼への事情聴取はどうやらまだ終わっていないらしい。

もちろん、彼の身柄は皇帝陛下が保障しているため、兵士たちもその扱いは理解しているはず。だから一人でも大丈夫だとは思うけれど。

しかし客観的に見れば今の彼は『女装して奇声を上げながら剣を振りまわしたアフロ頭の不審者』である。……なので社会的に大丈夫じゃなさそうなのが若干気になるところではあった。

私は、馬の上で揺られる。馬には初めて乗った。

かなり揺れるものだと思ったけれど、想像よりも揺れることはなかった。

もしかしたら、皇帝陛下が気遣ってくれているのかもしれない。

流れる景色を眺めていると、皇帝陛下が口を開いた。

「これで、目的は全て果たした。もう今日、貴様が死ぬようなことはないだろう」

その言葉に、私は「本当にありがとうございました」と返す。

本当に感謝しかない。彼は、何度も私を助けてくれた。私は、死ぬことなく明日を迎えることが出来るのだ。

そして、彼に関して一つ気になることがあった。

「あの……一つ、お聞きしてよろしいですか？」

「何だ？」

「借りとは何でしょうか……？」

実は後宮内の自室を出る前に彼が独り言のように呟（つぶや）いていたのを耳にしてしまっていたのだ。

その借りとは、誰に対してのものなのだろう。少し疑問に思ってしまったのだった。

彼は「ああ」と、何事もないようにして言う。

「貴様へのだ。昔、貴様の巻き戻りによって私の命が助かったことがあってな」

「そう、だったのですか……？」

私は、驚いてしまう。まさか、そんなことがあったなんて。

「そうだ。たとえどれだけ貴様に地獄を見せられても、借りは借りだ。娘、確かに返したぞ」

そう、彼は言葉を口にする。

……彼には、出会う前から今までずっと迷惑をかけてばかりだった。けれど、そんな私でも彼の役に立つことが出来ていたのだ。それが、どうしてか無性に嬉（うれ）しかった。

「まあ、つまり借りを返した以上、貴様には、貸ししかないということだ。私は気が長い。死ぬまでに、きちんと全て返せよ？」

「はい……！」

私は、強く頷いた。そうだ、必ず返さないといけない。

そして、少しした後、私は、彼にあることを尋ねる。

先程から、ずっと気になっていたことを。

「どうして、先程宰相様に、私の『祝福』と『呪い』についてお教えしなかったのですか？」

宰相様は、私たちに対してとても親身になって話を聞いてくれた。

それに皇帝陛下自身も彼をとても信頼しているように見える。

なら、宰相様に私のことについて話しても別に良かったのではないだろうか。

彼なら、きっと皇帝陛下のように力になってくれるに違いない。

そう思っていると、彼は「……貴様、奴の『祝福』が効いているな？」と、問いかけてくるのだった。

「まあ、別に害が無いから構わんが、少し気に食わんな……」

「？　どういうことでしょうか」

「何でもない。とにかく、貴様の二つの力については、今後誰にも話す予定はない」

彼は、そう断言した。なので、首を傾げることになる。

「何故でしょうか？」

「貴様の力が強力すぎるからだ。それは、無用な争いの種になり得る」

そして彼は、私に説明する。

「貴様の力は、上手く利用することが出来れば、多くの人間を生かし、多くの人間を殺すことが出来る。分かるか？　貴様の力が、何かの弾みで他国に知れ渡れば、間違いなく戦争が起きるぞ」

その言葉に、私は驚く。

「まさか、そんなこと……」

「いいや、十分にあり得る話だ。考えてもみろ。『――他の国に時間遡行の力を持った人間がいる』。なら、大多数の人間は、其奴を手に入れるか始末するかのどちらかを考えるだろう。何せ、何度も過去をやり直すことが出来る力は、一度は誰もが欲しがる力だからな。たとえそれがどれだけ使い勝手の悪いものでも関係ない。貴様は、まるで実感が湧かんだろうが」

「……はい。そこまで思ったことが有りませんでした……」

全く考えが足りていなかった。

そうか、私の『祝福』は時間遡行の効果がある。だから、皆欲しがるのか……。正直、時間が巻き戻っても別に面倒なだけなのに……。

「私は、貴様に対してブチ切れ続けた。しかし、他の者は決してそうではないと理解しておくべきだ。それに、我が国にのみ存在するこの二つの力は、そう言った争いの種とならないように予め『特殊な力であるが、総じて危険はない』と世界に公表しているからな。ゆえに絶対に貴様のことは言えん。たとえ、信頼出来る身近な相手だろうとな」

彼は、「知っている者は少なければ少ないほど良い」と言う。でも、それだと――

それだと――

「……皇帝陛下にばかり負担がかかってしまいます」

彼は今日、私のために尽力してくれた。

けれど、今後このようなことが間違いなく何度も起きることになってしまうだろう。

途中からは、女装した剣士の男性が助っ人になってくれたし、鷹が飛んできてくれたけど……。

でも、やはり私は皇帝陛下のことが心配だった。

彼に無理はさせたくない。そう考えていると、私の頭に彼の手が優しく置かれている。

そして、その後、力強く言ったのだった。

「――問題ない。全て任せろ」

私はその言葉にただ「……はい」と、俯きがちに返事をしたのだった。

◇

――あれから、七日が経過した。

皇帝陛下のおかげで、私はまだ死んでいない。そう、私は、他の妃たちに殺されることのないまま通算で五日目を迎えたのだった。

私は、宮殿にて専用の部屋をあてがわれて、そこで日々を過ごしていた。

皇帝陛下の自室から近い位置に、その部屋があるらしい。

どうやら彼が、すぐにでも私の様子を見ることが出来るように手配したようであった。

そして、彼は休憩時間になれば、何度も部屋に訪れて私の姿を確認するのである。

それは、もはや生存確認といっても過言ではなかった。何しろ彼は、毎度私の姿を見るたびに、「娘、ちゃんと息をしているな？　心臓は動いているな？」と、尋ねてきたのだから。

なので、「はい、ちゃんと生きてます、皇帝陛下」と返事をすれば、彼は少し嬉しそうな表情を見せる。

「どうだ、娘。体調の方は？　怪我や病気とかはしていないな？　何かあれば、言え。すぐに対処する」

彼は、私をいつものように心配する。

彼の後ろで控えていた兵士たちは、それを見て微笑ましいものを見るような目をしていた。けれど、目の前の皇帝陛下の目は、冷静に私の体に異状が無いか観察していたので、多分それは誤解なのだと思う。

私は、「ありがとうございます、ですが今は問題ありません」と、答えた後、彼に相談を行うことにしたのだった。もちろん兵士たちが、私の部屋から退出した後で。

「皇帝陛下、実は一つ心配なことがありまして……」

「何？　何だ、言ってみろ」

彼の催促に私は、言葉を続ける。現状、ひとつ質問したいことがあったのだ――

「今日で、死なずに五日が経過しました」

「ああ、そうだな。私としても喜ばしいことだ」

「正直、初めてのことです。私にとって。だから、あの――」

一度大きく息を吸い、意を決して告げる。

「――もしかしたら、あと数日くらいで私の頭がいきなり破裂したりとか、そういうことにはならないのでしょうか……？」

対して、皇帝陛下は――

「……は？」

私の言葉に対して、何を言っているんだこいつは、といった顔をするのだった。

「娘、悪いがまるで意味が分からんぞ」

「あっ、ええとですね……その、人は長く生きると、いきなり体とかがパーンとなったりするのかな、と……」

慌てて皇帝陛下に追加説明する。

私は、今日で五日連続で生存した。それは彼の尽力の賜物だ。

実は、先日の大事件の後にも三度私は死にそうな目に遭っていたのだ。けれど、彼はそれをまた防いでくれていた。私がこうして今も生きていられるのは、他ならぬ彼のおかげなのだ。そして、感謝の心と共に不安の気持ちも湧いてしまったのだった。

――あれ？　そういえば一度も死なずに長生きすると、どうなるのだろう、と。

もしかしたら一ヶ月、いや一週間もすれば、『呪い』など関係なしに突然体が急激に膨らんでしまったりするのかもしれない。だって、死なずに生きるのだ。一度も。なら、体が限界を迎えて突然死んでしまうこともあり得るのでは……？　いや、本当に皆、どうしているのだろう。もしかして、実は皆知らないところで定期的に死んでいるんじゃ……。

不意にそう思ってしまったのだった。

そう、つまりはそろそろ私の身体が限界なのではないかと少し不安になっていたのだった。

「お教えください、皇帝陛下。私、大丈夫なのでしょうか……？」

そう尋ねると、皇帝陛下は眉間を押さえ出す。

「……おい、娘。貴様、人体を一体何だと思っている……？」

私はその後、人の体の仕組みについて口頭で教えられる。彼の説明はおそろしく分かりやすかった。よって、胸をなで下ろすことになる。

――ああ、良かった。本当に私以外の人の死は一度しかないんだなあ、と。

「おい、当然のことだぞ、それは……」

私の表情を見て、皇帝陛下が呆(あき)れるように言った。

もちろん知識としては知っていた。けれど、どうやら本当の意味では理解出来ていなかったらしい。

「感想としては……すごく新鮮な気持ちです。あと、不思議です。感動もしました」

人体ってすごい。本当は一度も死なずに生きられるのだから。しかも、健康ならあと何十年も。想像がつかない。

「まあ、とにかく徐々に生きることに慣れていくといい。相談にはいつでものってやる。焦る必要はないぞ？」

「はい、ありがとうございます。それと、この調子なら、もしかしたら蟬(せみ)に勝てるかもしれません」

「蟬……？」

「はい、あとマンボウにも」

彼らは、私にとって目標でありライバルだ。私と同じ死にやすい彼らより長生きしてみせるのだと、ここ最近実は決意していたのだった。

するると、皇帝陛下は首を傾げる。

「どこで知った知識かは知らんが——蟬の成虫は一ヶ月以上生きるし、マンボウも諸説あるが成魚の状態で数十年は普通に生きるぞ」

「……え？」

彼の言葉に私は、固まってしまったのだ。

◇

「おい、大丈夫か」

「大丈夫です……生きています……」

「そうか。なら、いいが……、まあ、相談にはいくらでものってやる。辛いことがあれば、いつでも吐き出して構わん」

「はい、ありがとうございます……」

椅子に座る皇帝陛下が、先ほどから心配そうにベッドの上で落ち込む私を見つめてくる。

今しがた彼から聞いたライバルたちの裏切り。そのため、私は意気消沈してしまっていたのだ。

一ヶ月。それに数十年。先が長すぎる。果たして彼らに勝てる日が来るのだろうか……。無理かもしれない。

いいや、やるのだ絶対に。うん、がんばろう、とどうにか己を勇気付ける。

私は先日の宰相様と言葉を交わした時のことを思い出す。

あの時、私は言われた。――『ソーニャ様。どうか、皇帝陛下と末長くお幸せになってください』と。

そして私は、すぐにその言葉に対して答えることが出来なかったのだった。

――私が幸せになり、皇帝陛下も幸せになる。つまり、それは私が彼を幸せにする必要があるということ。

私にはその自信がなかった。私は決まっていつもすぐ死んでいたから。それこそ数えきれない程に。

それに皇帝陛下には、ずっと迷惑をかけ続けた。これまでも。それに今だって。

きっと私に関われば、関わるほどに彼を不幸にしてしまうだろう。だからそんな私では、彼を支えていける自信がない。けれど――

それでも私は、最終的に宰相様の言葉に「はい」と、しっかり頷(うなず)いた。

彼と出会ってまだ全然時間が経(た)っていない。彼のことを何も知らない。それに死なずに生きることについても、まだ正直よく分かっていない。

でも、彼に命を救われて、一瞬だけ「幸せ」だと思えた。きっと、その気持ちは本当で偽りではないはずなのだ。なら、今後は私の中で確かに芽生えたその小さな芽を大事にしていきたい。

それが彼の想いに応えることにもなる。彼への恩返しにもなる。そう思ったのだった。

ゆえに私は決意した。

皇帝エルクウェッド・リィーリムの正式な妃となることを。——彼と共に幸せになることを。

だから、もう皇妃になることが嫌だという気持ちはない。もちろんこれからの不安はまだまだたくさん残っている。

今の私は皇妃として何もかもが不足していることだろう。けれど彼と共に、この先頑張って乗り越えていけたらいいなと思っている。

そして、徐々に彼のことを少しずつ知っていきたい。そう思っていると、彼も同じ気持ちだったらしい。

「時に娘。明日、時間はあるか？　少し二人で話し合いたい。いやまあ妃教育が本格的に始まる前に、改めて互いに自己紹介でもどうかと思ってな。無論、菓子や茶も出すぞ。いや、今回は茶ではなくみかんジュースにしておくか。どうだ？」

「分かりました、明日よろしくお願いいたします！」

張り切って返答する。そして、明日どのような自己紹介をしようかと今から考え始めるのだった。

――なお、悩みに悩んだ末、「私の趣味と特技は……死ぬこと、かもしれません……」と真剣に言ってしまい、その後、彼を座ったままの状態で椅子ごとバック転宙返りや横三回転半ジャンプをさせてしまったり、挙句の果てにレッサーパンダの威嚇のポーズをさせたりしてしまうことになるのだが……その話を語るのはまた別の機会にさせていただきたい……。

あとがき

　初めまして、かざなみです。本作をお手にとっていただき、誠にありがとうございます。

　このたびは本作にてデビューさせていただきました。初めてのあとがきですので、何を書けばいいのだろう……と悩みながら、現在書かせていただいております。

　とにもかくにも、まずは自己紹介でしょうか。といっても正直面白おかしくご紹介できることは何もないので、真面目に自分語りのようなものをさせていただきます。

　実は、私はダークファンタジーというものが大好きでして、本を読むようになってからは好んでよく読んでおりました。

『暗く、残酷で重苦しい雰囲気でありながらも、時には信じられないほどに儚く美しい』

　そのような作品をいつか自分でも書いてみたい。そう思いながら、筆をとってみると――気が付けば、完全に正反対の明るい雰囲気のコメディ作品ばかりが出来上がっておりました。……？？？

　小説というものを書き始めた当初は、美しい文章や重苦しい雰囲気を演出することばかり考えておりましたが、なぜかテンポの良さやコメディタッチな表現についてばかり意識を割いてしまうのが現状です。人生、不思議なこともあるものですね。

そして、初心を振り返らずにむしろ全力で忘却して開き直ってみた作品が、本作となっております。……もしかして、こういう作品の方が性に合っていたのかもしれませんね。

次に作品紹介のようなものといたしまして——この物語は、二人の人物が特殊な力を得たことによって、その運命に翻弄されることになるファンタジー小説です——が、本編でやっていることといえば、ヒロインが時間遡行して、ヒーローがブチ切れた後、謎の趣味特技を披露しているだけですので、あまり難しく考えず、気軽にお読みいただければな、と思っております。それと読者の皆様方に一度でも笑みをお届けできたら嬉しいな、とも思っております。

最後になりましたが、本作を出版するにあたり、長い間お世話になりました担当編集様及び素晴らしく素敵な表紙を描いてくださったゆき哉様、本当にありがとうございました。そして、ウェブから応援してくださった皆様とここまでお読みいただいた読者の皆様にも感謝の言葉をお送りさせていただきます。本当に本当にありがとうございました。

いつかまた皆様にお会いできます日が訪れることを心から願っております。

かざなみ

お便りはこちらまで

〒一〇二―八一七七
富士見L文庫編集部　気付
かざなみ（様）宛
ゆき哉（様）宛

富士見L文庫

私と陛下の後宮生存戦略
―不幸な妃は巻き戻れない―

かざなみ

2023年5月15日　初版発行

発行者　山下直久
発　行　株式会社KADOKAWA
〒102-8177　東京都千代田区富士見2-13-3
電話　0570-002-301（ナビダイヤル）

印刷所　株式会社暁印刷
製本所　本間製本株式会社
装丁者　西村弘美

ISBN 978-4-04-074963-1 C0193

わたしの幸せな結婚

著／顎木あくみ　イラスト／月岡月穂

この嫁入りは黄泉への誘いか、
奇跡の幸運か——

美世は幼い頃に母を亡くし、継母と義母妹に虐げられて育った。十九になったある日、父に嫁入りを命じられる。相手は冷酷無慈悲と噂の若き軍人、清霞。美世にとって、幸せになれるはずもない縁談だったが……？

【シリーズ既刊】1～6巻

富士見L文庫